퇴마하는
록스타

퇴마하는 톱스타 9

2023년 9월 6일 초판 1쇄 인쇄
2023년 9월 11일 초판 1쇄 발행

지은이 이상한하루
발행인 강준규

기획 이기헌 왕소현 임동관 박경무 강민구 조익현
책임편집 김홍식
마케팅지원 이원선

발행처 (주)로크미디어
출판등록 2003년 3월 24일
주소 서울시 마포구 마포대로 45 일진빌딩 6층
Tel (02)3273-5135 **Fax** (02)3273-5134
홈페이지 rokmedia.com **E-mail** rokmedia@empas.com

값 9,000원

ISBN 979-11-408-0873-1 (9권)
ISBN 979-11-408-0693-5 04810 (세트)

퇴마하는 톱스타

이상한하루 현대 판타지 장편소설

CONTENTS

<가족> 크랭크신 〔Z〕

영화의 도입부는 카메라가 안개가 자욱하게 낀 숲을 팔로우하면 안개가 걷히면서 그 안쪽에 자리 잡은 미림의 2층 전원주택 전경이 나타나면서 시작된다.

그렇지 않아도 숲에 안개가 자욱한데, 특수 효과 팀이 만든 인공 안개까지 더해지니 주변 숲이 판타지 세계에 들어온 것 같은 느낌을 만들어 냈다.

동우가 카메라로 도입부가 될 안개 낀 숲과 미림집의 전경을 찍은 후 집 안으로 이동해서 본격적인 촬영이 시작됐다.

씬1.

첫 장면은 거실 씬이다.

어딘지 모르게 우중충하고 음산한 느낌을 주는 실내 분위기.

그것과 극명하게 대비되는 가족들의 행복한 모습이 묘한 분위기를 만들어 내며 관객들에게 야릇한 상상력을 자극하는 그런 씬이다.

단순한 장면이지만 보이는 게 전부가 아니기에 관객들 역시 긴장할 수밖에 없고, 머릿속으로 계속해서 자신만의 상상력과 여러 스토리를 떠올리게 된다.

사실 바로 이 첫 씬에 영화의 많은 것들이 담겨 있다고 해도 과언이 아니다.

구본수와 전미순은 베테랑 배우들답게 촬영 전부터 염혜랑을 데리고 거실 카펫 위에서 진짜 가족처럼 장난을 치며 단란한 가족의 분위기를 연출하고 있었다.

그래야만 슛이 들어갔을 때 염혜랑이 어색하지 않게 연기를 할 수가 있기 때문이다. 아마 모르는 사람이 봤다면 정말로 그들이 가족인 줄 착각할 정도로 화목해 보이는 모습이었다.

용만이 소리쳤다.

"슛 들어갑니다!"

스태프들이 새로운 영화를 제작한다는 설렘과 흥분을 억누르며 숨을 죽였다.

"카메라 롤! 씬 1-1!"

"레디…… 액션!"

마침내 슛 사인이 떨어지고 태수의 네 번째 영화 〈가족〉의 촬영이 본격적으로 시작됐다.

카메라가 돌기 시작하자 거실 카펫 위에 옹기종기모여서 자연스럽게 장난을 치는 가족들.

엄마 역할의 김영애가 딸인 미림의 입술에 붉은 립스틱을 바르면 그 옆에서 아빠인 박호성이 쿡쿡거리며 웃음을 참는다.

생전 처음으로 립스틱을 발라 보는 극 중 미림은 호기심 가득한 표정으로 눈을 반짝이고 있고.

입술을 맡기고 있던 미림이 아빠의 웃음이 수상하다는 표정으로 째려보다가 대사를 한다.

"잠깐, 이상해."

김영애가 립스틱을 들고 재촉한다.

"야, 중간에 그만두면 어떡해? 마저 그려야지."

"나 거울 볼래."

"안 돼."

미림이 바닥에 있는 손거울을 보려고 하면 김영애가 웃음을 참으며 소리친다.

"여보, 미림이 거울 못 보게 해. 빨리!"

그러면 박호성도 먼저 손거울을 잡으려고 슬라이딩을 하지만 미림이 조금 더 빨리 손거울을 낚아채서 자신의 얼굴을 본다.

거울을 보면 어릿광대처럼 삐뚤삐뚤 그려져 있는 립스틱.

미림, 식식거리며 엄마, 아빠를 째려본다.

박호성과 김영애는 들켰다는 표정으로 둘이 약속이나 한 것처럼 동시에 양손으로 자신들의 얼굴을 가리고.

김영애가 조심스럽게 손을 내리고 미림을 보다가 결국 웃음을 터뜨린다.

"미안해, 미림아."

미림이 울먹이며 말한다.

"이게 뭐야?"

박호성도 가세를 한다.

"우리 미림이는 화장 같은 거 안 해도 예뻐. 그러니까 벌써부터 화장하려고 하지 마. 아빠는 미림이 화장하는 거 싫단 말야."

미림이 발끈해서 말한다.

"싫어, 내 친구는 내가 화장한 게 훨씬 예쁘다고 했단 말야."

김영애의 표정이 변하더니 조심스럽게 묻는다.

"네…… 친구? 누……구?"

미림이 박호성와 김영애를 노려보면 김영애가 얼른 말한다.

"미, 미안해 예림아. 엄마가 잘못했어."

단순한 사과가 아닌 비굴할 정도로 표정이 변하는 김영애.

미림이 그런 김영애와 박호성을 노려보더니 벌떡 일어나 2층으로 올라간다. 그런 미림의 뒷모습을 불안하게 지켜보는 박호성과 김영애.

카메라가 두 사람의 표정을 클로즈업으로 세밀하게 잡는다.

조금 전 미림과 장난을 치며 깔깔거리던 모습과 극명하게 대조되며 굳어지는 두 사람의 표정.

박호성은 조금 전까지 어벙벙하게 미림을 위해 뭐든 다 해 줄 것 같은 딸바보 아빠의 얼굴에서 짜증이 가득한 날카로운 표정으로 변하고, 김영애는 한없이 포근할 것 같은 엄마의 이미지에서 차갑고 불안한 신경증 환자 같은 표정으로 변한다.

두 사람의 표정 변화가 얼마나 놀랍고 극적인지, 가만히 보고 있으면 사람이 표정에 따라 얼마나 이미지가 달라질 수 있는지 새삼 놀랄 정도다.

지켜보는 스태프들도 두 사람의 연기에 저절로 숨을 죽이게 되고 분위기에 빨려 들어갔다.

거실에 무슨 일이 일어날 것 같은 분위기로 어색하게 남아 있는 두 사람.

굳은 표정의 박호성이 깊게 한숨을 내쉬더니 날카롭게 말한다.

"그런 쓸데없는 걸 왜 물어봐?"

박호성, 자리에서 일어나 집을 나가면 뒤이어 김영애도 일어나서 안방으로 들어간다.

카메라가 그런 김영애를 따라서 안방으로 들어간다.

김영애, 방문을 닫고 서서 안방의 화장대 속 자신의 창백한 모습을 불안하게 바라보다가 갑자기 이불 속으로 들어가 세 차례 괴성을 지른다.

"아아아아악! 아아아아악! 아아아아악!"

이불 속에서 들려오는 음산한 흐느낌.

그 흐느낌을 뒤로하고 카메라가 팬 해서 안방의 창문을 비추면 투덜투덜 걷고 있는 박호성의 모습이 보인다.

박호성이 넋이 나간 사람처럼 안개가 자욱한 숲속으로 걸어 들어가고 이내 모습이 사라진다.

"컷! 오케이!"

태수의 오케이 사인에 이불 속에 들어가 있던 전미순이 이불을 걷고 밖으로 나왔다. 이불 속에서 얼마나 악을 쓰고 울었는지 전미순의 두 눈이 퉁퉁 부어 있었다.

1씬과 안방에서의 2씬을 찍는 동안 네 번의 NG가 났지만, 첫 촬영인 데다 여러 복선이 숨어 있는 어려운 감정 표현을 생각하면 기대 이상으로 빠르게 촬영이 진행된 셈이다.

다음 씬은 2층으로 올라간 미림의 방이다.

미림이 자신의 책상에 앉아 있고 책상에는 거울과 미림의 앙증맞은 화장품들이 놓여 있다.

요즘 아이들은 워낙 빨리 어른들의 세계를 접하기 때문에 초등학생들 중에서 이미 화장을 하고 다니는 아이들이 많다고 알고 있다. 그렇게 생각하면 극 중 미림은 늦어도 한참 늦은 셈이다.

미림이 또래보다 그런 것들을 접하는 시기가 늦어진 이유는 영화에 명확하게 나오지 않는다. 미림이 학교도 가지 않고 이런 숲속 전원주택에만 머물러 있는 이유도 명확하게 나오지 않는다.

다만 태수는 집 안 곳곳에 흩어져 있는 홈 스쿨링 교재들을 보여 줌으로써 미림의 부모가 어릴 때부터 학교에 보내지 않고 홈 스쿨링을 시켰다는 정도의 암시를 남겼다.

극 중에서 미림의 아빠인 박호성은 소설가이고 엄마인 김영애는 번역가다.

태수가 화장대 앞에 앉아 있는 염혜랑에게 설명을 했다.

"혜랑이 너는 화장 잘하지?"

혜랑이 자신 있게 대답했다.

"네."

"반에 화장하는 친구들 많니?"

"음…… 절반 정도는 해요."

예상은 했지만 초등학교 5학년인데 생각보다 많다는 생각이 들었다.

"혜랑아, 미림이는 태어나서 처음으로 화장을 하는 거야. 그러니까 무척 서툴겠지? 혜랑이는 처음 화장했을 때가 언제니?"

혜랑이 수줍게 웃으며 말했다.

"여섯 살요."

"그럼 그때를 생각하면서 화장을 하는데, 시나리오에 나온 느낌을 살려 줘야 해. 알았지?"

"네."

혜랑은 워낙 대본 이해력이 빨라서 태수의 말이 무슨 말인지 금방 알아들었다.

촬영이 시작됐다.

화장대 앞에서 서툴게 화장을 하는 미림의 모습을 카메라가 잡았다.

눈 화장은 번졌고 립스틱은 제대로 칠해지지가 않아서 삐뚤삐뚤이다.

근데 미림의 화장은 단순히 서툴기만 한 게 아니다. 어딘지 모르게 음산하고 일부러 무섭게 화장을 한 것 같은 모습이다.

화장을 진행할수록 미림의 표정이 점점 무섭게 변해 간다. 아이라이너는 굵고 진해지고 아이섀도는 눈 주위를 덮어서 마치 판다처럼 변해 갔다.

입술의 붉은 립스틱은 입술을 두껍고 삐뚤거리게 칠해서 흉측한 괴물처럼 보였다.

말은 하지 않았지만 지켜보는 태수조차도 속으로 놀랄 정도로 기괴하고 무서운 얼굴이다.

혜랑은 시나리오에 나온 그 난해한 느낌을 절묘하게 찾아내서 그 분위기에 맞게 스스로 분장에 가까운 화장을 해 나가고 있었다.

원래 이 장면에서는 분장 팀이 그런 느낌으로 분장을 해 줄 예정이었지만 그럴 필요조차 없었다. 오히려 아이의 시선으로 그려지는 괴물 같은 얼굴의 모습이 더욱 기괴했다.

화장을 하는 미림의 손길이 점점 거칠어졌다. 마음에 드는 화장을 짜증스럽게 지우고 다시 하는 과정에서 얼굴은 점점 더 기괴하게 변해 갔다.

저러다가 피부에 상처가 나겠다고 생각될 정도로 힘을 줘서 화장을 하는 혜랑.

마치 정말로 극 중 미림에게 빙의라도 된 것 같은 모습에 태수가 촬영을 끊어야 하는 게 아닌가 고민할 정도였다.

하지만 혜랑의 손길은 철저하게 계산이 되어 있었고 시나리오에 적힌 연기의 톤을 확실하게 따라가고 있었다.

문득 화장하던 손길을 멈추는 미림.

거울 속 괴물 같은 자신의 모습을 보다가 갑자기 눈물을 주룩 흘린다. 마스카라가 번지면서 더욱 흉측한 얼굴로 변해 갈 때, 등 뒤에서 옷장의 문이 삐그덕 열린다.

미림, 고개를 돌려 옷장을 노려보다가 일어나 천천히 다가간다.

옷들이 가득한 어두컴컴한 옷장.

미림이 그 자리에 쪼그리고 앉아서 기괴한 얼굴로 옷장 속 어둠을 바라본다. 옷장 속 어둠을 향해 점점 고개를 들이미는 미림.

옷장 속 어둠 속에서 짐승의 눈처럼 발광하는 두 개의 눈이 보인다.

미림이 그 눈을 보며 대사를 한다.

"웃지 마! 놀리지 말라고!"

무슨 소리인지 알아듣지 못하게 중얼거리는 것 같은 속삭임이 들려온다.

"아니야, 나 괴물 아니야!"

다시 들려오는 중얼거림.

"치이, 하나도 안 무섭거든?"

중얼거림.

미림이 어둠을 노려보면서 말한다.

"뭐라고? 너 정말 가만 안 둘 거야!"

어둠 속에서 기괴한 웃음소리가 들려온다.

–킥킥킥킥.

미림, 침을 꼴깍 삼키고 어둠을 노려보다가 손발을 짚고 천천히 옷장 속으로 기어서 들어간다. 몸이 반쯤 어둠 속으로 들어갔을 때쯤 안에서 확 잡아당기고 안으로 빨려 들어가는 미림. 미림의 날카로운 비명이 들려온다.

"아악!"

세트로 지어진 집이기 때문에 실제로 옷장 속에 깊은 비밀의 공간이 만들어져 있다.

"컷! 오케이!"

다시 안방 씬.

앞쪽의 안방 장면과 연결 씬이다.

침대 위 이불이 불룩하게 올라와 있고 카메라가 이불을 비추고 있으면 날카로운 미림의 비명이 들려온다.

이불이 확 들춰지고 머리가 엉망으로 헝클어진 김영애가 밖으로 모습을 드러낸다. 알 수 없는 공포에 질려서 천장을 올려다보며 부들부들 떠는 김영애.

관객들은 김영애의 행동을 보면서 혼란을 느끼고 무슨 일이 일어날 것 같은 긴장감을 느끼게 된다.

"컷!"

안방 씬을 찍은 후 모든 스태프들이 밖으로 나가 숲으로 이동해서 촬영을 시작했다.

인공 안개가 만들어지고 그 자욱한 안개 속을 터덜터덜, 넋이 나간 사람처럼 박호성이 걷고 있다.

그때 안개를 밀어내며 들려오는 미림의 비명 소리.

박호성 역시 전원주택을 돌아보는데, 눈빛이 공포에 질려서 파르르 떨고 있다. 박호성이 마른침을 꼴깍 삼키고는 전원주택을 향해 급히 달려가기 시작한다.

김동수가 스테디캠을 장착한 카메라를 들고 그런 박호성의 모습을 촬영하며 함께 달려가자 더욱 긴박한 느낌을 자아냈다.

정신없이 달려오던 박호성이 숲이 끝나는 지점에서 딱 멈춘다.

집 앞마당으로 낯선 차량 한 대가 들어서고 있었기 때문이다.

박호성이 나무 뒤로 몸을 숨기며 차량을 지켜본다.

차에서 내리는 택배 직원. 택배 직원은 신호철이 섭외한 단역배우인데, 대사도 있고 분량이 꽤 있는 단역이라서 연기력이 필요했는데 다행히 단역치고는 연기를 꽤 자연스럽게 했다.

택배 직원, 초인종을 누르지만 대답이 없고 현관문을 두드린다.

"박호성 씨, 박호성……."

현관문을 두드리자 저절로 스윽 열리는 현관문.

"어?"

택배 직원, 열린 현관문으로 기웃거리며 소리친다.

"박호성 씨, 택배요! 아무도 안 계세요?"

박호성은 숨어서 계속 택배 직원을 지켜보고 있고.

택배 직원, 택배 물건을 들고 집 안으로 들어간다.

택배 직원, 현관 입구에 서서 보면 텅 비어 있는 거실.

"저기요, 아무도 안 계세요? 택배입니다!"

대답이 없으면.

"여기 택배 놓고 갑니다!"

택배 직원, 들고 온 택배 물건을 바닥에 내려놓고 돌아서는데 까르르 웃는 어린아이의 웃음소리가 들려온다.

택배 직원, 돌아서서 보면 쿵쿵거리며 2층으로 올라가는 아이의 다리가 살짝 보인다.

"얘! 부모님 안 계시니?"

다시 까르르 들려오는 아이의 웃음소리.

택배 직원이 고개를 갸웃하는데 위층에서 누군가 갇혀서 문을 두드리는 것 같은 소리가 들려온다.

쾅쾅쾅쾅쾅!

실내에 빛이 거의 들지 않는 구조라서 전체적으로 음산한 분위기의 집 안.

"저기요, 무슨 일 있어요?"

쾅쾅쾅쾅쾅!

택배 직원 조심스럽게 신발을 벗고 거실로 들어선다.

신발을 벗는 택배 직원의 발에서 카메라가 천천히 위로 훑으며 올라가면 택배 직원의 가슴에 누군가의 가녀린 맨발이 보인다.

카메라, 다시 맨발을 타고 위로 올라가면…… 택배 직원의 어깨에 올라타고 있는 원혼의 모습이 보인다.

원혼, 긴 머리카락으로 얼굴을 가렸고 입고 있는 옷은 미림이 입고 있던 원피스와 똑같은데 피로 물들어 있다. 머리카락 사이로 무시무시한 광기를 뿜어내고 있는 원혼의 눈빛이 보인다.

이 장면에서 원혼이 천천히 고개를 돌리면 손톱으로 칠판을 긁는 것 같은 소름 끼치는 효과음이 들어갈 예정이다.

택배 직원, 어깨에 원혼이 올라타고 있다는 것도 모른 채 거실로 들어선다. 택배 직원을 체격이 좋은 배우로 뽑은 이유가 그 때문이다.

게다가 김정화가 워낙 몸이 왜소하고 가볍기 때문에 택배 직원을 맡은 배우는 마치 어깨에 아무것도 없는 것처럼 연기를 할 수가 있었다.

또한 김정화가 아니라면 다른 사람의 어깨 위에서 저렇게 중심을 잡으면서 자연스럽게 올라타고 있는 일이 결코 쉬운 게 아니다.

카메라 앵글을 바꾸면서 택배 직원의 어깨에 올라타고 있던 김정화가 내려왔다.

스태프들이 붙잡아 주기도 전에 흐느적거리는 연체동물처럼 어깨에서 내려오는 김정화의 놀라운 동작과 움직임에 여기저기서 감탄사가 터져 나왔다.

태수는 택배 직원에게 지금의 상황을 설명했다.

"이제 카메라 앵글을 바꾸면 관객에겐 어깨에 타고 있던 원혼이 보이지 않을 거예요. 하지만 원혼은 사라진 게 아니라 계속 배우님의 어깨에 올라타고 있어요. 그러니까 배우님이 스스로 어깨에 원혼이 있다는 느낌을 가지고 연기를 해야 해요. 그 느낌을 가지고 연기하는 것과 그냥 하는 건 분명히 다를 거예요. 알겠죠?"

배우가 고개를 끄덕였다.

다시 같은 자세에서 연결 씬으로 촬영에 들어갔다. 대신 이번에는 택배 직원의 어깨에 올라타고 있던 김정화의 모습이 보이질 않았다.

"액션!"

택배 직원이 어깨의 느낌이 이상한지 고개를 갸웃하며 팔을 이리저리 돌리며 대사를 했다.

"이상하네, 어깨가 왜 이렇게 저리고 사꾸 오싹하지?"

관객들은 저 대사를 들으면서 비록 화면에 원혼의 모습은 보이지 않지만 여전히 택배 직원의 어깨에 계속 원혼이 올라타고 있다는 상상을 할 수가 있다.
택배 직원이 거실을 천천히 둘러보며 중얼거린다.
"근데 이 집은 대낮인데도 왜 이렇게 어두워?"
영화에서는 이 부분에서 긴장된 효과음과 음악이 깔릴 예정이고, 그렇게 되면 공포 분위기가 한결 고조될 것이다. 관객은 택배 직원의 어깨 위 원혼을 계속 의식할 테니까.
택배 직원이 어두침침한 거실을 가로질러서 2층을 향해 다가가는데, 옆쪽에서 녹슨 문이 열리는 것 같은 기분 나쁜 소리가 들려온다.
끼이이이익.
택배 직원이 멈칫하고 고개를 돌려 보면 안방 문이 열려 있다. 안방의 열린 문틈 사이로 침대가 보이고 침대 위에 봉긋하게 올라와 있는 이불이 보인다.
마치 이불 속에 누군가가 들어가 있는 것처럼.
택배 직원은 오랫동안 연극을 했고 스턴트맨으로도 일을 했던 경력이 있는 배우다. 따라서 대사가 없이 표정 연기만 보여 주는 지금과 같은 공포 장면에서는 연극에서의 과장된 표정 연기가 오히려 효과가 좋았다.
택배 직원이 고개를 갸웃하며 다가간다.
"저기요, 아무도 안 계세요? 택배 왔는데요."
택배 직원, 안방 입구에서 불룩한 이불을 지켜보지만 왠지 선뜻 안으로 들어가고 싶지는 않다. 본능의 경고라고 할까.

택배 직원이 발길을 돌리려는 순간 이불이 꿈틀하고 움직인다.

"헉."

연극의 과장된 표정 연기로 택배 직원의 눈이 휘둥그레져서 그 자리에 얼어붙는다. 택배 직원이 겁에 질려서 거실을 천천히 둘러본다.

혹시 다른 뭔가가 튀어나올까 봐 겁이 나는 것이다.

택배 직원이 마른침을 삼키고는 침대 위 이불을 돌아본다.

다시 꿈틀거리고 움직이는 이불.

택배 직원, 본능은 모른 척하고 달아나라고 말하고 있지만 왠지 그럴 수가 없다.

사람이 그렇지 않나.

모르는 게 약이라고 안 봤다면 모른 척 지나갈 수 있지만 일단 보고 나면 쉽게 무시할 수가 없는 것이다.

이런 동작과 심리들은 태수가 시나리오를 쓰면서 고심한 결과에서 나온 것들이다.

그리고 원혼이 나오는 공포 영화에서는 바로 이런 숨 막히는 긴장감이 가장 중요하고 무서운 장면이 돼야만 한다. 이런 장면에서 갑자기 이불 속에서 뭔가가 왁! 하고 튀어나오면 극장이 비명으로 가득 차게 되니까.

택배 직원이 조심스럽게 대사를 했다.

"저, 저기요. 거기 누구 있어요?"

택배 직원, 마른침을 삼키고는 천천히 이불을 향해 다가간다.

"저기요, 택배 직원입니다."

하지만 어떠한 대답도 없이 미동도 하지 않는 이불.

택배 직원, 덜덜 떨리는 손을 뻗어서 이불을 들춘다.

어두컴컴한 이불 속에 웅크리고 있는 김영애의 괴기스러운 모습이 음산하게 나타난다.

"으악!"

택배 직원, 놀라서 뒷걸음질을 치다가 김영애의 얼굴을 확인하고는 겨우 안도하며 가슴을 쓸어내린다.

"아니 지금 뭐 하는 겁니까? 왜 대답을 안 했어요?"

하지만 김영애의 행동이 이상하다. 김영애는 여전히 침대에 엎드린 채 택배 직원을 빤히 올려다보고 있다.

택배 직원은 김영애의 행동이 뭔가 이상하다는 느낌을 받게 되고 조심스럽게 묻는다.

"저, 저기요. 괜찮아요?"

그런데 택배 직원이 가만히 김영애의 눈을 보면 자신을 바라보고 있지 않다. 자신보다 조금 더 높은 곳, 더 위쪽의 뭔가를 보면서 겁에 질려 있다.

택배 직원, 이상한 느낌에 천천히 고개를 돌려 눈앞에 있는 화장대 거울을 본다. 화장대 거울 속 자신의 모습이 보이고, 어깨 위에 올라타고 있는 긴 머리카락을 늘어트린 원혼의 모습도 보인다.

"으…… 으…… 으아아아악!"

택배 직원, 방을 나가려고 돌아서는 순간 안방 문이 닫힌다.

쾅!

다음 씬에서 카메라는 안방이 아닌 거실에서 닫힌 방문을 비추고 있다.

택배 직원이 미친 듯이 방문을 두드리면서 무시무시한 비명을 지르는 소리가 한동안 이어지다가 차츰 소리가 잦아든다.

카메라, 적막한 거실 구석구석과 2층 계단, 닫힌 안방 문 같은 곳을 비춘다. 시간이 멈춘 것 같은 일상의 모습들.

잠시 후 조심스럽게 현관으로 들어서는 박호성.

박호성, 현관 입구에 놓여 있는 택배 직원의 신발을 본다.

예전 전성기에도 박호성은 연기를 잘하는 배우는 아니었다. 당시에도 연기력보다는 기존 배우들한테 없는 풋풋한 이미지 때문에 인기가 있었을 뿐.

그런 박호성의 살짝 어벙하면서 맹한 느낌의 표정과 분위기가 공포 영화에도 의외로 잘 들어맞았다. 어벙한 눈빛과 부들부들 떨리는 입술 같은 표정이 그랬다.

박호성이 겁에 질린 표정으로 천천히 안으로 들어서서 거실을 가로지른다.

박호성, 닫힌 안방 문 앞으로 다가가서 멈추고는 마른침을 삼킨 후 천천히 방문을 연다. 방문이 반쯤 열리다가 뭔가에 걸려서 보면 바닥에 피투성이가 되어 눈을 부릅뜬 채 죽어 있는 택배 직원의 얼굴이 보인다.

"헉."

박호성, 돌아서서 눈을 질끈 감았다가 뜬다.

박호성, 두려운 눈으로 2층으로 올라가는 계단 쪽을 보다가 억지로 안방 문을 밀어내면 택배 직원의 몸이 쭈욱 뒤로 밀리고 덩달아 바닥에도 피가 흥건하게 번진다.

열린 방문 틈으로 조심스럽게 들어가는 박호성.

방 안의 모습을 둘러보는 박호성의 눈빛이 부들부들 떨린다.

안방의 벽과 방문에 죽음의 순간 택배 직원의 몸부림을 짐작케 하듯 핏빛 손바닥과 핏방울들이 어느 행위 예술자의 작품처럼 현란하게 흩뿌려져 있었던 것이다.

박호성, 구토가 올라와서 잠시 허리를 꺾고 욱욱거리다가 보면 침대 위에 불룩하게 솟아 있는 이불이 보인다.

박호성, 떨리는 손으로 이불을 향해 팔을 뻗어서 들추려고 하면 김영애가 이불을 붙잡고 놓지 않는다. 박호성, 힘으로 이불을 휙 젖히면 핏발이 서 있는 김영애가 모습을 드러낸다.

머리는 산발이고 얼굴은 눈물로 범벅이 된 김영애가 음침

한 분위기로 박호성을 노려본다. 그러곤 공포로 참고 있던 울음을 터뜨린다.

"으흐흐흑…… 싫어…… 으흐흐흑……."

박호성, 달려들어서 그런 김영애의 입을 황급히 틀어막는다.

감정 제어가 되지 않아서 마치 히스테리에 걸린 사람처럼 몸부림치는 김영애의 연기.

몸이 뻣뻣하게 굳어 가고 동공이 뒤집어지며 흰자위가 밀려 나오는 김영애의 연기는 실제인지 연기인지 구분이 되지 않을 정도의 열연이었다.

그런 김영애와 침대 위에서 몸싸움을 하다가 따귀를 올려붙이는 박호성.

박호성이 으르렁거리듯 귀에 대고 속삭인다.

"제발 조용히 좀 하라고…… 조용히!"

순간 몸부림치던 김영애의 동공이 커지고.

박호성이 무섭게 노려보면서 김영애의 입을 막고 있던 손을 천천히 뗀다. 김영애가 사시나무처럼 몸을 떨면서 자신의 손으로 입을 막고 흐느끼며 중얼거린다.

"나 어떡해…… 더 이상 버틸 자신이 없어…… 너무 무서워서…… 미쳐 버릴 것 같아."

"쉿!"

박호성이 김영애에게 눈짓을 하고는 일부러 위층까지 들

리도록 애써 밝은 목소리로 말한다.

"우리 미, 미림이가 어떻게 됐을까? 엄마, 아빠는 미림이가 너무 걱정이야. 미림이 친구가…… 우리 미림이를 해치지 않았을까?…… 여, 여보…… 우리 미림이 괜찮은지 어서 올라가 봅시다!"

박호성이 위층으로 올라가자고 눈짓을 하면 김영애가 싫다고 마구 고개를 흔든다.

박호성이 목소리를 낮춰서 말한다.

"나도 무서워, 무섭다고. 하지만 우리의 이런 모습을 미림이한테 보이지 않으면 어떻게 되는지 알면서 왜 그래? 어서 일어나."

김영애가 울음을 삼키고는 마음을 다잡으며 일어나다가 바닥에 죽어 있는 택배 직원을 보고는 다시 기겁을 한다.

박호성이 말한다.

"정신 똑바로 차려, 안 그러면 우리도 저렇게 될 거야. 일단 위로 올라가서 미림이부터 보자."

박호성이 먼저 일어나서 방을 나가면 김영애가 끔찍한 표정으로 죽은 택배 직원의 시체를 타 넘어서 안방을 빠져나간다.

"컷, 오케이!"

방 안을 나오면서 오케이 사인이 떨어지자 전미순이 그 자

리에 주저앉으며 한숨처럼 말했다.

"어떡해? 나 온몸에 소름이 다 돋았어. 방 안이 온통 핏자국이라고 생각하니까 내가 정말로 살인 현장에 와 있는 것 같더라고."

구본수가 웃으면서 말했다.

"아까 누나 이불 속에 있을 때 표정 보니까 장난 아니더라."

"맞아, 너무 끔찍했어."

구본수는 전미순이 자신보다 나이가 많았기에 누나라고 불렀다.

안방의 핏자국들은 미술 팀에서 공을 들여서 만든 작품이었다. 그래서 공포 영화는 다른 장르에 비해 미술 팀의 역할이 중요하다.

방 안에 쓰러져 있던 택배 직원이 일어나려고 하자 연출부가 말했다.

"잠깐만요."

연출부가 안방으로 달려가서 택배 직원이 누워 있던 자리를 표시한 후 카메라로 일일이 촬영을 했다. 다음에 촬영할 때 지금의 모습을 그대로 재연하기 위해서였다.

"바닥 밟을 때 조심해 주세요."

태수는 촬영한 영상들을 배우들과 함께 돌려 보며 대화를 나눴다.

안방 씬은 여러 가지 복잡한 복선을 함축하고 있는 장면이었다. 처음 시나리오를 읽을 때 구본수와 전미순도 박호성과 김영애의 행동을 잘 이해하지 못했다.

그러니 관객의 입장에서는 더더욱 혼란스러울 수밖에 없다.

특히 박호성은 이번 영화에서 미스터리를 증폭시키는 역할이 주어졌다.

박호성은 택배 직원이 집 안으로 들어가는 모습을 보면서 숨어서 지켜보기만 했고 이불 속 김영애가 소리를 지르지 못하게 했다.

또한 박호성과 김영애는 딸인 미림의 안전을 걱정하기보다는 연기를 하듯 위층을 향해서 미림에게 들리라는 듯 소리를 지르는데, 관객의 입장에서는 이해가 가지 않는 행동이었다.

아직까지는 모든 게 의문투성이일 수밖에 없었고 관객의 그런 혼란은 태수가 분명히 의도한 바였다.

다시 촬영이 재개됐다.

"씬 8-1."

"카메라 롤…… 액션!"

카메라가 거실에서 안방 문을 비추고 있으면 박호성과 김영애가 안방 문을 열고 거실로 걸어 나온다. 두 사람의

표정은 공포에 질려 있었고 절대로 딸을 걱정하는 얼굴은 아니다.

두 사람은 내키지 않는 걸음으로 조심스럽게 2층 계단을 올라간다.

2층 복도.

계단을 올라온 두 사람이 복도로 들어선다. 아래층에서 그 난리가 났는데 2층은 적막하다.

조심스럽게 다가가면 미림의 닫힌 방문이 보인다.

박호성이 김영애에게 문을 노크하라고 하면 김영애가 마지못해 다가간다. 박호성이 그런 김영애의 어깨를 잡고는 말한다.

"당신…… 미림이를 걱정하는 표정이 아냐."

김영애가 극 중에서 또 다른 연기를 하는 것처럼, 굳어 있던 얼굴을 이리저리 움직여서 딸을 걱정하는 엄마의 표정으로 돌아온다.

박호성이 잘했다고 의미심장한 표정으로 고개를 끄덕이면 비로소 김영애가 방문을 노크한다.

"미림아…… 미림아, 엄마야…… 네가 걱정돼서 올라왔어. 엄마…… 들어간다?"

김영애, 박호성을 한번 돌아보고 문을 연다.

김영애, 안으로 들어가면 책상 앞에 멍하니 앉아 등을 보이고 있는 미림의 뒷모습이 보인다.

"미림……아?"

박호성도 그제야 앞으로 나서며 걱정하는 말투로 말한다.

"미림아, 너 괜찮니?"

박호성이 먼저 다가가서 미림의 얼굴을 보면 손과, 얼굴 그리고 옷이 피투성이다. 김영애가 양손으로 입을 가리며 놀란다.

본 영화에서는 이 부분에서 김영애의 회상 씬이 들어갈 예정이다.

바로 안방에서 일어난 살인 장면을 김영애가 떠올리는 장면이다.

조금 전 안방에서 택배 직원이 김영애의 시선에 놀라서 안방 화장대를 보면 자신의 어깨에 올라타고 있는 원혼의 모습을 보게 된다.

택배 직원이 놀라고 안방 문이 닫힌 후, 등에 올라탄 원혼이 괴성을 지르면 화장대에 있던 날카로운 가위가 날아가서 원혼의 손에 쥐어진다.

원혼은 가위로 미친 듯이 택배 직원의 목을 찌른다. 피가 분수처럼 뿜어지고 택배 직원이 방을 나가려고 몸부림을 치지만 문은 열리지 않는다.

김영애는 이불 속에 들어가서 그 참혹한 장면을 고스란히 목격했다. 근데 지금 피로 물든 미림의 모습이 그 원혼과 똑같이 닮았던 것이다.

"엄마!"

미림의 목소리에 퍼뜩 정신이 돌아온 김영애가 아래를 내려다보다가 비명을 지르며 뒷걸음질을 친다. 온몸이 피투성이인 미림이 자신을 올려다보고 있었기 때문이다.

김영애가 겁에 질려서 뒷걸음질을 치자 천진하던 미림의 표정이 금방 싸늘하게 변한다.

박호성이 뒤에서 황급히 눈짓을 한다.

김영애가 공포와 싸우며 애써 웃음을 떠올리고는 대사를 한다.

"그, 그래. 미림아."

미림이 안아 달라는 듯 양팔을 벌린다.

김영애가 머뭇거리면 뒤에서 박호성이 재촉을 한다. 김영애가 미묘한 표정으로 다가와서 미림을 안는다. 미림이 그런 김영애의 배에 얼굴을 부비며 허리를 꽉 끌어안는다.

김영애가 금방이라도 울음을 터뜨릴 것처럼 눈을 질끈 감았다가 뜨고는 대사를 한다.

"사랑해, 미림아."

전민순은 방금 전 공포에 사로잡혔던 표정 대신 어느새 딸을 사랑하는 포근한 엄마의 표정으로 돌아와서 미림을 더욱 세게 끌어안는다.

그녀의 눈가에 살짝 눈물이 맺힌다. 눈물의 의미는 사랑이 아닌 공포로 인한 눈물이다.

박호성도 옆으로 다가와서 주저앉더니 미림을 걱정스러운 눈으로 바라보며 묻는다.

"우리 미림이 괜찮아? 친구가 괴롭히지 않았어? 만약 친구가 우리 미림이 괴롭히면 엄마, 아빠가 가만두지 않을 거야."

미림이 고개를 돌리고는 의심스럽게 바라보며 묻는다.

"정말?"

"그럼 정말이지."

미림이 사실인지 아닌지 의심하는 것처럼 가만히 보다가 비로소 웃으면서 박호성의 목을 끌어안는다.

미림 모르게 박호성과 김영애가 두려운 눈빛을 주고받는 장면에서.

"컷, 오케이!"

첫날 촬영을 80퍼센트 이상 마쳤다.

촬영한 영상을 돌려 보며 다들 어린 염혜랑의 연기력에 탄복했다. 천사와 악마의 경계를 넘나드는 미림의 캐릭터는 이 영화가 보여 주려는 공포의 근원이다.

천진난만한 어린아이의 표정에서 섬뜩하게 돌변하는 악마의 눈빛 연기는 다음에 무슨 일이 벌어질지 전혀 예측을 할 수가 없게 만들어서 관객을 두렵게 만든다.

극중에서 예림의 부모로 설정된 박호성과 김영애 역시 관객과 똑같은 심리를 가지고 미림을 대하게 된다. 부모임에도 미림을 두려워하는 모습을 보이는 것이다.

덕분에 처음엔 혼란스럽던 관객들은, 영화가 후반으로 흘러갈수록 박호성과 김영애에게 감정이입하게 되고 그만큼 공포의 감정도 커지게 된다.

촬영이 늦게 끝나서 저녁도 많이 늦어졌다.

저녁은 조진호 대표와 창호가 촬영장에 응원차 들르면서 사 온 도시락으로 해결을 했다.

조진호 대표는 이미 〈가족〉의 시나리오를 봤을 때부터 장편으로 디벨롭 해 보자는 제안을 했다. 〈수상한 아파트〉도 장편으로 발전시키면 재미가 있을 것 같지만 공포 영화 본연의 대중적인 재미로는 오히려 〈가족〉이 더 낫다는 판단을 하고 있었다.

〈수상한 아파트〉는 판타지 공포지만 〈가족〉은 우리나라 관객들이 좋아하는 원혼 공포인 데다 스토리가 단순하면서도 계속 호기심을 자극하는 장면의 연속이라서 몰입도가 좋다며 입맛을 다셨던 것이다.

하지만 그건 제작자의 입장이고 태수는 영화가 한순간도 쉬어 가는 부분이 없도록, 분량이 짧아도 관객이 계속 긴장하는 영화로 만들고 싶었다.

근데 장편으로 만들면 아무래도 늘어지는 부분이 생길 수 밖에 없다. 따라서 혹시라도 장편으로 만든다면, 늘어난 시간을 보완할 수 있는 뭔가가 떠올랐을 때 고려해 볼 생각이었다.

근데 조진호 대표는 현장에서 직접 촬영하는 모습을 보니 더욱 구미가 당기는 모양이었다.

"이야, 잠깐 봤는데도 비주얼 죽인다. 김정화 씨 어때? 탁월한 선택이지?"

"네. 분량이 많지 않은데도 한번 나타날 때마다 이미지가 정말 강렬하더라고요."

"내가 볼 땐 〈모텔 파라다이스〉보다도 나은 것 같아."

태수는 조진호가 왜 그런 말을 하는지 이미 속을 알고 있어서 빙긋 웃음이 나왔다.

"〈모텔 파라다이스〉는 이번 주말에 잘하면 300만 찍을 것 같아."

"진짜요?"

300만은 다음 주나 돼야 가능할 줄 알았는데, 이번 주말에 돌파를 예측할 정도면 개봉 3주 차에 오히려 관객 수가 늘어났다는 얘기가 아닌가.

"내가 이런 날이 올 줄 상상이나 했겠어? 한국 공포 영화가 300만이라니. 원래 예상은 3주 차에는 관객수 드롭율도

커지고 스크린도 많이 줄어들 걸로 예상했는데 오히려 점점 더 힘을 받더라고. 예지 씨도 어서 축하 파티 하자고 난린데 장 감독 때문에 못 하잖아. 스케줄 좀 줄여, 가만히 보면 완전 워커홀릭이야."

"저보다 몇 배는 더 바쁘게 사는 연예인들이 얼마나 많은데요. 전 종목을 바꿔서 일을 하다 보니까 더 그렇게 보이는 거예요."

"이번에 창호 얘기 들으니까 일본에서도 취재를 왔다며?"

"꼭 저 때문에 온 건 아니고, 최성식 선배님 때문에 온 거예요."

"물론 그 이유도 있겠지만 장 감독 〈영혼을 찾아서〉 때문에 왔다고 하던데? 그래서 이번에 프로그램 수출하기로 계약도 체결했대."

"그래요?"

설마 했는데 정말로 계약을 체결한 모양이었다.

〈영혼을 찾아서〉가 일본에서 방송이 된다니. 일본이라서 그런지 왠지 좀 더 책임감이 느껴지고 잘해야겠다는 걱정부터 들었다.

뒤에서 창호의 목소리가 들려왔다.

"대표님, 왜 제가 할 얘기까지 미리 다 하세요?"

조진호가 히죽 웃으며 말했다.

"어차피 할 얘기였잖아, 헤헤."

이번엔 창호가 조진호와 교대를 했다.

"이거 무슨 회장님한테 줄 서서 결재받는 느낌인데? 흐흐. 맛나치킨 광고 촬영 수정된 시안이 나왔어. 봐 봐."

창호가 파일에서 콘티가 그려진 서류를 보여 줬다.

지난번 시안에서 부적을 사용하는 장면이 빠지고 귀신하고 둘이 맛있게 치킨을 먹는다는 쪽으로 수정된 시안이었다.

창호가 말했다.

"부적을 사용하는 장면이 빠지니까 큰 무리는 없어 보이는데 어때?"

"네, 괜찮네요. 이걸로 하죠."

"오케이. 그리고 광고주 쪽에서 혹시 귀신 역할 잘할 수 있는 연기자 추천해 줬으면 하더라고. 어차피 주연급을 쓸 건 아니니까."

창호의 말의 끝나자마자 태수의 머릿속에 떠오르는 얼굴이 있었다.

"송현주 어때요?"

"송현주? 아, 너네 옥탑방 아래 사는…… 가만…… 내가 어디서 봤지? 그렇지, 광기의 노래방 맞지?"

"네, 맞아요. 그리고 제 영화 〈앞집녀〉에서 귀신으로 출연했잖아요."

"〈앞집녀〉의 귀신이 송현주였어? 오, 괜찮네. 오케이 내가 제안해 볼게."

만약 송현주와 함께 광고를 찍는다면 여러모로 즐거울 것 같았다. 처음 송현주의 〈최고의 사랑〉 오디션을 준비하느라 옥상에서 둘이 연기하던 생각도 날 것 같고.

아무래도 광고가 송현주의 이미지에도 도움이 될 것이다.

창호가 다이어리에 메모를 한 후에 말했다.

"참, 〈오늘도 연애〉도 일본 한류 팬 사이트에서 인기가 빠르게 상승 중이래. 한류 게시판에서는 거의 실시간으로 번역까지 해서 올라온다더라. 천상천하 김찬이 일본 내 한류 팬이 워낙 많은 데다 요즘 일본에서 너한테까지 관심 가지는 사람이 많아지면서 동반 상승이랄까."

최근에 일본에서의 한류 붐이 많이 식었다는 기사를 본 기억이 있어서 다소 의아했다.

창호가 그런 태수의 마음을 읽은 것처럼 말했다.

"물론 예전 같진 않지. 하지만 최근 방영된 드라마들에 비하면 한류 게시판에서 반응이 꽤 뜨거운가 봐. 〈영혼을 찾아서〉가 본격 방영되면 조만간 일본에 팬 미팅 하러 갈지도 몰라. 참, 양 작가님이 7, 8화 대본 보내 왔는데 재밌더라. 스토리가 웹툰하고 살짝 바뀌었는데 아마도 네 분량 늘리느라 그런 것 같아."

"어떻게요?"

"이초희가 엘리베이터 나와서 같이 차 타고 가다가 강혁의 정체에 대해 알려고 하니까, 강혁이 갑자기 냉정해져서 이초희가 중간에 내려서 혼자 걸어갔잖아."

"그랬죠."

"2회인가 나왔던 사채업자 박창희가 다시 나오더라고."

대충 어떤 흐름인지 짐작이 갔다.

"그렇게 되면 강혁이 움직이지 않을 수가 없겠지?"

창호가 태수를 놀리는 것처럼 싱글싱글 웃었다.

뒷이야기가 궁금해서 당장 대본을 보고 싶었지만 당장은 참는 게 좋을 것 같았다. 어차피 내일이면 촬영이 모두 끝나니까.

저녁을 먹고 잠시 휴식 시간을 가졌던 스태프들과 배우들이 다시 기운을 냈다.

이번 씬은 박호성과 김영애가 시체를 처리하고 집 안을 정리하는 이미지 위주로 구성되는 몽타주 씬이었다.

"슛 들어갑니다!"

용만의 힘찬 외침에 스태프들이 자리했고 택배 직원은 원래 자리로 돌아가서 다시 시체가 되어 바닥에 엎드렸다.

"레디…… 액션!"

슛 사인이 떨어지자 안방에서 대기하고 있던 박호성과 김영애가 택배 직원의 양쪽 다리를 잡고 방에서 질질 끌고 나왔다. 거실 바닥에는 길게 핏자국이 이어졌다.

어둠이 찾아든 어두컴컴한 숲속.

박호성과 김영애가 양쪽 다리를 잡고 택배 직원 시체를 숲으로 질질 끌고 가고 있다. 언뜻 보면 마치 두 사람이 살인자인 것처럼 보인다.

다음은 박호성이 숲에서 삽으로 구덩이를 파는 장면이다. 스태프들이 미리 파 놓은 구덩이 속으로 들어가서 박호성이 이어서 파기 시작했다.

박호성의 옆으로는 눈을 부릅뜬 택배 직원의 시신이 보인다.

안방에서는 김영애가 걸레로 집 안 곳곳의 피를 닦고 있다. 김영애가 끔찍한 표정으로 피를 닦고 있다가 문득 고개를 들고 보면 하얀 맨발이 돌아서서 2층 계단을 올라가는 모습이 보인다.

김영애, 불안한 눈빛으로 계단을 노려보다가 다시 피를 닦는다.

다음 씬은 거실 씬.

박호성과 김영애가 거실 바닥에 마주 앉아서 몰래 대화를 나누는 중이다. 혹시라도 누가 들을까 봐 연신 주위를 두리번거리며 최대한 목소리를 낮춰서 대화를 나눈다.

김영애가 불안하게 말한다.

“더 이상은 이렇게 못 살겠어, 무섭기도 하고 계속 거짓말 하면서 못 살겠다고. 언제까지 이렇게 계속 미림이한테 모든 걸 맞추면서 살아?”

“그럼 어떻게 해? 미림이가 화가 나면 그 원혼이 나타나는데.”

“요즘은 미림이를 화나게 하지 않아도 그 원혼이 나타나는 것 같아. 이젠 그 원혼이 일부러 미림이를 자극해서 스스로 화나게 만드는 것 같다고.”

박호성이 땅이 꺼져라 한숨을 내쉬면 김영애가 눈치를 보다가 조심스럽게 말한다.

“자기야…… 도망가자.”

이 지점에서 관객은 혼란을 느끼게 된다. 아무리 딸이 무서워도 부모가 둘이 도망을 가려고 하는 모습이 이해가 되지 않을 테니까.

몇몇 눈치가 빠른 관객들은 박호성과 김영애 그리고 미림이라는 가족의 관계 속에 숨겨진 뭔가가 있다는 사실을 의심할 수도 있다. 일테면 미림이 박호성과 김영애의 진짜 딸이 아닐 수도 있다는.

구본수와 전미순은 시나리오에서 이 부분에서 어떤 표정과 심리로 연기를 해야 할지 혼란스럽다고 말했다. 관객을 속이려면 지금의 대사와 표정이 맞지 않다고 생각한 것이다.

하지만 태수는 생각이 달랐다.

이 지점에서 관객이 어느 정도 의심을 하고 다른 상황을 눈치채는 것도 나쁘지 않다고 생각한 것이다. 계속 미스터리를 쌓아만 가는 것보다 조금씩 단서를 흘리면서 가는 쪽이 오히려 몰입도를 높일 수 있다고 생각한 것이다.

태수의 설명을 들은 구본수와 전미순도 나중에는 공감을 했고 연기의 톤을 다시 잡을 수가 있었다. 즉, 연기를 통해 미림에 대한 두려움을 대놓고 드러내기로 한 것이다.

그런 이유로 박호성은 다음 대사에서 '미림' 대신 '그 애'라는 호칭을 사용한다.

박호성이 두려운 눈빛으로 주위를 살피고는 목소리를 낮춘다.

"만약 그랬다가 그 애가 알게 되면 어떡하려고?"

"그럼 평생 이렇게 살아? 그 애한테 붙잡혀서 소꿉놀이하는 노예처럼?"

김영애는 말투와 표정에서 딸에 대한 애틋함이나 연민의 감정은 확실하게 배제하고 연기를 하고 있었다.

박호성이 자신이 없다는 표정으로 한숨과 함께 말했다.

"난 자신 없어. 분명히 우릴 도와줄 수 있는 사람이 어딘가에 있을 거야. 그러니까……."

김영애가 고개를 흔들었다.

"아니! 아무도 우릴 못 도와줘. 그 무시무시한 괴물이 뭔지는 모르지만 적어도 사람은 아니야. 낮에 택배 직원이 어떻게 됐는지 봤잖아, 지난번 경찰에 신고했을 때도 소용이 없었고. 아무도 그 괴물을 막을 수 없어. 그 괴물한테서 벗어나는 길은 도망치는 길뿐이야."

영화에서는 이 부분에서 달려오던 경찰차가 사고가 나는 장면을 촬영해서 인서트로 삽입할 예정이다.

예산상 사고 장면이 직접적으로 나오진 않고 경찰이 운전을 하고 있으면 경찰차의 액셀이 저절로 눌러진다. 브레이크를 밟아도 멈추지 않는 차와 차 안 경찰들의 당황하는 모습과 울부짖음으로 대신할 예정.

박호성이 말한다.

"경찰차가 사고 난 건 우연일 수도 있어."

"아냐, 난 알아. 그 사고도 그 애가……."

"쉿!"

박호성이 다급하게 손가락을 입술에 갖다 댄다.

김영애가 놀라서 숨을 죽이면 언제 내려왔는지 계단 입구에 서 있는 미림의 하얀 맨발이 보인다. 위쪽은 어둠에 가려서 보이질 않고.

김영애가 치가 떨린다는 표정으로 몸을 부들부들 떨면서 고개를 가로젓는다.

박호성이 얼른 다른 얘기를 둘러댄다. 미림에게 들리도록 오버해서 나오는 목소리다.

"난 요즘 우리 미림이 보면 너무 예뻐. 갈수록 예뻐지는 것 같아."

박호성이 눈짓을 하며 어서 하라고 재촉을 하면 김영애도 어쩔 수 없이 미림의 발을 보며 마음에도 없는 말을 한다.

"다, 당연하지. 어, 엄마를 닮았으면 당연히 예쁘지. 누구 딸인데."

스윽 다시 위층으로 올라가는 맨발.

김영애가 소름이 돋는 듯 두 팔로 자신의 어깨를 감싸고 낮게 흐느낀다.

박호성이 김영애의 팔을 잡아당기면 안방으로 들어가는 두 사람. 계속 계단 쪽을 힐끗거리며 안방으로 들어서던 김영애가 비명을 지른다.

안방 침대에 미림이 앉아 있었기 때문이다.

두 사람, 그럼 조금 전에 계단에 서 있던 건 누구의 발인지 혼란스러운 눈빛으로 서로를 마주 본다.

"엄마는 왜 나한테 소리 질렀어?"

김영애가 어떻게든 공포의 감정 위에 미소를 덧씌우려고 애쓰며 말한다.

"다, 당연히 놀라지 누구라도. 아무도 없는 줄 알았는데 거기 그렇게 앉아 있으면……."

박호성이 얼른 표정을 바꿔서 침대로 다가간다.

"미림이는 언제부터 여기 들어와 있었어?"

미림이 생글생글 웃으며 말한다.

"엄마, 아빠가 거실에서 얘기 나누는 동안 계속."

박호성과 김영애가 불안하게 눈빛을 교환한다. 혹시라도 자신들의 얘기를 미림이 듣지 않았을까 걱정하는 것이다.

구본수와 전미순은 처음에는 그런 미묘한 표정과 눈빛을 힘들어했지만 어느 순간부터 박호성과 김영애의 심리를 이해하면서 극적으로 표정의 변화를 이끌어 냈다.

역시 대박은 염혜랑이었다. 어떻게 초등학교 5학년짜리가 저렇게 복잡한 심리를 이해하고 표정 연기를 해낼 수 있을까.

태수가 생각했던 것 이상으로 염혜랑이 연기를 잘해 내면서, 이 영화가 완성되면 기대 이상으로 무서운 공포 영화가 될 수 있겠다는 생각이 들어서 마음이 설렐 정도였다.

원혼이 직접 등장하는 장면도 무섭지만 때로는 염혜랑의 저런 이중적인 연기가 무섭게 다가오는 경우가 훨씬 많기 때문이다.

생글거리고 있는 미림의 표정은 천진해서 더 무서웠다. 천진하기에 무슨 일이든 죄책감을 느끼지 않고 저지를 것 같은 느낌.

미림이 옅은 비소를 띄운 채 관찰하는 것처럼 두 사람을 가만히 응시했다.

이 장면에서 김영애의 혼잣말이 덧씌워질 예정이다.

'아, 저 표정 너무 무서워. 모든 걸 다 알고 있으면서 모른

척하는 괴물 같아.'

불안한 김영애가 얼른 침대로 올라가서 미림을 간질이며 장난을 친다. 미림이 두 사람의 대화를 들었을지도 모른다는 불안감을 어떻게든 빨리 지워 버리고 싶었던 것이다.

"너 엄마, 아빠 침실에 마음대로 들어오면 간지럽힌다고 했지?"

그제서야 미림이 천진한 어린아이처럼 깔깔거리며 몸을 뒤틀었다.

"간지럽단 말야, 히히히."

박호성이 타이르듯 말한다.

"자, 미림아. 엄마, 아빠 이제 자야 하니까 그만 미림이도 네 방으로 올라가서 자."

미림이 금방 말 잘 듣는 아이처럼 생글생글 웃으면서 말한다.

"알았어."

미림이 침대를 펄쩍 뛰어내려서 방을 나가려다가 돌아서서 묻는다.

"그럼 내 동생 만들어 줄 거야?"

두 사람, 동시에 놀라서 되묻는다.

"뭐라고? 동생?"

미림이 고개를 끄덕인다.

"나 동생 가지고 싶어."

김영애가 달래는 목소리로 말한다.

"미림아, 그건……."

김영애가 뒷말을 잇지 못하고 삼킨다.

미림의 표정이 싸늘하게 굳어지면서 눈에 증오와 분노가 차오르고 있었기 때문이었다.

카메라가 화장대 거울에 비추면 거울 속에 미림이 보이는데 미림이 아닌 원혼의 모습이다.

박호성이 얼른 대답한다.

"아, 알았어. 미림아. 엄마, 아빠가 노력해서 우리 미림이 동생 꼭 만들어 줄게. 그러니까 미림이는 그만 올라가서 자."

"언제?"

박호성이 김영애를 돌아보고는 말한다.

"어…… 최대한 빨리."

미림이 씩 웃고는 말한다.

"알았어. 금방 만들어 줘야 돼?"

박호성이 어떻게든 웃으려고 노력하며 고개를 끄덕인다.

미림이 방문을 닫고 나가면 그때까지 필사적으로 웃고 있던 김영애가 머리를 움켜쥐고 말한다.

"미쳤어. 앞으로 이제 어떡할 거야? 저 애가……."

그때 방문이 확 열리며 미림이 고개를 들이밀고 말한다.

"왜 빨리 안 만들어? 동생 만들려면 둘 다 옷 벗어야지. 나도 다 알아."

김영애가 얼굴은 웃으면서 미림이 보지 않는 곳에서 이불을 움켜쥐고 부르르 손을 떤다.

박호성이 달래듯 말한다.

"미림이가 거기서 그렇게 보고 있으면 엄마, 아빠 동생 못 만들어. 미림이가 올라가서 일찍 자야만 엄마, 아빠가 마음 놓고 동생 만들 수가 있단 말야. 알았지, 미림아?"

미림이 밝은 표정으로 대답한다.

"응, 알았어. 둘이 빨리 사랑해야 돼?"

방문을 닫고 올라가는 미림.

김영애가 손으로 입을 가리고는 사시사무처럼 부들부들 떨면서 말한다.

"으으으…… 저 애는…… 악마야."

어둠에 잠긴 전원주택 전경을 촬영한 스태프들이 우르르 미림의 방으로 올라갔다.

책상에는 취침등이 켜져 있고, 염혜랑이 얄미울 정도의 천진한 표정으로 침대에 누워 잠이 들어 있다.

피곤해서 정말로 잠이 든 것인지 연기를 하는 것인지 헷갈릴 정도.

전미순이 다들 조용히 하라며 손가락을 입술에 갖다 낸 후에 염혜랑의 얼굴 가까이 가서 살피더니 혀를 찼다.

"어떡하니? 애 정말로 잠들었어. 애는 정말 현장 체질인가 봐."

구본수가 흐뭇한 표정으로 말했다.

"미래에 대배우가 될 재목이야, 하하."

태수가 말했다.

"자, 혜랑이 잠든 상태 그대로 가죠. 진짜로 자는 것보다 더 뛰어난 잠자는 연기는 없을 테니까."

다들 웃으면서 조명과 카메라를 세팅했다.

구본수와 전미순이 잠든 혜랑의 침대 앞에 위치를 잡자 용만이 플레이트를 치며 말했다.

"씬 16-1."

"카메라 돌았습니다!"

"레디…… 액션!"

방금 전까지 화기애애하게 웃던 구본수와 전미순의 표정이 돌변했다.

박호성과 김영애가 두려움과 혼란, 증오심이 뒤섞인 표정으로 잠든 미림을 내려다보고 있다. 부모의 눈빛이 아니라 누군가를 죽일 것 같은 눈빛이다.

김영애가 증오가 가득한 눈빛으로 미림을 보다가 목을 조를 것처럼 천천히 팔을 뻗으면 박호성가 팔을 잡으며 고개를 내젓는다.

그때 딱 맞는 타이밍에 염혜랑이 몸을 뒤척이는 바람에 전미순은 하마터면 NG를 낼 뻔했다.

"컷, 오케이!"

집 앞마당.

어두운 숲속을 배경으로 마당에 가스등이 불빛이 노랗게 빛을 발하고 있었다.

그 불빛 너머로 박호성과 김영애가 소리가 나지 않도록 조심스럽게 승용차를 손으로 밀며 숲속으로 끌고 가고 있다. 박호성은 한 손으로 핸들을 조작하고 다른 손으로는 차를 밀고 있다.

카메라가 그런 두 사람을 비추다가 전원주택 2층을 비추면 언제 일어난 것인지, 아니면 처음부터 알고 있었던 것인지 창가에서 두 사람을 내려다보고 있는 미림의 실루엣이 보인다.

숲 안쪽으로 들어서자 박호성과 김영애가 차에 올라타고 조심스럽게 시동을 건다. 김영애를 고개를 돌려 뒤쪽 전원주택을 돌아본다.

박호성이 조용히 차를 출발시킨다.

비포장 길을 달리는 승용차.

잔뜩 긴장한 모습으로 운전을 하는 박호성과 말없이 앞을 바라보는 김영애.

그때 뒷자리에서 소리가 들려온다.

"아빠, 어디 가?"

백미러를 보면 뒷자리에 앉아서 묘한 미소를 머금은 채 노려보고 있는 미림이 보인다.

"으악!"

박호성이 브레이크를 밟고 뒤를 돌아보면 텅 비어 있는 뒷자리.

김영애가 눈을 휘둥그레 뜨고 불안하게 묻는다.

"왜, 왜 그래?"

박호성, 아무리 주변을 살펴도 미림의 모습은 보이지 않는다. 박호성, 운전대에 머리를 대고 마음을 진정시킨 후 고개를 든다.

"아무것도 아냐."

다시 차를 출발시키는 박호성.

한참을 달리다 보면 익숙한 길이 나온다.

박호성이 브레이크를 밟고 차를 멈추면 창밖을 보며 다른 생각에 빠져 있던 김영애가 무슨 일인가 싶어서 앞을 본다.

"이게 뭐야?"

깜짝 놀라는 김영애.

앞쪽에 전원주택이 보인다. 돌고 돌아서 전원주택으로 되돌아온 것이다.

"말도 안 돼."

박호성이 곧바로 후진을 해서 다시 숲으로 차를 몰아서 들어간다. 한참을 달리다 보면 다시 익숙한 길이 보이고 앞쪽을 보면 전원주택이 보인다.

김영애, 전원주택을 노려보며 비명처럼 괴성을 지른다.

"아니야, 아니야!"

"미쳤어? 제발 조용히 좀 해!"

"당신 내려!"

"뭐라고?"

"내가 운전할 테니까 당신 내리라고!"

박호성이 차에서 내리면 김영애가 운전석에 앉는다.

김영애, 차를 출발시키자마자 비명을 지르며 급하게 브레이크를 밟는다.

"아악!"

라이트 불빛 속에 원혼이 서서 노려보고 있기 때문이다.

박호성이 묻는다.

"어떻게?"

김영애가 부들부들 떨면서 원혼을 노려보다가 액셀을 밟는다.

"더 이상은 못 참아! 아아아아악!"

전미순은 정말로 눈앞에 원혼이 있는 것처럼 소름 끼치는 괴성을 지르며 액셀을 밟는다. 하지만 실제로는 중립의 정지된 상태에서 액셀을 밟은 것.

실제로 차가 달려가는 장면에서는 스턴트맨으로 대체해서 촬영이 이루어졌다.

스턴트맨이 탄 차량이 원혼을 향해 달려들고 차의 핸들이 갑자기 옆으로 확 꺾이며 길을 벗어나서 옆쪽의 나무를 쾅 들이받는다.

단편영화에서는 쉽게 촬영할 수 없는 꽤 실감 나는 장면이었다. 차량은 폐차장에서 폐차하려던 차량을 30만 원에 렌트를 해 와서 촬영을 한 것이다.

나무에 들이받은 차량에서 연기가 올라오고, 박호성과 김영애가 핸들에 머리를 박은 채 피를 흘리며 정신을 잃었다.

"컷!"

스태프들이 부서진 차량을 치우고 구본수와 전미순이 다시 분장을 하느라 촬영이 잠시 중지됐다.

휴대폰을 확인해 보니 김영아로부터 연락을 기다린다는 카톡이 와 있었다.

"작가님, 저 태수예요."

김영아가 반갑게 물었다.

—그래, 태수야. 촬영 잘하고 있어?

"네. 아직까진 별다른 사고 없이 잘 진행되고 있어요."

—이번 영화도 기대되네, 앞의 영화들도 정말 재미있게 봤는데. 다름이 아니라 어제 보조 퇴마사를 선정하기 위한 테스트를 양주 흉가에서 치렀거든.

"어? 그래요? 어떻게 됐어요?"

사실 태수도 테스트 결과가 어떻게 됐는지 궁금하던 참이었다.

정답을 제대로 맞히는 사람이 나오리라는 기대는 애초부터 하지 않았다. 사람의 영을 찾는 것도 쉽지가 않은데 지네의 영을 찾는다는 건 훨씬 어려운 시험이기 때문이다.

그럼에도 불구하고 그런 문제를 낸 이유는 허풍 떨지 않고 속임수를 쓰지 않는 정직한 사람을 뽑고 싶었기 때문이다.

이전에 길 도사도 그런 부분 때문에 시청자들의 신뢰를 잃지 않았던가.

태수는 아무런 귀기도 느끼지 못했다고 솔직하게 말하는 참가자 중에서 약간의 영적인 감각이라도 있다면 그 사람을 뽑을 생각이었다.

-모두 세 명을 선정했어. 두 명은 천장에서 귀기가 느껴진다는 건 맞혔는데 지네의 영이 아니라 사람이 목을 매달아서 그렇다고 하더라고.

태수가 웃음이 나오려는 걸 애써 참았다.

최소한의 귀기는 느껴서 그렇게 말을 한 건지 완전히 찍어 맞힌 건지는 방송 당일에 만나 보면 알 수 있을 것이다.

"나머지 한 명은요?"

-한 명은 천장에 지네의 영이 있다는 걸 정확하게 맞혔어.

태수의 목소리가 저도 모르게 올라갔다.

"정말요?"

-응. 우리도 무척 놀랐거든. 근데 그걸 맞힌 참가자가 현준이라고 중

학교 3학년 남자애야.

기분이 이상했다. 세상에 자신과 같은 영능력을 가진 사람이 또 있다니.

천장에 있는 지네의 영을 정확하게 맞혔다면 가지고 있는 영능력이 자신과 비교해도 결코 부족하지 않다는 소리가 아닌가.

아니, 오히려 자신보다 더 큰 능력을 가지고 있을지도 모른다. 자신은 노인으로부터 전수를 받은 영능력인데 그 소년은 자연적으로 가지게 된 영능력일 수 있으니까.

"어서 현준이란 친구를 만나 보고 싶네요."

–아마 만나면 둘이 잘 맞을 것 같은데, 일단은 현준이가 너무 주눅이 많이 들어 있어서 네 도움이 좀 필요할 것 같아.

"그래요? 네, 알았어요. 촬영 마치고 토요일에 흉가 현장 답사 겸 사무실로 갈게요."

–그래, 알았어. 촬영 잘해.

전화를 끊고 나니 기분이 사뭇 이상했다.

세상에서 자신과 똑같은 영능력을 가진 사람이 있다니. 자신과 같은, 잃어버렸던 종족을 되찾은 기분이랄까.

호철이 다가와서 말했다.

"감독님, 촬영 준비됐습니다."

호철은 촬영 현장에선 항상 깍듯하게 감독님이라고 불렀다.

"네, 알았어요."

이제 영화는 마지막 엔딩과 반전을 향해 달려간다.

화면이 암전이 됐다가 다시 열리면 취침등이 켜진 안방.

침대에 나란히 잠들어 있는 박호성과 김영애가 보인다. 관객의 입장에서는 '이게 뭐지?' 하고 의문이 들 수밖에 없는 당혹스러운 장면이면서 영화가 진행되면서 의혹이 가장 증폭되는 순간이다.

띵동…… 띵동!

초인종 소리에 동시에 번쩍 눈을 뜨고 일어나는 두 사람.

두 사람 모두 머리가 아픈 듯 인상을 찡그리며 얼떨떨한 표정으로 방 안을 둘러본다. 두 사람의 표정만 봐서는 놀랍게도 방금 전의 사고를 기억하지 못하는 얼굴이다.

분명 얼마 전 사고에서 정신을 잃었고 피를 흘렸는데 두 사람 모두 멀쩡할 뿐만 아니라 머리만 아픈 듯 인상을 찡그린다.

다시 울리는 초인종 소리.

띵동…… 띵동…… 띵동!

화면이 바뀌면 카메라가 밖에서 어둠에 잠긴 전원주택 외경을 잡고 있고 현관문 앞에서 강석호 역할의 안연수가 초인종을 누르고 있다.

강석호가 초인종을 누르고 있으면 문이 열리고 박호성이 얼굴을 내민다.

"누구……시죠?"

박호성을 바라보는 강석호의 눈빛이 묘하게 번뜩인다. 연극을 할 때처럼 살짝 오버되는 안연수의 연기가 이 장면에서는 관객의 호기심을 증폭시키는 역할을 한다.

강석호가 안쪽을 힐끗거리며 바라보고는 날카로운 눈빛으로 묻는다.

"얼마 전에 숲에서 사고 내지 않으셨나요?"

"사고요?"

박호성이 사고를 기억하지 못하는 표정으로 인상을 찡그린다. 강석호는 이미 예상하고 있었다는 표정으로 박호성을 향해 속삭이듯 말한다.

"잘…… 기억해 보세요."

박호성을 바라보는 강석호의 눈빛이 묘하게 번뜩이면서 관객은 강석호의 정체를 궁금해할 것이다.

박호성이 기억을 더듬으려고 하자 머리가 아픈지 점점 더 인상을 찡그린다.

"으으으……."

뒤쪽에서 김영애가 다가오며 묻는다.

"여보, 왜 그래? 누구야?"

"여보, 우리 무슨 사고 나지 않았어?"

"사고?"

강석호가 그런 두 사람을 묘한 시선으로 계속 주시를 한다.

"사고라니, 무슨 사고……?"

기억을 더듬던 김영애가 갑자기 뭔가 떠오른 듯 화들짝 놀라며 말한다.

"맞아…… 사고가 있었어…… 당신…… 기억 안 나? 우리 얼마 전에 숲으로 차 몰고 나갔다가 사고 났던 거."

인상을 찡그리고 있던 박호성도 그제야 기억이 나는지 흥분해서 말한다.

"그래, 맞아. 이제 기억이 나. 숲에서 사고가 났었지? 근데 우리가 왜 기억을 못 한 거지? 그리고 우리가 어떻게 이렇게 멀쩡하게 집에 들어와 있는 거야?"

김영애가 강석호를 노려보면서 수상쩍은 표정으로 묻는다.

"근데…… 누구시죠?"

강석호가 손가락을 입술에 갖다 대며 두 사람에게 조용히 하라는 신호를 하고는 입고 있는 점퍼의 지퍼를 내린다. 점퍼 안쪽에 신부의 사제복이 보인다.

강석호가 안쪽을 살피며 조용히 속삭인다.

"저는 바티칸에서 정식으로 구마사제로 임명된 강석호라고 합니다. 두 분 잠깐 밖으로 나오셔서 저하고 얘기를 나누실 수 있을까요?"

"밖에서요?"

"집 안에는 어디든 악령의 눈과 귀가 있어서 그 어떤 얘기도 안전하게 나눌 수가 없습니다."

박호성과 김영애가 서로 얼굴을 마주 보더니 이내 고개를 끄덕이고는 조용히 문을 닫고 밖으로 나온다.

세 사람, 숲이 보이는 안쪽으로 들어가서 전원주택을 돌아보면 2층 창가에 미림이 서서 그들을 찾고 있는 모습이 보인다.

그 모습을 보며 놀라는 박호성와 김영애.

박호성이 묻는다.

"근데 신부님이 저희를 어떻게 알고 여길?"

"전 오랫동안 두 분의 집을 지켜보고 있었습니다."

"예?"

김영애가 매달리듯 말했다.

"그럼 신부님이 저희를 도와주실 수가 있나요?"

"당연히 도와드리려고 이렇게 온 겁니다."

김영애가 믿기지 않는다는 듯 흐느끼며 말했다.

"세상에, 여기서 영원히 벗어나지 못하는 줄 알았는데."

강석호가 투명한 눈빛으로 두 사람을 지그시 바라보며 말했다.

"그동안 저 집에서 무슨 일이 있었는지 저한테 얘기를 해 주세요. 미림이가 두 분의 딸이 맞나요?"

김영애가 기다렸다는 듯 고개를 강하게 저으며 말했다.

"아니에요, 우리 딸이 아니에요."

강석호가 날카로운 눈빛으로 되물었다.

"딸이 아니라고요?"

김영애가 대답했다.

"네, 아니에요, 저희는 아이가 없어요. 저희는 일주일 전에 저 집으로 이사를 온 거예요. 이 사람은 소설가고 저는 영어 번역 일을 해서, 조용하게 살 집을 찾다가 우연히 저 집을 보고 구입을 했거든요."

강석호가 조용히 고개를 끄덕이자 이번에는 박호성이 말했다.

"맞습니다. 우린 조용한 곳에서 각자의 일을 하려고 저 집을 구입한 겁니다. 근데 이사 온 첫날 밤에 어디선가 미림이라는 애가 나타났어요. 처음엔 애가 아무것도 기억을 못 해서, 숲에서 길을 잃었나 보다 생각해서 하룻밤 집에서 재워줬어요. 근데 그날 밤부터 미림이가 저한테는 아빠라고 하고 집사람은 엄마라고 부르기 시작하더군요."

김영애가 이어서 말했다.

"그래서 제가 아니라고, 우린 네 부모님이 아니라고 하니까 애가 갑자기 화를 냈고 그 애가…… 끔찍한 괴물처럼 변했어요. 온몸이 피로 물들어 있는 또 다른 모습의 아이였어요.

그리곤 그 괴물 같은 아이가 우릴 죽이겠다고 위협했어요. 어린아이가 얼마나 힘이 세던지 이 사람도 감당을 하지 못했어요. 이 사람을 아이가 장난감처럼 집어 던졌다니까요."

김영애는 아직도 당시 상황이 떠오르는지 몸서리를 쳤다.

"경찰에 신고를 했는데 경찰차가 오다가 사고가 나서 차에 타고 있던 경찰들이 모두 죽었대요. 이후로 저희는 다시 신고할 엄두가 나지 않았어요. 그 애가 한 번만 더 신고하면 이번엔 경찰뿐만 아니라 저희도 죽여 버리겠다고 했거든요."

"미림이가요?"

"아뇨, 또 한 명의 괴물 같은 애가요."

박호성이 말했다.

"아직도 이해가 가지 않는 게, 그 애는 우리가 하는 모든 얘기를 듣고 보이지 않는 곳에서도 우릴 통제하는 것 같았어요. 그리고 갑자기 생각지도 못한 곳에서 불쑥 나타나기도 하고. 무엇보다 제일 납득이 가지 않는 건 화가 나면 갑자기 괴물의 모습으로 변한다는 거예요. 어떻게 그럴 수가 있는지."

김영애가 말했다.

"정말 너무 끔찍하고 무서운 아이로 변해요. 그 아이는 늘 옷이 피로 물들어 있고…… 하아…… 벌써 그 아이가 죽인 사람만 둘이에요. 경찰도 그 아이가 죽였을 거예요. 그 조그만 아이가 어떻게 그런 짓을 저지를 수가 있죠? 대체 그 아이는 뭘까요?"

강석호가 두 사람을 가만히 응시하다가 낮은 목소리로 말했다.

"그 아이는 보통 아이가 아니라 악령입니다. 그리고 그 아이…… 미림이는 이미…… 죽은 아이입니다."

강석호의 말에 박호성와 김영애가 둘 다 눈을 휘둥그레 뜨고 껌뻑거린다.

박호성가 믿지 못하겠다는 듯 되물었다.

"죽은…… 아이라고요?"

강석호가 고개를 끄덕이자 김영애가 반박했다.

"아니에요, 말도 안 돼. 우리가 끌어안고 같이 생활도 했는데 어떻게……."

김영애가 더욱 강하게 고개를 저으며 말했다.

"그건 신부님이 잘못 아신 거예요. 그 아이는 분명히 몸이 있고 살아 있어요. 그 아이가 변했을 때…… 그 변한 아이만 악령이에요."

강석호가 깊게 한숨을 내쉬고는 말했다.

"미림이는 죽은 아이고 그 악령은 미림이의 다중 인격입니다. 두 분이 물으셨죠? 아이가 이상한 곳에서 불쑥 나타난다고. 육체가 없기 때문에 가능한 겁니다. 미림이란 아이는 두 분이 이사 오기 전에 그 집에 살던 부부의 아이였어요. 그리고 그 아이는 해리성 인격장애, 즉 다중 인격 치료를 받고 있었다고 합니다. 특히 아이에게 있던 제2의 인격은 대단히 폭력적이어서 그 인격이 아이의 부모도 살해했습니다."

"예? 아이의 다른 인격이 아이의 부모를 살해했다고요?"

"네. 그리고 그 미림이라는 아이는 그 길로 집을 뛰쳐나갔고 얼마 후 숲에서 시신으로 발견이 됐어요."

박호성과 김영애가 충격을 받은 듯 말을 잇지 못했다.

박호성이 물었다.

"그럼 그 애가 영혼이라면 저희하고 어떻게……?"

"자세한 얘기는 제가 다녀와서 말씀드리겠습니다."

"다녀……오다니요?"

김영애의 질문에 강석호가 대답했다.

"전 지금 집 안으로 들어가서 미림이와 그 악령을 퇴마할 예정입니다. 다시 말씀드리지만 그 아이는 살아 있는 아이가 아니라 죽은 악령입니다. 진작 왔어야 하는데 제가 바티칸으로부터 그 아이를 퇴마할 수 있도록 허락을 받느라 이렇게 시간이 늦어진 겁니다. 제가 퇴마를 행하는 동안 두 분은 절대로 집 안으로 들어오시면 안 됩니다."

두 사람이 넋이 나간 것처럼 고개를 끄덕이면 강석호가 비장한 표정으로 점퍼를 벗는다.

안쪽에 입고 있던 사제복이 드러나고 목에 걸린 십자가가 보인다. 점퍼 주머니에서 성경을 꺼내 들고 강석호가 집 안으로 걸어 들어간다.

이번 영화의 가장 하이라이트라고 할 수 있는 퇴마 장면의 촬영이 시작됐다. 이 장면은 태수가 그동안 퇴마행을 하면서 겪었던 경험들을 그대로 시나리오에 반영한 것이다.

안연수는 집으로 들어서기 전 강석호 신부의 감정을 잡기 위해 잠시 눈을 감고 미동도 하지 않았다. 이윽고 눈을 뜬 안연수가 말했다.

"됐습니다."

태수가 기다렸다는 듯 슛 사인을 줬다.

"레디…… 액션!"

강석호가 열려 있는 현관문을 바라보다가 목에 걸린 은 십자가를 벗어서 손에 들고는 집 안으로 들어섰다.

강석호가 거실 한가운데 서더니, 형형한 눈빛으로 집 안을 둘러보다가 다른 손에 들고 있던 성격을 펼치고는 읽기 시작했다. 연극을 한 덕분에 강석호의 발성은 거실을 울리며 공명하는 느낌을 줬다.

"……세상을 두루 떠도는 마귀의 악령들을 하느님의 권능으로 결박하시고 영혼을 멸망시키기 위하여 세상을 떠돌아다니는 사탄과 모든 악령들을 지옥으로 쫓아 버리소서……."

위층에서 인간의 것이라고는 믿기 어려운 고통스러운 짐승의 괴성이 들려온다.

"크아아아아!"

동요하지 않고 계속되는 강석호 신부의 구마기도.

한창 기도를 하는데 소리가 들려온다.

"아저씨?"

강석호 신부가 기도를 멈추고 돌아보면 2층 계단 입구에 천진한 웃음을 머금고 서 있는 미림이 보인다. 강석호가 미림을 가만히 뚫어지게 보다가 묻는다.

"네 이름이 미림이냐?"

미림이 대답 대신 오히려 질문을 한다.

"아저씨는…… 이름이 뭐예요?"

그 짧은 순간 강석호 신부의 마음을 미혹하기 위해 미림은 너무도 천진스러운 미소를 보낸다.

강석호 신부가 미림을 바라보며 성경의 말씀을 읊는다.

"우리는 하나님께 속하였으니 하나님을 아는 자는 우리의 말을 듣고……."

미림이 갑자기 머리를 움켜잡으며 애원하듯 말한다.

"아악! 아저씨, 머리가 너무 아파요. 그 얘기 그만하면 안 돼요? 아저씨, 제발요."

너무도 앙증맞은 모습으로 연기를 하는 염혜랑이다. 아무리 봐도 악령하고는 관계가 없을 것 같은 가냘픈 어린아이의 모습.

강석호 신부가 잠시 말을 멈췄다가 성경의 말씀을 마저 읊는다.

"하나님께 속하지 아니한 자는 우리의 말을 듣지 아니하나니…… 진리의 영과 미혹의 영을 이로써 아느니라."

강석호 신부가 십자가를 앞으로 뻗으며 일갈했다.

"하나님께 속한 자는 하나님의 말씀을 듣나니 너희가 듣지 아니함은 하나님께 속하지 아니하였음이로다!"

"끼아아아악!"

미림이 괴성을 지르더니 뒤로 벌렁 넘어진다. 바닥에서 몸을 꿈틀거리다가 천천히 다시 고개를 드는 미림의 모습이 어느새 원혼으로 변해 있다.

"크르르르릉."

원혼이 굵은 남자의 목소리로 말했다.

"가증스러운 신부. 넌 날 이기지 못해, 큭큭큭."

그러면서 원혼의 머리가 끼기기기긱 소리와 함께 한 바퀴 돌아간다. 물론 그 부분은 CG로 완성할 부분이다. 원혼이 몸을 기이하게 뒤틀더니 손과 발로 바닥에 엎드려서 짐승처럼 기어서 강석호 신부의 주위를 빙빙 돌기 시작한다.

"크아아악!"

강석호가 성경을 보면서 기도문을 읽으려고 하면 원혼이 괴성을 지르고 장식장에 있던 청동상이 날아가서 강석호의 얼굴을 치고 바닥으로 떨어진다.

"으윽."

강석호가 비틀거리고 입에서 피가 흐른다. 하지만 강석호가 고통을 참으며 원혼을 향해 십자가를 내밀고 말한다.

"영원하신 아버지, 나의 창조주이신 하느님을 경배합니다!"

이 장면을 위해 태수는 바티칸 구마사제의 실제 사례와 기도문들을 조사하여 시나리오에 반영하였다.

이번엔 원혼이 괴성을 지르며 손을 들어 얼굴을 가린 채 뒷걸음질을 친다.

강석호가 십자가를 앞세워서 다가가면 원혼이 으르렁거린다.

"안 돼! 내게 가까이 오지 마!"

구석에 몰린 원혼을 향해 강석호가 한 번 더 소리친다.

"영원하신 아버지, 나의 창조주이신 하느님을 경배합니다!"

"크아아악!"

이 장면에서 원혼의 영체가 미림의 영혼과 서로 뒤섞이며 흔들리는 장면이 영화에 들어갈 예정이다.

강석호가 축성식에서 사용하는 기도문을 읊었다.

"그리스도를 통하여, 그리스도와 함께, 그리스도 안에서, 성령으로 하나 되어 전능하신 천주성부여, 모든 영예와 영광을 영원히 받으소서. 하느님의 권능으로 그들을 지옥으로 추방하소서."

원혼이 고통으로 몸부림치다가 기이하게 팔다리가 꼬이더니 괴성과 함께 푸른 기운에 휩싸인다.

몸부림치던 원혼이 푸른 기운과 함께 눈앞에서 서서히 사라져 간다. 물론 사라지는 장면은 CG로 작업을 할 예정이다.

강석호가 힘겨운 듯 비틀거리며 옆에 벽을 짚는다.

"컷, 오케이!"

이제 마지막 엔딩만 남았다.

태수가 마지막 집중력을 살려서 숏 사인을 줬다.

"액션!"

카메라는 집 안 거실에 서 있는 박호성과 김영애, 강석호의 모습을 비추고 있다.

김영애가 집 안을 둘러보며 낮은 목소리로 묻는다.

"미림이는 지금 어디에 있나요? 어떻게 됐나요?"

"미림이와 악령은 하느님의 권능으로, 이제 더 이상 사람들을 괴롭힐 수 없는 존재가 되었습니다."

"그럼 이제 다 끝난 건가요?"

강석호가 고개를 끄덕이면 김영애가 눈물을 흘리면서 말했다.

"감사합니다, 신부님. 그럼 이제 저희들도 이곳을 벗어날 수 있는 거죠? 비로소 일상으로 돌아갈 수가 있는 거죠?"

강석호가 대답 대신 묘한 눈빛으로 두 사람을 가만히 응시하면 박호성이 꺼림칙한 얼굴로 묻는다.

"왜…… 그런 눈으로 저희를 바라보세요?"

"제가 보여 드릴 게 있습니다."

강석호가 주머니에서 휴대폰을 꺼내더니 동영상을 하나 재생시켰다.

박호성이 반문했다.

"이건 CCTV 화면 아닌가요?"

김영애도 동영상을 보면 CCTV 화면을 녹화한 영상이다. 그것도 자신들의 집 안 곳곳을 촬영한.

김영애가 놀라서 강석호를 바라보고 물었다.

"누가 저희 집에 이런 CCTV를 설치한 거죠?"

"계속해서 화면을 보세요."

두 사람, 강석호의 말에 따라 화면을 본다.

김영애가 화면을 가리키며 중얼거렸다.

"이 사람……."

거실을 비추는 CCTV 화면에 등장한 사람은 다름 아닌 택배 직원이었다. 택배 직원이 기웃거리면서 안으로 들어서다가 안방으로 들어간다.

화면이 안방 CCTV 화면으로 바뀌었다.

박호성과 김영애 두 사람 모두 숨을 삼켰다.

침대 위에 이불이 불룩하게 솟아 있다가 스르륵 이불이 벗겨지는데…… 그 안에 아무도 없었던 것이다.

놀라서 뒷걸음질을 치던 택배 직원이 갑자기 비명을 지르기 시작했고 안방 문이 쾅 닫혔다.

이어서 CCTV에 녹화된 장면들은 믿어지지 않는 상황의 연속이었다.

화장대 위에 있던 날카로운 가위가 허공으로 날아가서 저 혼자 택배 직원의 목을 마구 찌르기 시작했다. 사방으로 피가 튀었고 택배 직원이 그 자리에 쓰러졌다.

문제는 그 CCTV 안에 당연히 있어야할 김영애의 모습이 보이지 않는다는 것!

김영애가 뭐라고 말을 하려는 순간 강석호가 화면을 앞으로 돌리며 말했다.

"계속해서 보세요."

화면 속에서 놀라운 일이 벌어졌다.

보이지 않는 뭔가가 안방의 핏자국들을 지우기 시작한 것이다. 분명 김영애 자신이 지운 핏자국인데 역시 화면에는 김영애가 보이지 않았다.

이어서 거실과 집 밖의 CCTV 화면에는 더욱 놀라운 장면이 담겨 있었다.

죽은 택배 직원의 시체를 보이지 않는 뭔가가 질질 끌고 가는 장면이었다. 양쪽 다리를 하나씩 잡고.

마치 보이지 않는 유령 둘이 각각 한쪽 다리를 잡고 끌고 가는 것 같은 그런 모습이었다. 보이지 않는 유령들은 택배 직원의 시체를 끌고 마당을 가로질러 숲속으로 사라졌다.

김영애는 물론이고 박호성까지 휴대폰 속의 CCTV 영상을 이해하지 못하겠다는 표정을 짓자 강석호가 말없이 주머니에서 사진 몇 장을 꺼내서 보여 줬다.

승용차가 나무를 들이받고 크게 부서진 사진.

승용차 안에서 두 사람이 피를 흘리며 죽어 있는 듯 승용차 주위에서 경찰들이 서성이는 모습이 사진 속에 담겨 있었다.

승용차가 눈에 익었다. 더불어 잊고 있던 기억이 떠올랐다. 오늘 밤인지, 어젯밤인지 집을 탈출하기 위해 차를 끌고 나갔다가 갑자기 핸들이 꺾이며 사고가 났던 기억.

그리고 두 사람은 침대에서 눈을 떴다.

"이, 이게 어떻게 된 거죠?"

강석호가 왠지 무서워 보이는 눈으로 두 사람을 응시하며 말했다.

"아까 나한테 설명했던 것처럼 두 사람은 이 집을 구매했어요. 근데 이사를 하고 일주일쯤 지났을 때 미림이의 원혼, 즉 제2의 인격인 원혼이 두 사람 앞에 나타났습니다. 놀란 두 사람은 원혼한테서 벗어나려고 차를 몰고 급히 가다가 이 사진 속의 모습처럼 사고가 나서 사망했습니다. 어쩌면 운전하는 두 사람 앞에 그 원혼이 나타나서 사고를 내게 만들었는지도 모르죠."

김영애가 고개를 흔들며 물었다.

"말도 안 돼, 그럼 우리가 그동안 미림이하고 살았던 그

시간들, 그 기억은 뭐죠?"

"두 사람은 사고가 난 후 지박령이 되어 당신들의 안방 침대에서 눈을 뜨게 됩니다. 그땐 이미 영혼인 상태였고 사고의 대한 기억들도 모두 잊어버렸죠. 그리고 매일 똑같은 시간을 반복해서 산 겁니다. 아침에 미림이의 입술에 립스틱을 발라 주는 일부터 하루를 시작하는 거죠. 마침 그날이 택배 직원이 온 날이었어요. 미림이의 원혼이 택배 직원을 살해하고. 두 사람은 기억하지 못하지만 그날 일어났던 모든 일들이 매일 똑같이 반복됐던 겁니다."

김영애가 사시나무처럼 몸을 떨었고 박호성이 현실을 부정하듯 악을 썼다.

"아닙니다, 그럴 리가 없어요. 우린 이 집에 이사 온 지 일 주일밖에 지나지 않았다고요!"

강석호가 고개를 흔들었다.

"당신들이 이 집으로 이사 온 건 지금으로부터 2년 전입니다. 그러니까 당신들은 이미 2년 전에 사망한 영혼들입니다."

멍하니 강석호를 보던 박호성이 갑자기 웃음을 터뜨렸다.

"신부님이 농담도 잘하시네. 무슨 말도 안 되는 소리를 하세요?"

강석호가 휴대폰을 보여 주며 말했다.

"자, 여기 이 CCTV 화면이 바로 오늘 촬영한 영상입니다."

강석호가 동영상을 재생했다.

전원주택의 전경이 영상 속에 나타났다.

영상 속 전원주택은 금방이라도 허물어질 것 같은 폐가의 모습이었다. 실내를 촬영한 영상들도 마찬가지였다. 집 안에는 거미줄이 가득했고 가구들은 썩어서 버려져 있었다.

누군가 들어와서 벽면 곳곳에 흉한 낙서를 한 모습도 보였다.

낙서에는 이렇게 적혀 있었다.

귀신 나오는 집

김영애가 고개를 들다가 비명을 질렀다. 방금 전까지 멀쩡하던 집이 CCTV 속 영상과 같은 모습으로 변해 있었던 것이다.

박호성도 믿어지지 않는 듯 흐물흐물 웃음을 흘리며 중얼거렸다.

"아니야…… 아니야, 이럴 수는 없어."

강석호가 말했다.

"두 사람은 지난 2년 동안 매일 사고가 나서 사망한 하루의 일을 똑같이 반복하며 이 집을 떠나지 않고 있었어요. 미림의 악령과 함께 말이죠. 이젠 그만 이 집을 떠나야 할 때가 됐습니다."

강석호가 십자가를 잡으며 성경을 펼치면 화면이 바뀐다.

다음 화면에는 금방이라도 허물어질 것 같은 전원주택의 전경이 보이고, 그 안에서 김영애와 박호성의 비명이 들려오고 강석호의 기도가 시작된다.

카메라 점점 멀어지며 숲으로 들어간다.

마치 뭔가를 쫓아가는 것처럼 숲을 빠르게 훑는 카메라.

그리고 카메라 앞으로 갑자기 뭔가가 쾅! 나타나서 보면 미림의 원혼이다. 원혼이 카메라를 보며 킬킬거리고 웃으면 서서히 화면이 어두워진다.

"컷, 오케이!"

너를 위해

태수의 오케이 사인과 함께 여기저기서 수고하셨습니다, 라는 외침이 들려왔다. 배우들도 스태프들도 다들 만족스러운 표정들.

짧은 일정으로 급하게 촬영했지만 태수도 마음이 뿌듯했다.

이번 작품의 편집과 후반 작업은 신호철과 용만에게 맡기기로 했다.

용만은 몰라도 신호철은 상업 영화의 조감독을 몇 편이나 했었기에 태수가 중간중간 체크만 하면 큰 무리는 없을 것 같았다.

앞으로는 스케줄이 더욱 빠듯해져서 언제 다음 작품을 연출할 수 있을지 모르겠다.

모두들 조진호 대표처럼 이번 영화 〈가족〉의 분량을 늘려서 장편 상업 영화로 만들어도 재미있겠다며 아쉬운 마음을 전했다.

물론 태수는 그럴 생각이 전혀 없었다. 장편은 장편에 맞는 소재가 있고 단편은 단편에 맞는 소재가 있다고 생각했다.

앞으로 단편영화의 경우 시간이 없을 때는 자신이 모두 연출하는 것보다 신호철과 동생들 중 한 명에게 연출을 맡기는 방안도 고민해 볼 생각이었다.

시나리오만 태수가 써 주고 제작자의 입장으로 참여를 하면 이전에 보지 못했던 것들을 볼 수도 있고 오싹한 이야기가 의도한 방향에도 더욱 부합할 수 있을 테니까.

조진호 대표의 말처럼 이제 자신은 장편영화 연출을 준비하면서 그쪽으로 커리어를 쌓아 나갈 때가 됐다는 생각이 들었다.

이번 주말에 〈모텔 파라다이스〉가 300만 관객을 넘어선다면 한국에서도 공포 영화가 충분히 될 수 있다는 가능성을 확인시켜 주는 셈이니까.

물론 그 모든 계획들은 드라마가 끝나고 여러 여건이 맞아야겠지만.

생각보다 일찍 촬영이 끝나서 스태프, 배우들과 함께 홍대쪽 삼겹살집에서 저녁 식사 겸 술을 곁들인 간단한 뒤풀이를 했다.

홍대 인근이라서 손님 대부분이 학생들이었고 다들 태수를 보자마자 흥분하며 자동으로 휴대폰을 꺼내 들었다. 이젠 태수도 그런 반응들에 익숙해져서 크게 개의치 않았다.

몇몇은 장태수 나타났다고 빨리 오라고 지인에게 전화를 했고, 몇몇은 사진을 찍자마자 '홍대 통삼겹살집에 영혼남 장태수 나타남'이라고 SNS에 사진과 글을 올려서 소식을 전했다.

동생들은 사람들이 영화나 드라마 제작진이라고 여기는 분위기라 나름 기분이 으쓱해지는 모양이었다.

삼겹살집 사장이 주문한 음식 양보다 훨씬 많은 서비스를 주면서 사인을 해 줄 수 있는지 부탁을 했다. 가만 보니 꽤나 유명한 맛집인지 벽면 곳곳에 유명 스타들의 사인이 붙어 있었다.

태수가 사인을 해 줬고 그제야 구본수와 전미순에게도 사인을 부탁하자 둘 다 멋쩍어하며 사인을 했다.

하지만 삼겹살집에서 서빙을 하는 이모들은 다들 나이가 지긋한 분들이어서 구본수나 전미순을 금방 알아봤다. 그들은 오히려 태수보다 두 사람에게 훨씬 호감을 보였다.

구본수와 전미순은 그런 이모들과 일일이 사진을 찍어 줬다.

미스터리클럽 동생들은 구본수에 대해 잘 몰랐다가 이모

들의 반응과 신호철이 구본수의 전성기 시절 인기를 들려주자 놀라움을 금치 못했다.

또한 호철이 예전 전미순이 출연했던 영화에 조감독으로 함께했었다는 사실을 뒤늦게 알렸다. 그제야 전미순이 깜짝 놀라며, 그렇잖아도 어디서 본 것 같았는데 기억이 나지 않아서 찜찜했다며 사과를 했다.

사실 배우가 조감독 얼굴까지 기억하는 경우는 그리 많지가 않다.

그래서 다들 감독으로 입봉을 하고 싶어 하는 것이다. 조감독은 아무리 많은 작품을 해도 이름을 기억해 주는 사람이 없다. 그저 스태프일 뿐이다.

겉으로는 호탕하게 웃으면서도 혼자 술잔을 기울일 때 쓸쓸해지는 호철의 표정이 뭘 의미하는지 태수는 충분히 공감이 됐다.

어딜 가나 자신이 주인공이 되지 못하는 것에 대한 아쉬움.

만약 학교에 태수만 없었다면 호철이 가장 주목을 받았을 수도 있다. 나이도 많고 영화에 대한 경력도 다른 학생들하고는 비교가 되지 않았으니까.

하지만 그건 어디까지나 학교에 다니는 동안만이다.

호철이 영화판에서 배우고 쌓은 경력들은 단순 기술에 가까워서, 연출이나 스토리를 만드는 크리에이티브 능력에는 크게 도움이 되지 않는다.

학생들 앞에서는 큰소리를 칠 수 있지만 누구든 영화판에서 1, 2년만 굴러 보면 충분히 배울 수가 있는 것들이었다.

호철이 모시고 있던 감독들이 다들 올드하고 주류에는 한 번도 들어가지 못했던, 흔히 말하는 쌈마이 감독들이었기 때문이다.

오히려 태수와 작업한 두 편의 중편영화에서 호철은 훨씬 많은 것들을 배웠다.

태수가 혼자 술병을 들고 따르는 호철의 손을 잡았다.

"형, 왜 혼자 자작을 하고 그래?"

"어, 감독님…… 아니, 아니지. 내가 벌써 취했나? 흐흐흐."

이틀 동안 감독님이란 소리가 워낙 입에 달라붙어서 아직도 그 소리가 자동으로 튀어나온 것이다.

태수가 호철의 잔에 술을 따라 줬고 호철도 태수의 잔에 술을 따랐다. 둘이 잔을 부딪쳤다.

태수가 술을 마시고는 물었다.

"형, 연출하고 싶지?"

호철이 벌겋게 달아오른 얼굴로 피식 웃으면서 말했다.

"야, 당연한 걸 뭘 물어? 근데 연출을 뭐 아무나 하나? 조감독만 10년, 20년 하다가 영화판 떠나는 사람들도 수없이 많은데."

“그럼 다음 작품은 형이 연출 한번 해 볼래?”

태수의 말에 호철의 두 눈이 휘둥그레졌다.

“그게…… 무슨 소리야?”

“다음 단편영화는 형이 연출해 보라고.”

호철이 술잔을 입에 털어놓고는 말했다.

“야, 마, 말이 되는 소리를 해야지. 내가 다른 건 몰라도 내 주제 파악은 확실하게 하는 놈이야. 솔직히 학교에 입학하기 전까지는 제대로 학교에서 연출 공부하면 나도 언젠가 입봉할 수 있겠구나, 막연한 기대를 했거든. 근데 지금 와서 생각해 보니까 아냐, 난 아직도 멀었어. 감독은 너 같은 사람이나 하는 거야. 정말 뭔가 뛰어난 크리에이티브가 있는 사람 말이야. 솔직히 너 보면서 난 정말 자괴감 많이 느꼈다. 어떻게 그런 시나리오 쓰는 필력과 연출력이 있는지 부럽기도 하고. 어쨌든 난 연출은 몰라도 너처럼 그런 시나리오를 쓸 자신이 없어.”

호철도 단편영화는 세 편이나 연출했었다. 다만 영화의 완성도가 너무 허접해서 어디에 내놓을 형편도 되지 못했고 배운 것도 별로 없었다.

늦긴 했지만 태수가 연출하는 과정을 지켜보면서, 그동안 자신이 얼마나 안일하게 영화를 대했는지 되돌아볼 기회를 가졌고 많은 것들을 배워 가는 중이었다.

연출에 대한 안목도 이전보다 월등히 높아졌고.

다만 태수의 작품처럼 완벽한 시나리오는 아무리 해도 쓸 자신이 없었다.

태수의 시나리오는 기성 감독들의 작품과 비교해도 오히려 나아 보일 정도로 뛰어난 완성도를 지니고 있었다.

〈모텔 파라다이스〉도 절대로 우연히 나온 시나리오가 아니었다.

사실 자신이라면 지금까지 만든 단편영화 모두를 주저 없이 장편으로 제작했을 텐데, 태수는 그 작품들도 부족하다고 느끼는 정도로 수준 차이가 났다.

태수가 조심스럽게 말했다.

"형, 시나리오는 내가 써 줄게."

호철이 놀라서 태수를 돌아봤다.

"네가 내 영화 시나리오를 써 준다고?"

사실 좋은 시나리오만 있다면 연출은 꾸준히 단편을 제작하면서 향상시킬 수가 있다. 단편영화 제작의 가장 좋은 점이 바로 그런 부분이니까.

"응, 제작비도 내가 대고. 대신 내가 제작자가 되는 거지."

호철이 믿기지 않는다는 표정으로 물었다.

"야, 너…… 정말로…… 그 말 진심이야?"

호철이 태수가 생각했던 이상으로 좋아하고 흥분하는 모습이 얼굴에 그대로 드러났다.

"네가 시나리오만 써 준다면 내가 최선을 다해서 만들어

볼게. 연출은 네가 연출하는 과정을 지켜보면서 정말로 많이 는 것 같거든."

호철이 멋쩍게 웃었고 태수도 웃으면서 알았다고 약속을 했다.

회식을 거의 마쳐 갈 즈음 뜻밖에도 김찬에게 카톡이 왔다.

뭐 하냐, 친구야? 시간되면 연락 좀 해라. 플리즈~

태수는 카톡을 보고 까불거리는 김찬의 표정이 떠올라서 저도 모르게 피식 웃었다.

'근데 얘는 지금 일본에서 콘서트 하고 있지 않나?'

태수가 전화를 하자마자 김찬의 활기찬 목소리가 들려왔다.

–오, 강혁! 잘 지냈어?

김찬은 원래 성격이 그런 건지 슈퍼스타의 자신감 때문인지 대하는 것만 보면 태수와 둘도 없는 절친처럼 굴었다.

솔직히 태수는 별로 친하다고 생각하지 않는데.

사실 친하고 말고도 없었다. 기껏해야 촬영장에서 본 게 전부이고 지난번부터 말을 놓기 시작한 정도의 사이인데.

그래서 태수는 아직도 김찬에게 편하게 말을 하는 것조차 조금 어색했다.

학교를 중간에 그만두고 검정고시를 치른 데다 일찌감치 사회에 뛰어들어 알바를 해서 친구를 사귈 기회가 거의 없었던 이유도 있고.

"응, 찬아. 어쩐 일이야? 너 지금 일본 아냐?"

-나 한국에 들어왔어.

"한국? 콘서트는?"

-콘서트 어제까지였거든? 어떻게 넌 친구한테 그렇게 관심이 없냐? 인터넷에 천상천하 네 글자만 쳐도 우리 콘서트 스케줄 바로 뜰 텐데.

태수는 너무 친근하게 구는 김찬이 살짝 당황스럽기도 했지만 기분이 나쁘지는 않았다. 어쨌든 대한민국 최고의 보이그룹 리드보컬이 먼저 이렇게 다가오는데 굳이 싫을 이유는 없으니까.

그때 휴대폰에서 뭐라고 떠드는 여자 목소리가 들려왔다. 어딘지 모르게 귀에 익은 익숙한 목소리였다.

-나 지금 누구랑 있게?

이번에는 휴대폰 너머에서 비교적 또렷한 여사 목소리가 들려왔다.

-야, 김찬 너 자꾸 장난칠래?

태수가 피식 웃으며 말했다.

"보윤이하고 같이 있구나?"

-딩동댕. 근데 너 지금 뭐 해?

"어…… 나 오늘 단편영화 연출하고 스태프들하고 뒤풀이

막 끝나는 참이야."

—영화 연출? 너 그런 것도 하냐?

방금 전에는 친구가 콘서트 스케줄 모른다고 뭐라고 하더니 자기는 태수가 영화 연출하는 것도 모르면서 저렇게 당당할 수 있다니 어이가 없었다.

다시 김찬의 살짝 들뜬 목소리가 들려왔다.

—진짜 너 보면 은근히 멋있단 말야. 못 하는 게 없어. 그러니까 보윤이가 좋아하…… 악!…… 아, 아파, 왜 때려?

휴대폰 너머에서 툭탁거리는 소리가 들려왔다.

잠시 후 이전보다 한결 차분해진 김찬의 목소리가 들려왔다.

—너 지금 어디야?

"홍대."

—홍대? 오, 잘됐다. 너 지금 일루 와라. 보윤…… 아니, 내가 너 무진장 보고 싶거든. 내가 카톡으로 주소 보내 줄 테니까 바로 와, 알았지? 바로 와야 돼.

김찬이 일방적으로 휴대폰을 끊었고 곧바로 카톡이 왔다.

지도를 보니 지금 있는 삼겹살집에서 10분쯤 떨어진 라이브 카페였다.

어떡할까 고민하다가, 어차피 옥탑방으로 가 봐야 반겨 주는 사람도 없고, 연예인들은 뭐 하고 노는지 궁금하기도 해서 들러 보기로 했다.

문제는 거기까지 어떻게 가냐는 것. 이미 삼겹살집 밖에 소식을 듣고 태수를 보러 온 사람들이 와글거리고 있었던 것이다.

'이래서 연예인들이 매니저 없이는 꼼짝도 못 하는구나.'

어쩔 수 없이 스태프들 사이에 우르르 묻혀서 삼겹살집을 나섰다. 태수가 밖으로 나오자 여기저기서 꺅꺅거리는 비명이 들려왔고 사방에서 휴대폰이 번쩍거렸다.

"너무 멋있어요!"

"〈오늘도 연애〉 잘 보고 있어요. 옥현웅주님 얼른 구해 주세요!"

"텔레비전보다 실물이 훨씬 잘생겼어요!"

"나 어떡해? 진짜 장태수야! 개존잘이다, 진짜!"

인근에 있던 사람들까지 점점 인파들이 몰려들었다.

전미순이 쑥스럽게 웃으면서 말했다.

"배우 자괴감 느끼게 하는 감독님이네요."

용만이 다가와서 말했다.

"형, 어떡해? 내가 택시 잡아 줄까?"

"아냐, 내가 알아서 할게. 지금 어디 들를 곳이 있거든."

태수가 배우와 스태프들을 향해 먼저 인사를 했다.

"자, 그럼 저 먼저 들어갈게요. 조심해서들 들어가세요."

일행하고 인사를 나눈 후 태수만 혼자서 빠져나가자 인파들도 우르르 쫓아왔다. 이렇게 엄청난 인파를 몰고 김찬이 있는 카페로 갔다간 더 난리가 날 것 같았다.

마침 옆에 모자를 파는 작은 가게가 있어서 들어갔다.

"어서 오세……."

여자 알바생이 인사를 하다가 태수를 보고는 유령이라도 본 것 같은 표정으로 숨을 삼켰다.

태수가 웃으면서 인사를 했다.

"안녕하세요."

알바생이 손으로 입을 가리고는 어쩔 줄 몰라 하며 인사를 했다.

"아, 안녕하세요? 어떡해……."

사람들이 모자 가게 앞까지 몰려와서 모자를 고르는 태수를 휴대폰으로 촬영했다. 최근에 이렇게 많은 사람들 앞에 노출되는 게 처음이라 태수도 적잖게 당황하는 중이었다.

'앞으로는 정말 조심해야겠네.'

태수가 캡 모자 하나를 골라서 써 보고는 무심코 알바생에게 물었다.

"이거 어울리나요?"

그러자 가게 밖에서 샤워기를 틀어 놓은 것처럼 소리들이 들려왔다.

"너무 잘 어울려요!"

"멋있어요!"

알바생도 수줍게 대답했다.

"네, 너무 잘 어울리세요."

"그럼 이걸로 살게요."

값을 치르고 밖으로 나와서는 대로로 걸어갔다. 물론 사람들도 태수를 에워싸고 쫓아왔다. 그중에 몇몇하고는 사진도 같이 찍어 줬다.

대로에 가서는 택시를 잡아탔다. 사실 걸어가면 10분도 걸리지 않는 곳인데 사람들을 따돌리기 위해 어쩔 수 없이 택시를 탄 것이다.

행선지를 말하자 나이가 지긋한 운전기사가 의아하게 보면서 물었다. 운전기사는 태수가 누군지 모르는 듯 환호하는 사람들이 이상한 모양이었다.

"이쪽으로 가면 오히려 돌아가는 길인데?"

"예, 그게 제가 바라는 겁니다. 돌아서 좀 가 주세요."

택시가 출발하자 태수는 주머니에 있던 마스크를 꺼내서 쓰고 조금 전에 샀던 모자를 푹 눌러 써서 모습을 최대한 가렸다.

이젠 워낙 얼굴이 많이 알려져서 생기탐랑의 능이 가동을 하든 하지 않든 사람들을 눈길을 피하기가 불가능한 지경이었다.

택시에서 내려서 주위를 좀 헤매다가 카톡에 보내 준 주소 근처에 도착했다. 혹시라도 사람들이 알아볼까 봐 머리를 푹 숙이고 걸어야만 했다.

조금 헤매다가 보니 앞쪽에 라이브 카페 '풀문'이라는 간판이 보였다. 지하에 있는 카페라서 계단으로 내려가야만 했다.

여긴 자신보다 더 유명한 김찬과 박보윤이 있으니 적어도 사람들 때문에 신경 쓸 일은 없을 것 같았다.

지하에 있는 라이브 카페의 출입문을 밀자 잠겼는지 열리지가 않았다.

'어? 잘못 찾아왔나?'

몇 번 문을 흔들자 안쪽에서 문이 열리고 귀에 피어싱을 한 젊은 남자가 고개를 내밀었다.

"혹시 여기에……?"

남자가 환하게 웃으면서 말했다.

"어서 오세요, 장태수 씨."

태수가 얼떨떨한 표정으로 카페에 들어서자 안쪽에서 음악소리가 들려왔다.

남자의 안내에 따라 안으로 들어가자 은은한 조명과 함께 커다란 홀과 무대가 보였고 무대 위에서 열창을 하고 있는 김찬의 모습이 보였다.

무대 주위로는 약 20여 명의 사람들이 테이블에 둘러앉아 있었는데, 태수를 보자 다들 환호성을 지르며 손을 흔들었다.

무대에서 노래하던 김찬도 사람들의 환호성에 고개를 돌리더니 태수를 발견하고는 반갑다는 의미로 손을 흔들며 안쪽으로 들어가라는 신호를 했다.

김찬이 손으로 가리킨 안쪽을 보니 자리에서 일어나 열심히 손짓을 하고 있는 박보윤이 보였다.

태수가 다가가자 같은 테이블에 앉아 있던 남자와 여자가 인사를 했다. 둘 다 어디서 본 것 같은 얼굴인데 정확하게 기억은 나지 않았다. 외모를 보니 신인 배우나 가수쯤 될 것 같은데 두 사람 모두 태수한테서 눈을 떼질 못했다.

남자가 박보윤의 옆자리를 권하며 공손하게 말했다.

"이쪽으로 앉으세요."

태수가 옆자리에 앉자 박보윤이 돌아보고는 수줍은 표정으로 웃었다. 이렇게 밖에서 박보윤을 보니까 기분이 이상했다. 연예인 같지가 않고 정말 친구 같은 느낌이랄까.

박보윤이 태수를 돌아보고 물었다.

"찬이가 전화해서 깜짝 놀랐지?"

"응. 일본에 있는 줄 알았는데 갑자기 전화가 와서."

"걔가 원래 좀 엉뚱해. 사실은 오늘이 찬이 생일이거든."

"정말이야?"

"응. 여기 모인 사람들은 평소에 다들 찬이하고 가깝게 지내는 사람들인데, 다들 너만 부르면 〈오늘도 연애〉 히어로들이 다 모이는 거라면서 너 불러 보라고 찬이한테 계속 졸라서 전화했던 거야."

그제야 어떻게 된 일인지 대충 감이 잡혔다.

김찬이 왜 그토록 친한 척 전화에 대고 허세를 떨었는지도.

“어떡하지? 난 생일인지도 모르고 아무것도 준비를 못 했는데.”

“아냐, 여기 있는 사람 아무도 선물 준비 안 했어. 그런 거 준비하는 거 찬이가 싫어하거든.”

“에고, 다행이다. 근데 여긴 어떤 곳이야?”

“아, 조금 전에 너 문 열어 준 피어싱 한 애 있지? 강해일이라고 걔가 여기 주인이야. 찬이하고는 고등학교 동창인데 둘이 엄청 친해.”

그때 무대 위에서 김찬의 고음이 터져 나왔다.

태수는 물론이고 박보윤도 얘기를 멈추고 무대 위로 고개를 돌렸다.

무대 위에서 혼신을 다해 고음역을 시원하게 내지른 김찬이 다시 도입부로 돌아와 감미로운 목소리로 노래를 이어갔다.

“내 마지막 소원을~ 하늘이 끝내 모른 척~.”

김찬이 부르는 노래는 박완규의 ‘천년의 사랑’이었다.

워낙 고음이라서 웬만한 남자 가수들도 쉽게 부르기 힘든 난이도가 있는 곡인데도 불구하고 김찬은 비교적 무리 없이 노래를 소화했다.

사실 예전의 태수는 아이돌 노래도 좋아하는 편이었지만

영능력이 생긴 후로는 이상하게 귀에 잘 들어오지가 않았다. 오히려 발라드나 록 음악을 즐겨 듣는 편이고.

비록 대단한 청중이 모인 건 아니지만 일본 한류의 선봉이라 할 수 있는 천상천하의 리드보컬답게, 김찬은 자신이 좋아하는 지인들 앞에서 숨겨진 노래 실력을 유감없이 발휘했다.

텔레비전으로 봤을 때는 늘 천상천하의 아이돌 음악만 들어서 김찬의 진정한 노래 실력을 몰랐는데, 지금 들어 보니 꽤 괜찮은 가창력을 지니고 있다는 걸 알 수가 있었다.

게다가 일반적인 라이브 카페와 달리 제대로 된 공연을 해도 손색이 없을 정도로 스피커와 음향 시스템이 갖춰진 카페의 시설도 한몫한 것 같았다. 마이크도 일반적으로 보기 힘든 고급스러운 것처럼 보였고.

하긴 그랬으니까 일부러 생일 파티를 여기서 했겠지만.

'천년의 사랑'이 끝나자 앵콜이 쏟아졌고 김찬이 다시 흥겨운 노래를 부르며 분위기를 띄우기 시작했다.

조금 전 '천년의 사랑' 때와 달리 김찬은 마치 물 만난 고기처럼 무대 위에서 껑충껑충 뛰어다니며 자신의 장기인 카리스마 있는 리드보컬의 모습을 유감없이 발휘했다.

흥겨운 음악에 빠져서 미친 듯이 노래를 부르던 김찬이 간주 부분에서 갑자기 팔을 뻗어 태수를 가리키고는 말했다.

"여러분, 여러분들이 그토록 보고 싶어 하던, 드라마에서 저하고 보윤이를 사이에 두고 싸우는 유한성의 라이벌 강혁이 왔습니다!"

카페 안에 있던 사람들이 환호하며 강혁을 외쳤다.

"강혁! 강혁! 강혁!"

"자, 그럼 여러분, 우리 강혁, 아니 장태수의 노래 실력 한 번 볼까요?"

"좋아요! 강혁! 강혁! 강혁!"

박보윤이 걱정스럽게 태수를 돌아봤다.

"쟤 왜 저러니? 태수야, 그냥 나가지 마."

태수가 노래를 아예 못 하는 건 아니었지만 그렇다고 잘 부르는 실력도 아니었다. 일반인 기준으로 따져 봐도 중상 정도라고나 할까.

하물며 다른 사람도 아니고 천상천하의 김찬 앞에서 노래를 한다는 건 웬만한 가수라고 해도 부담이 될 수밖에 없는 자리다.

또한 이 카페가 라이브 카페이고 김찬이 가수다 보니 태수는 모르지만 카페 안에 있는 사람들 중에 음악과 관련된 사람들도 많을 텐데.

'어떻게 하지?'

그렇다고 사람들이 이렇게 환호하는데 계속 못 하겠다고 뺄 수도 없는 노릇이고.

그때 공기가 흔들리며 허공에 메시지가 떠올랐다.

예지파군의 능이 작동합니다.

화르르르륵.

이어서 눈앞에 떠오르는 환상.

다름 아닌 자신이 무대 위에서 노래를 부르는 모습이었다. 무슨 노래를 부르고 있는지 소리는 들리지 않지만 노래를 듣고 있는 사람들의 표정이 그리 나쁜 것 같지가 않았다.

'예지파군의 능이 이런 예지 영상을 보여 준다는 건 노래를 하는 게 그다지 나쁜 선택은 아니라는 얘기겠지? 크게 망신살만 뻗치지 않는다면 그냥 후딱 한 곡 부르고 내려와야겠네. 계속 빼는 게 더 찌질해 보일 수도 있을 것 같아. 어차피 내가 가수도 아니고 그냥 일반인인 건 다 알 텐데 뭘.'

태수가 자리에서 일어나자 박보윤이 놀라서 물었다.

"너 노래하게?"

"이렇게 사람들이 원하는데 계속 빼기도 그렇잖아. 찬이 생일인데 괜히 나 때문에 분위기 망치면 좀 그렇잖아. 그리고 난 어차피 가수도 아니니까 이해해 주겠지."

태수가 싱긋 웃어 보이자 박보윤이 김찬을 향해 주먹을 치켜들며 인상을 썼다.

보나마나 평소 김찬의 성격으로 봐서 자기가 자신 있는 무대에서 태수의 자존심을 꺾고 잘난 체하려 한다는 생각한 것이다.

김찬이 그런 박보윤을 향해 얄밉게 혀를 쏙 내밀었다.

태수가 무대로 나가자 환호성이 절정에 달했다.

다들 김찬의 지인들이고 박보윤하고도 아는 사람들이 많았다.

다들 일반인보다는 신인 배우나 가수 지망생 혹은 음악 관계자들이 많아서 딱히 연예인에 대한 환상 같은 건 없는 사람들이었다.

그럼에도 불구하고 태수가 등장하자 왠지 모르게 진짜 연예인을 보는 것처럼 호기심 어린 눈빛으로 다들 주목을 했다.

〈오늘도 연애〉에서 강혁 역할로 뜬 것도 있지만 아무래도 영능력자라는 특별한 능력을 가졌고 〈영혼을 찾아서〉에서 퇴마를 하는 태수의 모습이 왠지 모르게 자신들과는 다른 특별한 DNA가 있는 것처럼 느껴졌던 것이다.

말하자면 연예인들한테도 연예인처럼 느껴지는 존재라고나 할까.

김찬이 특유의 깐죽거리는 태도로 태수의 어깨에 자신의 팔을 두르고 마치 〈오늘도 연애〉의 유한성처럼 건들거리며 말했다.

"여러분, 제가…… 이번 드라마에서는 발연기라는 소리 듣지 않으려고 얼마나 발버둥을 쳤는지 아십니까? 아니 지난번 드라마 〈별의 그대〉에서는 발연기라도 인기는 엄청 많았어요. 그렇죠?"

"네, 맞습니다."

좌중에서 키득거리며 웃음이 터져 나왔다.

"근데요…… 이번에는 천상천하의 이 김찬이 여기 있는 장태수한테 연기는 물론이고 인기에서도 완전히 밀렸습니다. 저희 팬카페 천상천하 포에버도 강혁바라기들한테 완전 발렸어요."

사람들 사이에서 다시 한번 한바탕 웃음이 쏟아졌다.

"그래서 제가 살짝 치사하긴 하지만 노래로 장태수 한번 이겨 보려고 합니다."

여기저기서 장난스러운 야유가 쏟아졌다.

"우우우~ 그건 반칙입니다."

"김찬 씨, 자중하세요."

"너무하는 거 아닙니까?"

모두 반은 장난에 가까운 분위기였고 김찬도 그런 사람들을 둘러보며 말했다.

"제가 오죽하면 이런 짓을 하겠습니까?"

다시 한번 웃음이 터졌고 김찬이 사람들을 향해 말했다.

"네, 지금까지 제가 생일을 맞은 사람의 특권으로 장난을 좀 쳤습니다, 헤헤. 우리 태수 군은 가수가 아니죠. 일반인의 눈높이로 봐 주시면 감사하겠습니다. 우리 태수 군이 시키면 뭐든 깜짝 놀랄 정도로 잘해서 설마 노래까지 잘하는 게 아닐까 지금도 살짝 겁이 나긴 하네요."

태수가 어깨를 으쓱하자 김찬이 어깨를 주무르며 말했다.

"어깨가 많이 굳었네. 긴장 풀어, 태수야. 괜찮아."

솔직히 전혀 긴장되는 마음은 없었다. 오히려 마음이 어느 때보다 편안했다. 어차피 못 해도 본전이니까.

"무슨 노래 할래? 마음 편하게 해."

그때 누군가 소리쳤다.

"신청곡 받아 주세요!"

태수가 소리친 사람을 돌아보자 카페 주인인 강해일이었다.

강해일이 소리쳤다.

"물론 신청곡 거절하셔도 괜찮습니다. 그래도 혹시 가능하시다면 임재범의 너를 위해 부탁드리겠습니다."

실내가 웅성거렸다. 일반인의 수준에서는 한 번도 안 불러 본 남자들은 없지만 제대로 성공한 남자들도 거의 없다는 전설적인 고음의 노래.

가수들조차 버거워하는 그 노래를 신청하다니.

박보윤이 발끈해서 소리쳤다.

"해일이 너 자꾸 장난칠래? 사람 초대해 놓고 자꾸 곤란하게 만들 거야?"

해일이 말했다.

"곤란하게 만들려는 거 아냐. 그냥 부르고 싶은 노래 불러도 된다고 했잖아. 다만 밋밋한 노래 말고 임팩트가 있는 노래가 듣고 싶다는 거지. 혹시 알아? 진짜 노래 잘할지. 일단 목소리가 질투 나게 좋잖아."

누군가 소리쳤다.

"맞아요. 목소리 너무 좋아요!"

그러자 이번에는 김찬이 나섰다.

"그건 내가 봐도 좀 심하다, 그 노래는 나도 버거워. 태수야, 신경 쓰지 말고 너 편한 노래로 불러."

태수가 알았다는 표시로 고개를 끄덕였다.

임재범의 '너를 위해'.

태수가 '너를 위해'라는 노래를 처음 접한 건 〈동감〉이라는 영화를 통해서였다.

유지태와 김하늘이 주연을 맡았던 영화인 〈동감〉은 21년이라는 시간을 사이에 두고 무선통신으로 만난 두 남녀의 이야기를 다룬 타임 슬립 영화였다.

당시 영화와 OST가 너무 좋아서 한동안 흥얼거리긴 했지만 고음 때문에 불러 볼 생각은 하지 못하다가, 우연히 코인 노래방에서 딱 한 번 불러 봤을 뿐이다.

그것도 옆방에 사람들이 없는 늦은 시간에 목 놓아서. 비록 고음역대에서 삑사리가 났고 거의 가성으로 마무리를 했지만 마음만은 후련했던 기억이 있다.

태수가 마이크를 받아 들고 말했다.

"네, 알겠습니다. 너를 위해 한번 불러 보겠습니다."

"꺄악!"

여기저기서 환호성과 비명이 터져 나왔다.

"대신 청각에 이상이 생겨도 저는 책임지지 않겠습니다."

"괜찮아요. 강혁의 너를 위해 듣고 싶어요."

"강혁 목소리 너무 좋아요. 기대돼요!"

휘파람과 환호성이 울렸다.

어차피 대한민국 최고의 아이돌 그룹의 리드보컬 앞에서 노래 조금 잘한다고 티가 날 것도 아니고 이왕이면 제대로 망가져서 분위기나 띄워 주자는 생각이 들었던 것이다.

박보윤은 물론이고 김찬까지도 사뭇 걱정 어린 시선으로 태수를 지켜봤다. 혹시 자신의 장난이 너무 심해서 자존심이 상해 저러는 건 아닌지 걱정도 됐고.

그리고 잠시 후 조용한 피아노음과 함께 '너를 위해'의 전주가 흘러나왔다.

태수가 전주에 빠져들며 호흡을 깊이 들이마셨고 저도 모르게 눈을 감으며 영화 〈동감〉을 떠올리며 노랫말이 가지는 감흥에 빠져들었다.

그러자 신기하게도 〈동감〉이 아닌 〈오늘도 연애〉의 강혁과 옥현옹주의 영상과 이미지들이 떠오르는 게 아닌가.

비록 타임 슬립은 아니지만 시공을 건너와서 복잡하게 인연이 얽힌 두 주인공의 애틋하면서 비극적인 사랑.

노랫말만 생각하면 〈동감〉보다 〈오늘도 연애〉가 이 노래의 감성에 더욱 잘 어울린다는 생각이 들면서 마치 태수 자신의 노래인 것 같은 느낌이 찾아들었다.

태수가 깊게 호흡을 들이마셨다.

태수가 감정을 잡는 순간 공기가 흔들리며 허공에 메시지가 떠올랐다.

생기탐랑의 능이 작동합니다.

화르르르륵.

단전 아래에서부터 온몸을 따스하게 감싸며 생기탐랑의 기운이 올라왔다.

'너를 위해'의 도입부 피아노음이 점점 또렷해졌다.

태수가 눈을 감으며 더욱 깊게 호흡을 들이마셨다.

임재범 특유의 중저음이 시작되는 도입부의 감성이 전신을 휘감았다. 아득한 느낌으로 빠져드는 선율에 맞춰 애틋하게 밀어내는 발성이 흘러나왔다.

"어쩜 우리 복잡한 인연에~."

처음엔 다들 장난스러운 호기심으로 태수를 지켜봤다.

그러다가 도입부의 첫 소절이 시작되는 순간 누군가 옅은 비명을 질렀다.

또 다른 누군가가 정말로 놀란 것처럼 중얼거렸다.

"오~ 소름~."

도입부의 중저음에서 실내가 술렁거리다가 이내 점차 소음이 잦아들었다.

단전에서부터 올라와서 두성으로 나가는 안정된 발성과 음색이 스테레오 음향처럼 실내를 휘감아 돌았다.

태수는 자신이 가사의 주인공이 된 것 같은 감정에 빠져들었다. 이 노래가 〈오늘도 연애〉의 OST였다면 정말로 잘 어울리겠다는 생각이 들었다.

노래의 선율과 함께 왕실 근위대장 강혁이 옥현옹주와 나누던 과거의 사랑 장면이 화사한 수채화처럼 머릿속을 흘러갔다.

둘의 운명을 스스로 옭아매며 강혁과 옥현옹주가 자살하는 장면에 이어 저승차사 흑천에 의해 강혁이 차출되고 옥현옹주가 후생에 저주를 받는 운명 속으로 빠져드는 일련의 소용돌이들이 안타까운 감정을 불러일으켰다.

태수는 그런 옥현옹주를 그저 지켜만 볼 수밖에 없는 강혁의 감정에 취해 한껏 소리를 토해 냈다. 자신이 어떻게 노래를 부르는지도 모르는 채 신이 들린 것처럼 발성을 쏟아냈다.

"내 거친 생각과 불안한 눈빛과~."

한 음 한 음 감정을 담아서 서서히 고음을 향해 치고 올라가는 부드러운 듯하면서 거친 음색이 듣는 이들의 감성을 자극했다.

태수는 자신이 어디에서 왜 노래를 부르고 있는지조차 알지 못했다. 그저 마음으로 찾아드는 강혁의 감성에 모든 걸 내맡긴 채 응어리진 감정을 소리로 뱉어 냈다.

태수는 아직 현실에서 강혁과 같은 절절한 사랑을 해 본 기억이 없지만, 그 감정이 어떤 것인지는 알 것 같았다.

이윽고 노래가 고음 절정부를 향해 치달았다.

사랑하는 옥현옹주, 이초희를 향한 강혁의 안타까운 감정이 거침없이 고음을 밀어 올렸고 두성에서 폭발했다.

"난~ 위험하니까~~ 사랑하니까~~~!"

그렇게 엔딩으로 달려간 노래가 다시 한번 반복됐고 어느새 다시 엔딩이 돌아왔다. 끝없이 계속 듣고 싶을 정도로 노래가 너무도 짧게 느껴졌다.

마침내 진한 여운을 남기며 노래가 끝이 났다.

태수는 비로소 자신이 지금 김찬의 생일 파티에서 무대에 나와 노래를 부르고 있다는 현실을 깨달았다.

'헉, 여긴 코인 노래방이 아닌데 내가 너무 감성에 빠져서 노래를 불렀네. 대체 노래를 어떻게 부른 거야? 낯선 사람들 앞에서 큰 실수라도 한 건 아닐까?'

노래가 끝났지만 주위가 너무 조용해서 눈을 뜨려니 더럭 겁부터 났다. 혹시 자신이 생일 파티의 분위기를 망친 건 아닌지.

태수가 두려운 마음으로 천천히 눈을 떴다.

노래가 끝난 후에도 숨을 죽이고 지켜보던 사람들이 그제야 노래의 마력에서 풀려난 것처럼 환호성과 박수를 쏟아냈다.

사방에서 놀랍다는 반응들이 쏟아졌다.

"미친! 저게 일반인 노래 실력이냐?"

"대박이다! 와, 진짜 소름 돋아!"

"뭐야? 배우가 아니라 가수를 했어야 하는 거 하냐?"

태수는 쏟아지는 환호성과 외침들의 의미를 잘 이해하지 못했다. 자신이 어떻게 노래를 불렀는지 전혀 몰랐기 때문이다.

김찬이 황당한 표정으로 무대로 올라오더니 어이가 없다는 듯 말했다.

"야, 너 뭐냐? 도대체 못 하는 게 뭐야? 노래까지 그렇게 하면 나보고 어떡하라는 거야?"

태수는 일단 분위기 파악을 하느라 아무런 말도 하지 않았다. 여기저기서 노래 다시 듣고 싶다고 앵콜을 외치는 소리가 들려왔다.

태수가 더 이상은 못한다고 손을 내저었다. 또한 지금 이 자리는 김찬의 생일 파티인데 갑자기 사람들의 관심이 자신한테 쏠리는 것도 부담스러웠다.

'대체 이게 무슨 일이지? 아무리 생기탐랑의 기운이 도와줬다고 해도 내 노래 실력은 내가 아는데.'

그때 홀에 하나 가득 음악 소리가 울려 퍼졌다. '너를 위해'의 피아노 전주 부분이었다.

태수가 고개를 돌려 보니 홀에 있는 대형 텔레비전에 자신의 모습이 떠 있는 게 아닌가.

강해일이 휴대폰으로 촬영한 영상을 텔레비전 모니터에 연결해서 재생을 했던 것이다. 홀에 있던 모든 사람들이 약속이나 한 것처럼 텔레비전에 시선을 고정시켰다.

연기를 할 때는 몰랐는데 마이크를 잡고 감정을 잡는 자신의 모습을 보니 왠지 모르게 쑥스러우면서 오글거렸다.

이어서 노래가 시작됐다. 깊은 호흡에서 서서히 밀려나오는, 안정적으로 내뱉는 발성과 중저음의 허스키한 목소리.

원곡 가수인 임재범의 목소리보다는 조금 더 부드럽고 덜 허스키하지만 오히려 그래서 더욱 감미롭게 마음을 파고드는 음색이었다.

태수도 깜짝 놀라서 눈을 부릅떴다.

'세상에, 저게 내 목소리야!'

처음 마이크를 잡고 시작할 때만 해도 어색하던 표정과 자세가 어느새 전문 가수 못지않은 세련되고 능숙한 감성과 무대 매너로 변해 갔다.

흔히 꿀성대라고 부르는 목소리에 사람의 감성을 자극하는 절절함까지 들어 있었다.

생기탐랑의 기운 덕분이었다.

그저 듣는 것만으로도 사람들을 빨아들이는 것 같은 마성이 느껴졌다. 태수 자신마저도 자신의 노래를 들으며 빠져드는 기분을 느낄 정도였으니까.

마침내 절정의 고음 부분에서는 스스로도 믿지 못할 정도로 매끄럽고 안정적인 발성이 터져 나왔다. 부드럽지만 시원하게 내지르는 고음이 듣는 이의 감성까지도 폭발시켜 심장을 울컥하게 만들었다.

누군가가 정말로 감동한 듯 중얼거렸다.

"아…… 너무 좋다!"

너무 놀라운 노래 실력에 태수 자신도 당황스러울 지경이었다.

생기탐랑의 기운이 작동한 때문일 수도 있고 연기를 하면서 노래 실력이 늘었던 것인지도 모른다. 아니, 어쩌면 최성식 선배님의 숨겨진 노래 실력을 전수받은 것일 수도 있다.

어쨌든 자신이 들어도 믿어지지 않는 노래 실력이었다.

태수가 자리로 돌아왔을 때 박보윤은 아직도 노래의 여운이 가시지 않았는지 두 눈에 눈물이 그렁거렸다.

김찬이 그런 박보윤을 보며 약이 올라서 한마디 했다.

"야, 넌 내가 노래할 때는 한 번도 그런 반응 안 보이더니 진짜 너무한 거 아니냐?"

박보윤이 얼른 눈물을 훔치고는 퉁명스럽게 말했다.

"내가 뭘?"

이번엔 김찬이 태수를 돌아보고 모처럼 진지한 표정으로 말했다.

"태수 너 앨범 내도 되겠다. 너네 소속사 대표는 뭐 하는 거냐? 이런 훌륭한 가수를 두고 제대로 활동도 안 시켜 주고."

"앨범은 무슨 앨범이야, 오늘따라 컨디션이 좋았던 모양이지."

"야, 내가 누구냐? 천상천하 김찬이야. 나름 전문가라고. 똥인지 된장인지도 구별 못 할 사람 같냐? 그리고 저기 은테 안경 쓰고 넋 놓은 얼굴로 너 쳐다보는 사람 있지?"

김찬의 말대로 홀의 대각선에서 몽롱한 눈빛으로 태수를 응시하고 있는 사람이 보였다.

"어. 저 사람이 왜?"

"엔도 카즈키라고, 이번에 우리 천상천하 콘서트할 때 일본 쪽 프로듀서였거든. 일본에서는 꽤 알아주는 프로듀선데 아까 네 노래 들으면서 같이 작업해 보고 싶다고 하더라고. 카즈키가 워낙 콧대가 높아서 웬만한 가수한테는 그런 소리 절대로 하지 않거든. 근데 네 노래에는 사람의 마음을 움직이는 진심이 느껴진대."

아무리 노래를 잘한다고 해도 가수를 할 수는 없다. 항상 생기탐랑의 기운이 있어야만 하니까. 그렇게 매번 노래 부를 때마다 생기탐랑의 기운을 사용한다면 귀기를 감당할 수도 없을 테고.

혹시 나중에 운이 좋아서 뛰어난 가수의 능력을 흡수한다면 모를까.

아무튼 김찬의 생일 파티는 엉뚱하게도 태수의 노래 때문에 김찬 대신 태수가 주인공처럼 되어 버렸다. 그나마 다행이라면 김찬이 그렇게 기분 나빠 하는 눈치가 아니었다는 것.

하지만 다들 태수에 대한 얘기만 하고 자꾸만 관심을 보이며 다가와 말을 거는 사람들 때문에 불편해서 오래 있을 수가 없었다.

나머지 사람들은 새벽까지 생일 파티를 즐길 예정이라고 해서 태수는 피곤하다는 핑계를 대고 먼저 자리에서 일어났다.

옥상으로 돌아온 태수는 평상에 그대로 누워서 밤하늘을 바라봤다. 오늘따라 유난히 별들이 밝게 빛났다.

그런 별빛들을 보고 있으려니 여러 감정들이 '너를 위해' 노래처럼 고저를 오르내렸다. 오늘 밤은 이렇게 별빛을 바라보며 평상에서 잠들고 싶었다.

모처럼 스케줄이 없어서 늦잠을 자고 싶었는데, 내리쬐는 햇볕 때문에 더 이상 누워 있을 수가 없었다. 눈을 뜨니 주변이 휑하게 트여 있었다.

'어제 내가 평상에서 잠들었지?'

시원하게 기지개를 켜는데 오늘이 옥탑방에서 보내는 마지막 날이란 사실에 생각이 미쳤다.

'아, 맞다. 내일 나 이사 가지?'

내일은 새로운 옥탑방, 아니 창호가 봐 뒀던 옥상에 있는 집으로 이사를 가기로 한 날이었다. 어제 평상에서 잔 것도 그 생각이 들었기 때문인데.

'오늘은 하루 종일 짐 정리나 해야겠네.'

하긴 딱히 정리할 만한 짐도 없었다. 옷가지 몇 벌과 책과 노트북 정도가 전부니까.

"휴우."

막상 떠난다고 생각하니 마음이 괜히 싱숭생숭해지며 이곳에서 있었던 많은 일들이 주마등처럼 머리를 스치며 지나갔다.

여기서 지낸 시간이 대략 4년.

어떻게 보면 태수에겐 가장 힘들고 막막한 시간이었다.

치킨 배달을 하고 들어와서는 소설 쓴다고 키보드 몇 번 두들기다가 피곤해서 그대로 쓰러져 자는 게 일상이었다.

평상에 누워서 무수한 별들을 바라보며 감상에 젖어 자신의 신세를 한탄하고 막막한 미래에 대한 불인감으로 눈물을 찔끔거리던 날들도 하루 이틀이 아니었다.

한동안 매일 옥상에서 태수를 맞아 주던 저승으로 떠난 여고생 영혼 이화에 대한 기억도 떠올랐고, 이따금 들려서 삼겹살을 구워 먹던 용만도 생각이 났다.

하지만 옥탑방에서 가장 많은 추억을 공유했던 사람은 역시 송현주였다.

처음 배우를 꿈꾼다는 송현주를 봤을 때 너무 예뻐서 넋이 나갔던 일이 떠올라 태수는 저도 모르게 빙그레 미소를 지었다. 여자에게 그렇게 설레었던 적이 태어나 처음이었다.

송현주하고 공모전 대상의 기쁨도 함께했고 송현주가 〈최고의 사랑〉 오디션을 본다고 해서 생전 처음으로 대본을 보며 연기를 했던 기억도 새록새록 떠올랐다.

송현주의 상대 역을 해 주며 대본을 고치다가 오디션장까지 가서 서툰 연기를 했던 기억도 아련했다.

요즘은 너무 바빠서 송현주의 얼굴조차 제대로 보지 못했다.

그래서 그런지 예전에 함께 평상에 앉아 캔 맥주를 마시며 여유로운 시간을 보내던 시절이 그립게 떠올랐다.

'현주가 시간이 되려나?'

옥탑방에서 보내는 마지막 밤이라고 생각하자 더더욱 송현주하고 보내고 싶은 마음이 간절했다. 송현주에게 저녁에 시간이 되는지 카톡을 보냈다.

사실 태수에겐 친구가 없어서 마음을 터놓고 속 얘기를 나눌 만한 사람이 거의 없었다. 영능력을 가진 이후에는 더

더욱.

이제 겨우 김찬과 박보윤을 사귀기 시작했지만 두 사람한테는 아직 친구라기보다는 연예인이라는 생각이 더 강하게 들었다.

송현주는 영능력을 가지기 이전과 이후의 태수 모습을 누구보다 가까이서 지켜봤고, 변해 가는 과정까지도 함께했던 거의 유일한 사람이었다.

송현주가 바로 답장이 왔다.

현주 : 그렇잖아도 오빠 연락 안 오면 삐지려고 준비하고 있었는데ㅎㅎ. 오늘 저녁 때 촬영 있어서 일찍은 못 가지만 무조건 올라갈게요. 캔 맥주 들고 가서 오빠 자고 있으면 깨울 거예요^^

태수 : 알았어. 이따 저녁에 봐.

현주 : 참, 오빠.

태수 : 왜?

현주 : 어젯밤에 왜 또 사고 쳤어요?

태수 : 사고라니, 그게 무슨 소리야?

현주 : 지금 인터넷 들어가 봐요. 오빠, 실검 1위 올라가서 난리 났으니까. 그럼 이따 봐요 ㅋㅋ

태수가 의아한 기분으로 인터넷에 들어가자 '장태수 너를 위해'가 실검 1위에 올라 있었다. 검색어만 보면 어제 카페에서 노래 부른 것과 관련이 있을 것 같은데 어떻게 그게 실검에 올라간 건지 이해가 되지 않았다.

검색어를 클릭하자 기사와 동영상이 떴다.

동영상은 어제 라이브 카페에서 태수가 노래하던 모습을 누군가 찍어서 유튜브에 올린 것이었다. 강해일이 카페에서 틀었던 동영상하고는 또 다른 각도의 동영상이었다.

그 아래로 폭발적인 댓글들이 달린 건 굳이 말할 필요도 없었다.

–와, 신의 목소리!

–오빠, 제발 앨범 내세요, 제발요!

–장태수는 배우에 영화감독에 퇴마사에, 이젠 가수까지 하려나?

태수는 댓글을 읽다가 그만두고 동영상을 클릭했다.

동영상은 두 개가 조회 수가 높았는데, 조회 수가 가장 많은 건 역시 태수가 카페에서 노래 부르는 라이브 영상이었다.

또 다른 영상은 누군가 벌써 〈오늘도 연애〉 하이라이트 영상에 태수의 노래를 입혀서 마치 OST 뮤직비디오처럼 편집해 놓은 것이었다.

태수가 어제 노래를 부르며 머릿속으로 떠올렸던 장면들이 노래와 함께 그대로 들어가 있었다.

태수는 감미로운 선율과 함께 흘러나오는 영상을 보며 촉촉하게 감성에 젖어들었다.

"오빠."

돌아보니 송현주가 막 옥상으로 들어서고 있었다. 그동안 카톡으로는 근황을 자주 주고받았지만 직접 얼굴을 보는 건 꽤나 오랜만이었다.

멀리서 봐도 송현주의 표정에는 벌써 섭섭한 기색이 역력했다. 앞으로 다가온 송현주가 어떻게든 울지 않으려고 애를 쓰며 웃었다.

"짐은 다 쌌어요?"

"쌀 짐이나 있어야지."

"하긴 뭐 옷도 몇 벌 없는데. 이제 이사 가면 옷방도 만들고 옷도 좀 사요."

송현주는 태수가 바빠진 후로 자주 만나지는 못해도 가끔 새벽에 옥상에 올라와서 불 꺼진 옥탑방을 기웃거리곤 했다.

비록 만나지는 못해도 태수가 안에서 자고 있다는 사실만으로도 많은 위안을 얻고는 했다.

근데 이제 태수가 떠난다고 하니 겉으로 드러내진 못해도 허전함을 감추기 힘들 정도로 마음이 공허하고 힘이 들었던 것이다.

둘이 예전처럼 캔 맥주를 마시면 쉼 없이 수다를 떨 수 있을 것 같았는데 이상하게 할 말이 떠오르지 않았다.
맥주를 마시던 송현주가 참고 있던 울음을 터뜨리며 태수의 어깨에 얼굴을 기댔다.
둘이 처음 만났을 때는 송현주도 막 연예계에 데뷔한 신인으로 힘들게 단역배우를 전전할 때였고, 태수는 엄마 가게 일을 도우며 불안한 미래와 불운한 현실에 대한 원망이 가득할 때였다.
이 옥상은 외롭고 힘든 시절 둘의 추억이 방울방울 맺혀 있는 공간인데 이제 그 추억을 함께할 수 없다는 사실에 눈물이 나는 것이다.
조금씩 울음이 잦아든 송현주가 얼굴을 떼고는 말했다.
"갑자기 왜 울음이 터졌나 몰라. 바보같이."
"우리가 영영 이별하는 건 아니잖아. 이사 가는 집이 여기서 차 타고 15분밖에 안 걸려. 거기도 옥상이니까 언제든 놀러 와."
송현주도 눈물을 훔치고는 입을 삐죽 내밀고 말했다.
"오빠가 예전하고 같은 줄 알아요? 오빠 집에 내가 놀러갔다가 스캔들 기사라도 나면 어쩌려고? 앞으로는 오빠의 일거수일투족을 감시하는 사람들이 한둘이 아닐 텐데."
"난 그런 거 신경 안 써, 어차피 다른 스타들하고는 다른 길을 걸을 거니까. 난 배우만 하는 건 아니잖아, 퇴마도 하고 영화감독도 하고."

"가수도 해요, 오빠."

"가수?"

태수가 고개를 흔들며 웃자 송현주가 말했다.

"그 노래 한 번만 불러 주면 안 돼요?"

"노래? 무슨 노래?"

"너를 위해."

태수가 송현주를 빤히 바라봤다. 예전에 태수의 마음을 흔들었던 송현주의 촉촉한 눈빛과 입술이 그곳에 있었다.

순간 송현주의 입술에 키스하고 싶은 충동이 들었고, 태수는 그 감정을 선율에 실어서 노래를 시작했다.

"어쩜 우린 복잡한 인연에~ 서로 엉켜 있는 사람인가 봐~."

아침에 창호와 함께 새로운 집으로 이사를 했다.

기껏 해 봐야 박스 몇 개가 전부라서 짐이라고 할 것도 없었다.

이사할 집에 책상이며 텔레비전, 침대는 물론이고 주방 기구들까지 풀 옵션으로 갖춰져 있어서 새로운 가구를 살 필요도 없었다.

태수와 함께 마지막 박스를 거실에 들여놓고 창호가 땀을 닦으며 말했다.

"짐이 워낙 없어서 공간이 너무 휑하다."

"전 워낙 좁게 살아서 그런지 아무것도 없이 휑한 게 오히려 넓어 보여서 좋은데요. 와, 근데 여기 전망 정말 좋네요."

이전에 밤에 왔을 때는 몰랐는데 바깥의 옥상에서 보니 한쪽은 도심의 야경, 반대편에는 한강이 내려다보였다.

"이쪽에 아파트는 진짜 비싸. 옥상인 데다 건물주 딸 덕분에 저렴하게 들어온 거야."

"딱 봐도 비쌀 것 같아요. 고마워요, 형."

"고맙긴 뭐가 고마워, 전부 네가 번 돈으로 마련한 건데."

태수가 이사를 나온 옥탑방에는 엄마와 혜령이 들어가서 살기로 했다.

차라리 여기 와서 같이 살면 좋을 텐데 치킨집 장사를 하려면 거길 떠나면 안 된다면서 극구 사양을 했던 것이다.

창호가 생각난 듯 말했다.

"참, 맛난치킨에 송현주 프로필 넣었는데 오늘 아침에 오케이 사인 떨어졌으니까 네가 연락해 줘."

"와, 진짜요?"

"응. 그쪽에서 〈앞집녀〉에 나온 송현주도 보고 〈최고의 사랑〉 광기의 노래방 장면도 보더니 딱 자기네가 찾던 이미지라고 좋아하더라고. 광고 콘셉트에 등장하는 귀신이 공포와 코믹적인 요소를 다 가지고 있잖아."

사실 어제 그 애기를 송현주한테 말할 수도 있었지만 결정이 되면 하려고 참았던 것이다. 만약 말해 놓고 안 되면 실망이 클 수도 있으니까.

하지만 그런 이유보다는 어젯밤 둘 사이에 야릇한 감정이 형성되면서 그런 얘기를 할 타이밍을 놓친 이유가 더 컸다고 할 수가 있다.

송현주가 태수의 어깨에 머리를 기대면서 노래를 불러 달라고 했을 때 태수는 잠시나마 그녀의 입술에 키스를 하고 싶은 충동을 느꼈다.

태수는 아직까지 여자와 키스를 해 본 적이 없다. 키스는 커녕 진지하게 여자를 사귀어 본 적도 없기 때문에 그 정도로 진도가 나갈 일이 없었다.

물론 태수가 여자에게 관심이 없는 건 아니었다.

태수는 물리적으로 누구보다 건강한 신체와 남성호르몬을 지니고 있기에 늘 마음속에 남성의 뜨거운 욕망이 꿈틀거리지만, 그런 본성을 억누르는 이성의 힘이 좀 더 강할 뿐이었다.

하지만 어제 그 순간만큼은 정말 간절하게 키스가 하고 싶었다.

어젯밤에는 송현주도 태수가 좀 더 적극적으로 자신을 이끌어 주길 기다리고 있었다. 촉촉한 눈빛으로 태수를 바라보다가 스르르 눈을 감고 다음 행동을 기다리고 있었으니까.

송현주도 여우 같은 약은 성격이 못 되는 데다 태수처럼 남자를 사귄 경험도 거의 없어서 적극적으로 태수에게 다가가질 못했다.

태수에게 먼저 다가가 입술에 키스하고 싶은 강렬한 욕망을 가까스로 억누르며 눈을 감고 기다리는 정도가 송현주가 할 수 있는 최선의 의사 표현이었다.

물론 그런 송현주의 행동에는 자칫 순간적인 격정으로 둘의 관계가 깨지고 어색해져서 헤어질 것에 대한 두려움도 일정 부분 작용했다.

그건 태수도 크게 다르지 않았다.

태수가 아무런 행동을 보이지 않자 송현주가 결국 눈을 뜨고 어색하게 말했다.

"나 방금…… 오빠가 나한테 키스하는 장면 상상했었어요. 상상해 봤는데 나쁘지 않았어요. 노래 잘 들었어요. 그만 내려갈게요."

송현주가 할 수 있는 최대한의 표현이었다.

그렇게 송현주가 여운을 남기고 내려가자 태수는 더더욱 마음이 심란했다.

그날 밤 태수는 본능의 욕망이 너무 강해서 이성의 힘만으로는 감당이 되지 않았다. 결국 밤사이 단전에서 내력까지 끌어 올려 미칠 것 같은 본능의 욕망을 억눌러야만 했다.

태수는 아직 송현주를 정말로 사랑하는지 확신이 서지 않았지만, 거의 유일하게 보고 싶고 함께하고 싶은 여자인 건 확실했다.

신기하게도 송현주보다 더 예쁘고 스타인 박보윤에게는 그런 감정을 느낀 적이 없었다. 박보윤을 향한 감정은 오히려 친구처럼 편한 느낌에 가까웠다.

태수는 맛난치킨 CF와 관련된 내용을 카톡으로 송현주에게 보냈다.

예상대로 송현주가 곧바로 답장을 보내 왔다. 카톡 내용만 읽어도 지금 그녀가 얼마나 좋아하고 있을지 눈에 선했다.

송현주처럼 서브조연을 전전하는 애매한 위치에서는 CF가 수입도 되지만 인지도를 높이는 데 확실한 도움을 받을 수 있기 때문에 현실적으로 큰 도움이 된다.

현재 연예계만 해도 광고로만 뜬 스타가 얼마나 많은가.

게다가 이번 광고는 콘셉트도 재미가 있는 데다 요즘 연예계에서 가장 핫하다는 태수와 동반 출연하기에 어떤 여배우라도 탐을 낼 만한 기회였다.

물론 송현주가 기뻐한 가장 큰 이유는 유명 스타인 상태수가 아닌 옥탑방 태수와 함께 CF를 찍을 수 있다는 사실 때문이었다.

촬영장에서 둘이 함께 연기를 할 수 있다는 사실도 너무나 설레고, 두 사람이 함께 나오는 CF가 텔레비전에 방영된다고 상상을 하는 것만으로도 행복했던 것이다.

창호가 그런 태수의 눈치를 살피다가 슬쩍 물었다.

"참, 너 노래 부른 동영상 온라인에 반응 봤지?"

다른 생각에 빠져 있던 태수가 얼떨결에 대답했다.

"네? 아, 그거요? 대충은 봤어요."

"대충 봤다고?"

사실이었다. 동영상 아래 달린 댓글들은 대부분 극찬 일색이었지만 태수는 일부러 자세히 읽지 않았다.

나중에 자신이 들어 봐도 노래를 잘 부르긴 했지만 그토록 대단한 극찬을 받을 정도는 아니라고 생각했다.

물론 팬들의 입장에서는 충분히 흥분할 만하다고 생각했다. 태수가 노래까지 그 정도로 잘할 줄은 몰랐을 테니까.

근데 댓글을 읽다 보면 괜히 자신이 정말로 엄청나게 노래를 잘 부르는 것처럼 착각을 할 수도 있고, 그러다 보면 저도 모르게 마음이 흔들려서 가수를 하고 싶은 마음이 생길 수도 있기 때문이다.

게다가 동영상을 보다 보면 자신이 부른 노래임에도 어느새 반복해서 듣게 되는 묘한 중독성에 빠져들게 된다.

그래서 가능하면 동영상에 대한 생각 자체를 하지 않으려고 애를 쓰는데 창호가 살짝 불을 지핀 것이다.

"태수야, 지금 상황이 대충 그렇게 넘어갈 수 있는 상황인 것 같지가 않아. 다른 건 다 무시할 수 있어도 팬심은 무시하지 못하는 거야."

"아니에요. 제가 앞으로 더 이상 노래하는 모습만 보여 주지 않으면 얼마 지나지 않아서 다들 금방 잊어버릴 거예요."

창호가 고개를 흔들었다.

"내가 볼 때 그건 네 착각이야. 일단 댓글들을 읽어 봐 봐."

"어제 봤다니까요."

"지금 어제보다 댓글이 10배쯤 늘어났어. 실검도 1위고."

창호의 말에 태수가 깜짝 놀라서 되물었다.

"지금 실검 1위라고요?"

"너 지금까지 이틀 연속으로 실검 1위한 적 없지?"

사실이었다. 〈오늘도 연애〉 오프닝이 공개됐을 때도 잠깐 1위 하고 내려왔고 〈영혼을 찾아서〉 방송하는 동안에도 방송이 끝나면 실검에서 이내 사라지곤 했다.

근데 우연히 부른 노래 한 곡에 이틀 연속 실검 1위라니.

"내 휴대폰이 지금 잠잠한 이유가 뭔지 알아? 휴대폰을 꺼놨기 때문이야, 동영상 관련해서 너무 연락이 많이 와서 도저히 생활을 할 수가 없어서. 그러니까 일단 들어가서 반응을 한번 봐 봐."

태수는 그런 창호의 얼굴을 빤히 보다가 마지막으로 저항하듯 말했다.

"아무튼 저 어차피 노래 못 해요. 알잖아요, 지금 하는 일도 많은데 노래까지 어떻게 해요? 다른 일 정리되면 그때……."

"네가 싫다고 피할 수 있는 수준이 아니라니까, 이미 임계점을 넘어섰다고. 그러니까 일단 들어가서 보고 얘기해, 보고."

"어제 봤는데 왜 또 자꾸 보라고 해요?"

이틀 연속 실검 1위라고 하니까 좋기보다는 살짝 겁부터 났다.

마지못해 인터넷에 접속한 태수의 표정에 당혹감이 떠올랐다. 실검 1위가 '장태수 너를 위해', 6위가 '장태수 라이브'였다.

뿐만 아니라 발 빠른 연예부 기자가 언제 취재를 했는지 동영상을 올린 사람을 직접 만나서 행한 인터뷰 기사가 연예 섹션 메인 기사로 올라와 있었다.

동영상을 올린 사람이 그저께 상황을 거의 실시간으로 정리해서 자세하게 설명했다.

김찬의 생일 파티 모임이었는데 사람들이 태수를 부르라고 김찬한테 압력을 가해서 태수가 라이브 카페에 도착했다.

김찬이 태수를 무대 위로 불러서 노래를 시키려는데 '너를 위해' 신청곡이 들어왔고 다들 그 노래는 너무 어려워서 걱정을 했는데, 태수가 자신 있게 불렀고 그곳에 있던 모든 사람들이 충격을 받았다.

동영상으로 듣는 노래는 현장에서 들었던 노래하고는 비교가 되지 않는다. 현장에서는 그야말로 한 음 한 음이 사람의 마음을 쥐락펴락할 정도로 감동적이었다.

그 혹은 그녀의 인터뷰는 이렇게 마무리가 됐다. 태수가 노래 부르기 전에 김찬이 노래를 불렀는데 오히려 김찬의 노래가 완전히 묻혀 버렸다. 자신이 볼 때는 장태수가 부른 〈오늘도 연애〉 OST가 조만간 나올 것 같다.

그 아래로 달린 수많은 댓글들.

이어서 유튜브에 들어가니 라이브로 노래하는 동영상의 조회 수가 단 이틀 사이에 80만에 육박하고 있었고 〈오늘도 연애〉 영상에 '너를 위해' 노래를 입힌 동영상도 조회 수가 60만에 육박하고 있었다.

그리고 동영상 아래에는 3천 개 가까운 댓글들이 달려 있었다.

―진심 소름 돋는다. 뭔가 설명이 안 되는 완벽함.

―머리가 아닌 가슴으로 듣게 되네. 저절로 강혁과 옥현옹주의 애틋한 영싱이 떠올라서 나도 모르게 울컥함.

―그냥 목소리 자체가 개사기네, 미친.

―진심 미쳤다. 이건 〈오늘도 연애〉 강혁의 주제곡이야. 듣고 있으면 드라마 속에 내가 들어가 있는 느낌이 들어. 어서 녹음해, 제발!

―중독성 개쩔음. 완전 마약 동영상이네~

―그냥…… 가슴이 미어집니다. ㅠ.ㅠ

―이틀 사이에 이 노래를 수백 번도 넘게 들었는데 아직도 '어쩜 우린'

이 첫 소절만 들으면 울컥하고 뭔가가 올라와. 왜지??

–와, 이게 우연히 부른 노래라고? 리얼?

–오늘 하루 종일 아무것도 안 하고 이 동영상만 수백 번씩 보고 있음. 나 미친 건가?

–태수 님, 이건 부탁이 아니라 팬들의 명령입니다. 음반 내세요.

그제야 창호가 왜 그렇게 흥분해서 말하는지 알 것 같았다. 어제는 이 정도는 아니었던 것 같은데 시간이 흐르면서 반응이 더욱 폭발적으로 늘어난 것이다.

창호가 은근한 목소리로 물었다.

"어떡할래?"

정말 이런 정도의 반응이라면 그냥 모른 척할 수 있는 수준이 아니었다.

"형은 어떻게 했으면 좋겠어요? 솔직히 저도 제가 이 정도로 노래 실력이 늘었는지 몰랐어요. 하지만 이 노래 한 곡으로 가수를 한다는 것도 웃기고 현실적으로 시간도 없잖아요."

창호가 고개를 끄덕이고는 생각에 잠겨 있다가 말했다.

"그럼 이렇게 하면 어떨까? 가수로 방송이나 다른 활동은 하지 말고 음원만 발표하면 어떨까? 사실은 어제 하늘픽쳐스 박영호 대표한테 연락이 왔었어. 원래 처음 드라마 기획할 때 드라마 OST로 만들어 놓은 곡이 있었는데 적당한 가수가 없어서 발표를 못 했대. 근데 네가 들어 보고 괜찮다고 하면 당장 녹음을 하고 싶다고 하네."

현재 〈오늘도 연애〉는 OST라기보다는 기존에 발표된 연주곡을 삽입해서 진행이 되고 있었다. 덕분에 팬들은 물론이고 제작진과 배우들도 드라마의 감성을 더욱 올려 줄 수 있는 OST가 있었으면 좋겠다는 얘기를 자주 하곤 했다.

드라마의 인기가 높아질수록 그런 아쉬움이 점점 커지던 참이었는데 이런 일이 생기니 불에 기름을 붓는 격이 되고 만 것이다.

창호 말대로 가수로 활동은 하지 않고 OST를 녹음해서 음원으로만 발표하면 크게 시간을 빼앗기지 않을 수도 있었다. 그렇게 되면 직접 라이브로 노래 부를 일도 많지 않을 테니 귀기를 많이 소모할 일도 없을 테고.

그렇다고 무조건 하겠다는 대답을 할 수도 없었다.

"그럼 일단 노래를 한번 들어 보고 결정할게요."

숨을 죽이고 지켜보던 창호의 얼굴이 활짝 펴졌다. 소속사 대표 입장에서는 이보다 좋은 일이 없을 테니까.

소속사 대표 입장에서 보면 단편영화 연출은 아무리 해 봐야 태수의 인지도를 높이는 데도 수입적인 측면에서도 큰 도움이 되지 않는다.

창호가 기다렸다는 듯 휴대폰을 꺼내서 바로 음악을 재생시켰다.

"뭐예요?"

"뭐긴 뭐야? 곡은 벌써 만들어 놨다고 했잖아. 네가 괜찮다고 하면 바로 가사만 붙이면 된다니까."

태수가 어이가 없다는 표정으로 물었다.

"그럼 제가 승낙할 줄 미리 예상하고 벌써 곡까지 다 받아 온 거예요?"

창호가 변명하듯이 두루뭉술하게 말했다.

"미리 예상한 게 아니라 혹시라도 네가 하겠다고 하면 서둘러 진행을 해야 하니까. 솔직히 이것저것 갖춰서 느긋하게 진행을 할 여유는 없잖아."

"와, 형 진짜……."

태수가 뭐라고 태클을 걸려는데 창호가 볼륨을 높이면서 재빨리 말했다.

"다른 소리 하지 말고 일단 음악이나 먼저 들어 보고 얘기하자."

아직 가사가 없는 연주곡은 '너를 위해'와 마찬가지로 도입부가 잔잔한 피아노 솔로로 시작되고 있었다.

태수가 눈을 감고 멜로디를 흥얼거리는데 폭풍처럼 휘몰아치는 '너를 위해'하고는 분위기가 사뭇 달랐다.

전체적인 분위기는 좀 더 잔잔하고 부드러운 선율이었는데 중고음에서 고음까지 올라가는 클라이맥스 부분에서 아예 쉬어 갈 부분이 없어서, 안정적이고 탄탄한 목소리 톤은 물론이고 웬만한 가수는 호흡이 달려서 부를 엄두가 나지 않을 것 같았다.

난이도가 워낙 높아서, 노래를 부를 만한 마땅한 가수가 없어서 녹음을 하지 못했다는 제작사 대표의 말이 피부에 와 닿았다.

태수는 호흡적인 부분에서 내력을 끌어 올리면 얼마든지 안정적인 음을 유지할 수가 있어서, 듣고 있으면 마치 꿈을 꾸는 것 같은 작곡가의 의도를 완벽하게 구현할 수가 있었다.

예전 같으면 이런 노래는 부를 엄두조차 나지 않았겠지만 지금은 내력의 도움을 받고 생기탐랑의 능이 작동을 해서 오히려 노래를 부르는 재미가 느껴질 정도로 마음에 드는 곡이었다.

이 멜로디에 드라마 내용에 어울리는 가사까지 더해진다면 강혁과 옥현옹주의 이루어질 수 없는 사랑의 감정에 시청자들이 더 강하게 몰입이 되어 눈물샘을 자극할 수 있을 것 같았다.

곡을 모두 들은 태수가 눈을 떴을 때 창호의 눈빛이 마치 세상에서 가장 소중한 보석이라도 본 것처럼 반짝거리고 있었다.

창호가 꿈결처럼 중얼거렸다.

"너무 좋다. 네가 그냥 흥얼거리는 소리만으로도 너무 좋다고."

태수도 창호와 비슷한 마음이었다. 가사 없이 흥얼거리는 것만으로도 부르는 재미가 있어서 어서 완성된 곡을 받아 보고 싶을 지경이었다.

"저도 좋아요. OST 문제는 형이 알아서 진행해 주세요."

다음 주에 가사까지 해서 곡이 완성되면 작곡가를 만나기로 하고 짐을 정리하는데 김영아한테 전화가 왔다.

내일모레 〈흉가탐방〉을 촬영할 장소인 목촌리 마을 회관에 문제가 생겼다는 연락이었다.

태수는 짐 정리를 멈추고 창호와 함께 즉시 강원도로 출발했다.

<흉가탐방> 목촌리 마을 회관

이번 〈흉가탐방〉 장소인 강원도의 목촌리 마을 회관.

오컬트 동호회 인터넷 카페 회원들은 전국의 수많은 흉가를 다니면서 얼마나 위험한 흉가인지 점수를 매긴다. 정말 악귀가 있다는 확신이 드는 흉가일수록 점수가 높아진다.

동호회에서 그런 식으로 점수를 매겨서 점수가 가장 높은 5대 성지를 선정했다.

5대 성지를 선정하는 이유는 그곳에 가면 사고를 당할 수가 있으니 흉가 체험을 가지 말라는 경고를 하기 위해서라고 한다.

곤지암 정신병원이 5위, 얼마 전에 태수가 퇴마를 행한 소음리 정신병원이 3위였다.

지금까지 부동의 1위를 지키고 있는 곳이 바로 이번에 〈흉가탐방〉에서 찾게 되는 목촌리 마을 회관이었다.

이번 〈흉가탐방〉은 보조 퇴마사 선정을 겸해서 하는 방송이라서 태수 입장에서는 더더욱 신경 쓰이는 부분이 많았다.

방송을 하기엔 너무 위험하다는 생각도 들었지만 매년 꾸준히 희생자가 발생하는 곳인데 모른 척하고 쉬운 곳만 골라서 퇴마행을 다닐 수는 없었다.

상황에 따라서 너무 위험하다 싶으면 지원자들은 간단한 테스트만 거친 후에 최종 한 명을 선정하고 나머지는 곧장 집으로 돌려보낼 생각이었다.

선정된 보조 퇴마사도 게스트들과 함께 오픈 스튜디오에서만 방송으로 참여시킬 생각을 하고 있었다.

김영아의 말이 맞는다면 보나마나 하현준이라는 중학교 3학년 학생이 선정이 되겠지만, 태수는 자신의 눈으로 직접 그 학생의 능력을 보고 싶었다.

아무튼 그 모든 일들이 순조롭게 진행되기 위해서는 목촌리 마을 회관을 촬영하는 데 다른 문제가 발생하지 않아야만 한다.

당장 모레가 〈흉가탐방〉 생방송 촬영일이라서 마음이 급했다.

창호의 차를 타고 고속도로를 달리다가 국도로 빠져서, 다시 울창한 숲으로 둘러싸인 비포장 길을 한참을 달려 목촌리

마을 입구에 도착했을 때는 날이 어둑해지는 시간이었다.

김영아 작가와 권 피디를 비롯한 제작진 서너 명이 모여 있다가 태수를 맞이했다.

"무슨 일이에요?"

태수의 물음에 권 피디가 나서서 설명을 했다.

"마을의 주민들이 촬영을 못 하게 막아서 아직 답사도 제대로 못 했어."

"예? 주민들이 왜요?"

김영아가 이유를 설명했다.

"여기 목촌리 마을 회관에 대한 자료 보내 준 거 봤어?"

"네, 당연히 봤죠."

김영아가 보내 준 목촌리는 우리나라에 몇 군데 남지 않은 동족 부락이었다.

동족 부락은 같은 성씨의 사람들이 마을을 형성해서 함께 모여 사는 경우를 말한다. 즉 마을의 주민들이 모두 친척들이라는 얘기다.

목촌리에는 현재 약 20여 명의 주민들이 마을에 남아 있고 조선 시대부터 부락을 형성하고 살아왔다고 한다. 근데 1년에 한 번 6월 한 달 동안 주민들은 그 목촌리의 마을 회관을 출입 금지 구역으로 설정했다고 한다.

그 기간에 마을 회관에 들어간 사람들이 모두 기이한 죽음을 당했기 때문이다.

김영아는 마을 회관에 들어갔다가 죽임을 당했다는 사람들의 사진 자료까지 첨부해서 태수에게 보내 줬었다.

사진 속의 희생자들은 속이 비어 있는 둥근 형태의 날카로운 흉기로 찔린 것 같은 이상한 형태의 상처들이 온몸에 남아 있었다.

5대 성지에서 1위를 차지한 곳이기도 하고 6.25전쟁 때 워낙 많은 사람들이 희생된 곳이기 때문에 작은 문제에도 태수 입장에서는 긴장이 되지 않을 수가 없다.

"군청에서 촬영 허가를 받았는데도 주민들이 촬영을 못 하게 하는 거예요?"

권 피디가 대답했다.

"지방에서 이런 경우가 가끔 있어. 행정관청에서 촬영 허가를 받아도 마을의 관습이라든가 이번처럼 주민들이 동족부락인 경우는 그런 게 통하질 않거든. 군에다 얘기를 해도 자신들이 어떻게 할 수가 없으니까 알아서 잘 해결하란 말만 하더라고."

대충 어떤 상황인지 짐작이 갔다.

김영아도 난감한 표정으로 말했다.

"또 대부분의 마을 주민들이 연세들이 많으셔서 말이 안 통하고 막무가내야."

"그분들이 촬영을 못 하게 하는 이유는 뭐래요?"

김영아가 대답했다.

"확실하게 말은 하지 않는데, 일단은 더 이상 목촌리에서 사람이 죽어 나가는 걸 볼 수가 없다는 이유와, 마을 회관에 주민들과 관련된 아픈 과거가 있어서 그런 것 같아."

"아픈 과거요? 혹시 6.25전쟁 관련해서 목촌리에서 일어났던 비극적인 사건을 말하는 건가요?"

김영아가 고개를 끄덕였다.

목촌리는 6.25전쟁 때 군사적 요충지였다. 덕분에 당시 남북은 서로 목촌리를 차지하기 위해 치열하게 전투를 벌인 격전지 중에 한 곳이다.

심할 때는 남북이 하루에도 두어 번씩 목촌리를 뺏고 빼앗겼다고 한다. 그렇게 점령군이 바뀔 때마다 목촌리 주민들은 살기 위해서 국군에게 혹은 인민군에게 협조를 할 수밖에 없었다.

전쟁이 끝난 후 그렇게 인민군에게 협조한 사람들은 '부역자'라는 낙인이 찍혔고 가족 중에 피해를 당한 일부 국군과 경찰 가족들로 구성된 구국결사대라는 청년 단체가 그들을 색출해서 가혹한 고문을 가하거나 집단 처형을 했다.

전쟁의 요충지였던 만큼 그런 부역자가 가장 많이 나온 곳이 목촌리였고 그만큼 많은 주민들이 전쟁이 끝난 후에 처형을 당했다.

문제는 그 과정에서 어떤 정당한 검증 절차나 재판 절차도 없었다는 것. 그저 누군가가 저 사람이 인민군에 협조하는 걸 봤다는 증언만 있으면 그것만으로도 처형이 진행됐다.

정부에서도 그런 일을 알고 있었지만 전쟁 직후 반공 의식을 고취시키고 빨갱이 색출이라는 미명하에 상당 기간 그런 만행을 눈감아 주는 분위기였다.

당시 목촌리를 담당했던 동북 구국결사대의 대장이던 고현태와 간부급이던 박희성, 한민수는 민간인 신분임에도 군복을 입었고 군경의 비호를 받았다.

덕분에 당시 300여 가구에 이르던 목촌리 주민들이 대부분 희생됐다. 지금 남아 있는 목촌리 마을사람들은 당시에 생존한 극소수의 주민들이거나 그들의 후손이었다.

목촌리를 지옥으로 만들었던 구국결사대원들은 마을 회관에서 숙식을 하며 지냈는데, 누군가의 방화로 마을 회관이 전소되면서 대부분 사망했다고 알려져 있다.

벌써 70여 년의 세월이 흘렀음에도 목촌리 주민들은 아직도 고현태와 박희성, 한민수라는 이름만 들어도 치를 떨 정도로 공포심이 상당했다.

화재로 불타기 전까지 목촌리 마을 회관은 구국결사대의 본부 같은 곳이었고 그곳에서 수없이 많은 주민들이 고문을 받다가 죽어 간 공포의 공간이기도 했다.

그러니 목촌리 마을 회관을 촬영한다고 했을 때 주민들이 거부감을 가지는 건 당연한 일이었다. 그들에겐 들추고 싶지 않은 악몽이자 두려운 기억의 공간이니까.

"어떡하지? 대부분 노인들이라서 말도 안 통하고 막무가내야. 지난번에 답사 왔을 때는 괜찮아서 문제가 없을 줄 알았는데. 지금이라도 빨리 다른 장소를 찾는 게 낫지 않을까?"

걱정하는 김영아를 보다가 태수가 말했다.

"제가 한번 얘기를 해 볼게요."

"무슨 얘기를 하려고?"

"그분들한테는 아프고 두려운 기억이지만 마을 회관에 있는 악귀들이 어떤 존재들인지도 모른 채 계속 금기의 공간으로 남겨 둔다는 건 좀 아닌 것 같거든요. 혹시라도 마을 회관에 남아 있는 악귀가 저 옛날 구국결사대의 대원들이라면 앞으로도 계속 희생자가 발생할 테고, 귀기가 점점 커져서 추후 더 큰일이 벌어질 수도 있어요."

권 피디가 고민하다가 고개를 끄덕이고는 말했다.

"마을 주민들만 설득할 수 있다면 방송엔 문제가 없어."

강원도의 산골이다 보니 밤이 빨리 찾아왔고, 금방 사방이 어두컴컴해졌다. 손선등이 있어도 앞만 보며 간신히 길이갈 수 있을 정도로 어둠이 짙었다.

손전등으로 앞을 비추며 비포장 길을 걸어가자 앞쪽에 공터가 나타났고, 밤이라서 확실히 보이지는 않았지만 금방이라도 허물어질 것 같은 3층짜리 건물이 모습을 드러냈다.

예전에 발생한 큰 화재로 인해 건물 전체가 검게 그슬려 있었고 건물의 한쪽은 폭격을 맞아서 부서져 없어진 모습이 전쟁의 상흔을 그대로 간직하고 있었다.

그 마을 회관 앞에 마을 주민 10여 명이 화톳불을 피운 채 웅성거리고 모여 있는 모습이 보였다. 밤을 새워서라도 방송을 막겠다는 결연한 의지로 보였다.

김영아가 한숨을 내쉬며 말했다.

“대화가 안 돼. 특히 연세가 제일 많은 이장님이 얼마나 꼬장꼬장한지.”

제작진이 나타나자 마을 주민들이 웅성거리며 잔뜩 경계하는 태세를 취했다.

“여기서 기다리고 계세요. 저 혼자 가서 만나 보는 게 좋을 것 같아요.”

권 피디가 말했다.

“조심해. 다들 신경이 예민해져 있어서 혹시 불상사가 생길 수도 있으니까.”

“알았어요.”

태수가 손전등을 앞세운 채 주민들을 향해 다가갔다. 한눈에 봐도 대부분의 주민들이 70대, 젊어야 50, 60대 정도로 보이는 노인들이었다.

걸음을 멈춘 후에 마을 주민들 너머에 있는 마을 회관을 응시했다.

지금 눈앞에 보이는 목촌리 마을 회관은 오컬트 동호회에서 선정한 5대 성지 중에서 압도적인 점수를 받은 성지 중에 성지였다.

물론 오컬트 동호회원들의 말을 무조건 신뢰할 수는 없지만 그들이 점수를 매기는 기준은 그곳에 탐방을 갔다가 실제로 사고를 당한 사례들을 기준으로 했기 때문에 다른 목격담 체험담에 비하면 상당히 신뢰할 수 있는 자료였다.

그런 동호회 자료를 고려하지 않더라도 태수는 긴장감을 느낄 수밖에 없었다.

이렇게 멀리 떨어진 곳에서도 마을 회관으로부터 상당히 강력한 귀기가 느껴지고 있었으니까.

가만히 주문을 읊었다.

'귀기탐색.'

화르르르륵.

공기가 흔들리며 허공에 지도가 나타났다.

태수의 입에서 침음이 흘러나왔다.

엄청난 귀기가 마을 회관을 휘감고 요동을 치는 모습이 예전 파라다이스 모텔의 백귀의 귀기 수준을 훌쩍 넘어섰던 것이다.

'세상에, 이런 엄청난 곳이 남아 있었다니.'

하긴 6.25전쟁에서 국군과 인민군이 수없이 죽은 현장이니까 귀기가 많은 건 이해를 하겠는데 그렇다 하더라도 상상을 뛰어넘는 귀기였다.

'저 정도 귀기라면 반드시 강형진 신부님한테 도움을 받아

야 될 것 같은데.'

어차피 퇴마는 행해야겠지만 과연 방송을 강행해야만 할지 살짝 고민이 됐다.

예전 소음리 정신병원 때처럼 모든 VJ들을 통제하고 건물에 카메라만 설치한 후에 자신과 강형진 신부 둘이서만 들어가는 형태로 진행을 해야 할 수도 있었다.

보조 퇴마사 선정은 최소한의 절차만 진행해서 1등을 뽑은 후에 돌려보내야만 할 것 같았다.

"누구요?"

태수의 앞으로 주민들이 다가와 손전등을 비추면서 경계심을 드러냈다. 다들 뼈만 남은 데다 얼굴에 주름이 자글거리고 움푹하게 들어간 눈빛에 어두운 공포가 담겨 있는 노인들이었다.

노인들의 얼굴만 봐도 목촌리의 역사가 한눈에 들어오는 것 같았다.

그런 노인들이 손에 곡괭이며 낫이며 위협적인 무기들을 들고 서 있는 모습은 그 자체로 공포 영화의 포스터로 사용해도 좋을 정도로 무시무시한 분위기였다.

태수가 노인들을 향해 깍듯이 인사하며 말했다.

"안녕하세요, 저는 〈영혼을 찾아서〉 방송 프로그램에 출연하는 장태수라고 합니다."

노인들 중에 태수를 아는 사람이 있는지 '저 친구가 그 친구야'라는 얘기가 귀에 들려왔다. 주민들 중에서도 가장 나이가 지긋해 보이는 노인이 앞으로 나섰다.

아마도 김영아가 말한 이장님인 모양이었다.

"방송에 대해서는 더 이상 할 말 없다고 했지? 어여 이 마을에서 나가! 어여!"

"혹시 이장님이신가요?"

"내가 이장인지 뭔지는 알아서 뭘 하게? 다 필요 없어. 니들하고는 말하고 싶지 않으니까 어서 나가!"

"이장님, 저는 영혼을 볼 수가 있습니다."

이장인 박대출이 다짜고짜 들고 있던 지팡이를 휘둘렀다.

"영혼이고 뭐고 다 필요 없다니까!"

그러자 뒤에 있던 주민들도 험악한 기세로 앞으로 나섰다. 이런 식으로는 아예 대화 자체가 되지 않을 것 같았다.

태수가 박대출을 비롯한 마을 주민들의 눈빛들을 가만히 살펴보다가 손을 앞으로 뻗으면서 주문을 읊었다. 그들의 마음속에 자리 잡고 있는 신짜 공포가 뭔지 궁금했던 것이다.

'사이코메트리.'

화르르르륵.

공기가 흔들리며 박대출의 마음속 생각들이 소리가 되어 들려오기 시작했다.

마음 속 생각을 듣던 태수의 입에서 침음이 흘러나왔다.

잠시 후 태수가 눈을 뜨자 멈췄던 공기와 시간이 다시 흐르기 시작했다.

태수가 박대출의 눈을 똑바로 응시하며 말했다.

"마을 회관에 불을 질러 구국결사대원들을 몰살시킨 사람이 이장님과 여기 계신 마을 주민들이셨군요."

태수의 말에 박대출은 물론 마을 노인들 사이에서 놀람과 두려움의 탄식이 흘러나왔다. 지난 60여 년 동안 감춰 왔던 마을 공동의 비밀이 방금 한 낯선 젊은이에 의해 세상에 드러난 것이다.

현기증이 이는지 박대출의 몸이 휘청했고 옆에 있던 다른 노인이 이장을 부축했다. 당시 불에 타 죽은 구국결사대원들은 어림잡아 20여 명으로 알려졌다. 추후 군경이 수사를 하면서 주민들을 의심하고 취조 도중에 고문까지 했지만 아무도, 끝까지 입을 열지 않았다.

목촌리가 동족 부락이고 마을의 모든 주민들이 친인척이어서 가능했던 일이었다. 구국결사대가 한 짓도 만행이었지만 그들을 불태워 죽인 것도 엄청난 범죄였다.

박대출이 두려운 눈빛으로 태수를 바라보며 물었다.

이전의 당당하고 거칠던 모습은 찾아볼 수가 없었다.

"그, 그걸 어떻게 알았나?"

비로소 마을 주민들이 왜 그토록 촬영을 막는지 알 것 같았다. 마을 회관에 남아 있는 악귀들이 자신들이 불태워 죽인 구국결사대들의 원혼이 아닐까 두려웠고 혹시라도 자신들의 범죄가 드러나지 않을까 걱정스러웠던 것이다.

물론 법적으로는 이미 공소시효가 지나서 큰 의미가 없지만 뒤늦게라도 진실을 드러내고 싶지 않았던 것이다.

“전 이 마을에서 일어났던 일들을 밝히려는 게 아닙니다. 목촌리의 주민들 역시 역사의 피해자라는 걸 충분히 이해합니다. 중요한 건 지금 저 마을 회관에는 사람들에게 해를 끼칠 수 있는 존재들이 점점 세력을 키워 가고 있다는 거예요. 언젠가는 마을까지 내려올 겁니다. 사람들의 출입을 통제한다고 해결될 수 있는 문제가 아니에요.”

태수의 대답에 이장은 물론 주민들의 태도가 눈에 띄게 달라졌다. 방금 전까지 적대적이던 무시무시한 눈빛들이 어느새 힘없고 무기력한 노인들의 눈빛으로 돌아가 있었다.

이장은 물론 주위의 마을 주민들까지도 웅성거리며 동요하는 모습이 보였다. 이장의 입에서 떨리는 음성이 흘러나왔다.

“자네가 정말로 영혼을 볼 수가 있는가?”

“네, 이장님.”

“그럼…… 지금 당장 저 마을 회관에 있는 귀신들이 어떤 존재들인지도 알 수가 있는가?”

“자세하게 알려면 마을 회관 안으로 들어가 봐야 하는데, 그건 모레 방송을 할 때 살펴보면 알 수가 있을 것 같습니다.”

"음, 잠시만 기다려 보게."

이장이 나머지 주민들과 한참 상의를 하고는 돌아왔다. 이장이 주름이 쭈글쭈글한 미간을 더욱 좁히며 흔들리는 눈빛으로 오래된 범죄에 대해 입을 열었다.

"당시 내 부모님과 마을의 어른들은 화재가 나기 전날 잔치를 열어서 구국결사대원들을 대접했네. 그들은 우리가 자신들에게 잘 보이려고 대접을 한다고 생각해서 의심 없이 술을 마시고 잠이 들었네. 보초를 보던 청년까지도 곯아떨어졌지. 어차피 전쟁도 끝났는데 삼엄한 경계를 할 이유도 없었고. 그들이 잠이 든 새벽녘에 온 마을 주민들이 볏단을 가져와서 마을 회관의 입구를 모두 막은 후에 볏단에 휘발유를 뿌리고 불을 질렀네. 목촌리의 마을 주민들 모두가 함께 한 일이었어."

박대출은 당시 생각이 나는지 고뇌에 찬 눈빛으로 먼 곳을 응시했다.

"우린 그들에게 복수하기 위해서가 아니라 살기 위해서 불을 질렀네. 그날 새벽하늘로 치솟은 시뻘건 불길과 참혹한 비명들. 난 아직도 밤마다 그날의 악몽을 꾸고 있어. 아니, 여기 있는 주민들 모두가 그 끔찍한 기억에서 벗어나지 못하고 있네. 그때 내 나이가 열세 살이었네."

말을 마친 박대출이 물기가 어린 눈으로 태수를 바라보고 말했다.

"저곳에 뭐가 있든지 간에 자네가 그 끔찍한 존재들을 없애 주게. 우리 모두가 이젠 더 이상 악몽을 꾸지 않도록 자네가 도와준다면 평생 은혜를 잊지 않겠네."

종례가 끝나고 담임이 교실을 빠져나가자 교실에는 왁자하게 소음이 쏟아졌다.

현준도 주섬주섬 가방을 챙기는데 뒤쪽에서 박영우의 목소리가 들려왔다.

"야, 하현준!"

현준은 금요일 수업이 끝난 후 영우가 자신을 왜 부르는지 너무도 잘 알고 있다. 아니, 현준뿐만 아니라 반 아이들 모두가 그 이유를 알고 있었다.

박영우는 매주 금요일 종례가 끝나면 항상 현준을 불러서 이번 주에 본 귀신 얘기를 하라고 놀리면서 디그치곤 했다.

박영우는 반의 회장이면서 일진이었고 학교 이사장의 아들이기도 했다. 덕분에 학교에선 무소불위의 권력을 휘둘렀고, 그 과정에서 괴롭힘을 당하던 상호가 자살하기에 이르렀다.

하지만 상호가 주머니에 넣어 두었다는 유서는 박영우 패거리에 의해 없어졌고, 박영우는 물론 담임까지 아이들에게 입단속을 시키면서 상호의 죽음은 우울증으로 인한 자살로 결론이 나 허무하게 끝이 났다.

덕분에 아직도 상호의 영혼은 하늘로 승천하지 못한 채 억울한 원혼이 되어 현준의 곁을 맴돌고 있는 것이고.

박영우는 현준에게도 매주 금요일 방과 후에 불러서 이번 일주일 동안 봤던 귀신 얘기를 하라고 위협하는 것이다. 처음엔 똥이 무서워서 피하냐, 더러워서 피하지라는 심정으로 박영우에게 대충 지어낸 얘기를 들려주곤 했다.

그렇게 하면 적어도 일주일 동안은 귀찮게 하지도 않고 건드리지도 않으니까.

근데 상호가 죽은 다음부터는 이상하게 그게 잘 되지 않았다.

박영우에게 굴복하고 싶지 않았던 것이다.

아마도 바로 곁에 상호의 영혼이 지켜보고 있어서 더 그런지도 몰랐다.

상호의 영혼이 박영우를 노려보면서 중얼거렸다.

–저 자식한테 복수하기 전에는 절대로 이승을 떠나지 않을 거야.

박영우가 다시 큰 소리로 현준을 불렀다.

"야, 하현준!"

아이들이 호기심 어린 시선으로 현준을 돌아봤다. 그 중에는 현준이 속으로 좋아하는 여학생 홍지영의 시선도 들어 있었다.

현준은 아무런 소리도 못 들은 것처럼 계속 가방을 쌌다.

"하현준, 너 내 말 씹었냐?"

현준은 입술을 깨물며 이번에도 대답을 하지 않았다. 그러자 뒤에서 실내화가 날아와서 현준의 등짝을 때렸다.

"야, 존만아! 죽고 싶냐?"

그러자 상호의 영혼이 박영우를 향해 걸어가더니 욕을 하면서 주먹을 휘둘렀다.

—현준이 괴롭히지 마, 이 개자식아! 으아아아아!

하지만 아무리 주먹을 휘두르고 소리를 질러도 상호의 모습과 소리는 현준만 볼 수가 있고 들을 수가 있었다.

현준이 자리에서 일어나 교실을 걸어 나가자 박영우가 소리쳤다.

"너 다음 주에 학교 생활 각오해라."

아마 상호의 죽음이 없었다면 영우가 이렇게 쉽게 현준을 보내지 않았을 것이다. 아무리 박영우라도 당분간은 아이들 눈치도 살피고 몸도 사려야 한다는 것 정도는 알고 있었다.

현준은 학교 교문을 나서는 것만으로도 답답하던 마음이 사라지는 기분을 느꼈다. 현준의 옆에는 어느새 쫓아온 상호의 영혼이 함께하고 있었다.

—현준아, 괜찮아?

상호가 물었지만 현준은 대답하지 않았다. 바로 옆으로 홍지영이 친구들과 수다를 떨며 지나가고 있었기 때문이다.

현준은 집으로 가는 대신 동네 입구에 있는 놀이터에 들어가서 그네에 걸터앉았다.

현준은 놀이터 그네에 앉아 혼자서 몸을 앞뒤로 까딱거리고 있었다. 그 옆으로 나란히 그네에 앉아 현준의 곁을 지키는 건 지금은 영혼이 된 박상호뿐이었다.

현준에겐 친구가 없었다. 다들 귀신 붙은 재수 없는 애라고 멀리했기 때문이다. 그런 아이들의 태도에도 박영우의 역할이 컸다.

매주 교실에서 현준에게 귀신 얘기를 하라고 해서 이상한 애로 몰아갔으니까.

상호가 조심스럽게 물었다.

―너…… 괜찮아?

현준이 재빨리 주위를 둘러보고 사람이 없다는 걸 확인한 후 고개를 끄덕였다.

"응. 아무렇지도 않아."

―아무렇지도 않다고? 진짜야? 와, 너 정말 대단하다.

사실이었다. 예전 같으면 오늘 같은 일이 있으면 다음 주가 불안했을 텐데 보조 퇴마사 시험 예선을 통과한 후에는 왠지 모르게 자신감이 생겼다.

불과 한 달 전까지만 해도 상호와 현준은 같은 반 친구였지만 둘이 지금처럼 얘기를 나누는 사이가 아니었다. 당시에는 상호도 현준에게 가까이하려고 하지 않았기 때문이다.

상호는 영혼이 되어 비로소 현준의 곁으로 다가왔다.

상호는 자신이 생전에 다른 아이들처럼 현준을 이상한 애로 오해하고 친절하게 대해 주지 못한 것에 대해 미안해했다. 또한 지금 와서 현준에게 도와달라고 매달리는 게 얼마나 염치없는 일인지도 잘 알고 있었다.

그래서 이젠 더 이상 도와달라고 현준을 귀찮게 하지 않기로 했다. 어차피 현준이 자신을 도와줄 수 없다는 걸 깨달았고, 현준이 자신을 밀어내지 않고 여전히 친구로 대해준다는 것만으로도 너무나 큰 위로가 됐기 때문이다.

현준 역시 상호가 비록 영혼이고, 그네를 움직이지도 못하고, 사람일 때는 자신의 곁에 오지도 않았지만, 곁에 아무도 없는 것보다는 훨씬 낫다고 생각했다.

비록 영혼 친구지만 이렇게 얘기를 나눌 수 있는 상대가 있다는 게 얼마나 행복한 일인지 현준은 너무도 잘 알고 있다. 예전엔 종일 단 한마디의 말도 못 하고 잠든 날이 하루 이틀이 아니었으니까.

친구가 있어서 좋은 건 혼자가 아니라는 안도감을 느끼게 해 주는 이유도 있지만 기쁘고 설레는 일이 있을 때 함께 나눌 수 있다는 이유도 있다.

지금이 딱 그랬다.

현준은 학교에서 그런 일을 당했지만 전혀 우울하지 않았다. 그런 기분 나쁜 일을 아무것도 아닌 일로 만들어 버릴 수 있을 정도로 신나고 즐거운 일이 기다리고 있었기 때문이다.

현준이 조금은 수줍은 표정으로 조심스럽게 말했다.

"나…… 내일 밤에 텔레비전에 나올지도 몰라."

현준의 말에 상호가 깜짝 놀라서 되물었다.

-네가 텔레비전에 나온다고? 어떻게?

"〈영혼을 찾아서〉라는 프로그램 알아?"

-당연히 알지. 장태수 나와서 퇴마하는 프로잖아. 아마 우리 영혼들 사이에서는 그 프로그램이 최고 시청률을 기록할걸?

현준이 쿡쿡 웃으며 대답했다.

"맞아. 그 프로에서 이번에 장태수 아저씨 보조 퇴마사 뽑는다고 해서 나도 며칠 전에 시험을 봤는데, 내가 최후의 3인에 뽑혔어."

상호의 눈빛이 파르르 떨렸고 이어서 환호성이 터져 나왔다.

-진짜야? 진짜?? 우와, 대애애애박~!

상호는 생전에도 오버가 심한 친구였지만 영혼이 된 후로는 더 심해진 것 같았다. 아니, 이번 일은 상호가 아닌 누구라도 좀 대단한 일이라고 생각할 것 같긴 했다.

쟁쟁한 어른들과 경쟁해서 뽑힌 데다 텔레비전에 나가서

장태수를 직접 볼 수 있다는 것만으로도 얼마나 대단한 일인가.

상호는 마치 자신이 뽑힌 것처럼 혼자 환호성을 지르고 미친 듯이 괴성을 질렀다. 어차피 그래 봐야 현준 외에는 아무도 들을 수 있는 사람이 없긴 했지만.

상호가 믿기지 않는다는 표정으로 물었다.

-그래서? 계속 말해 봐. 최후의 3인에 뽑힌 다음에는 어떻게 되는 건데?

"최후의 3인은 내일 본방송 때 출연해서 마지막 테스트를 받게 돼. 거기서 최후의 1인으로 뽑히는 사람은 앞으로 장태수 님 보조 퇴마사로 방송에 나오는 거야."

-우와, 이건 진짜 대박이다. 거봐, 네가 귀신 볼 수 있는 능력을 가진 게 무조건 나쁜 건 아니라니까. 내일 어떻게 해서든 최후의 1인이 돼서 꼭 장태수 아저씨 보조 퇴마사로 뽑혔으면 좋겠네. 그럼 학교 애들도 더 이상 널 함부로 대하지 못할 거야.

사실 현준이 이번에 시험에 도전한 이유도 그것 때문이었다.

텔레비전에서 장태수와 함께 악귀들을 퇴마하는 모습을 본다면 아이들이 더 이상 자신을 무시하거나 괴롭히지 않을 것 같아서.

그나저나 내일 방송 촬영할 생각을 하니 오늘 밤은 너무 설레서 잠이 오지 않을 것 같았다.

'세상에, 내가 장태수 아저씨를 직접 만나게 되다니.'

다음 날 현준은 아침 일찍 저절로 눈이 뜨였다. 김영아 작가 누나가 방송국 로비로 낮 2시까지 오라고 했는데 너무 설레서 그 시간까지 기다리는 게 힘들 지경이었다.

할머니는 설렘 반, 걱정 반의 표정으로 그런 현준을 지켜봤다.

"할머니, 걱정하지 마. 나 잘할 수 있어. 그날 시험에서도 내가 제일 정확하게 맞혔대."

"그래도 너무 덤벙대지 말어. 방송에 나가서 잘못 실수라도 하면 어떡하려고."

"걱정하지 마, 나 잘할게. 할머니, 본방송은 밤 9시부터니까 8시부터 QBS 보고 있어야 해. 알았지? 참, 동네 다른 아줌마들한테 자랑해도 돼."

현준은 오전 내내 설레는 마음을 감추지 못하다가 점심도 먹는 둥 마는 둥 하고 일찌감치 집을 나섰다.

방송국 로비는 지난번에 모였던 장소라서 찾는 게 별로 어렵지가 않았다.

현준이 로비에 도착한 시간은 1시 17분.

모이라는 약속 시간보다 40분 이상 일찍 도착한 것이다.

이번에는 상호의 영혼이 곁에 있어서 지난번처럼 겁이 나거나 불안하진 않았다.

–너무 일찍 왔나 봐. 어? 저기 핑크레이디다!

“어디?”

–저기 지금 막 방송국으로 들어가잖아.

핑크레이디는 요즘 중고생들한테 가장 인기가 있는 신인 걸 그룹이었다.

–나 영혼이 된 후로는 무서워서 거의 동네를 벗어나지 않았는데, 앞으로는 방송국에 와서 살아야겠다. 히히, 잠깐만 가서 보고 올게. 잠깐만 기다려!

뭐라고 말을 할 틈도 없이 상호가 핑크레이디를 따라서 방송국 안으로 들어갔다.

영혼이 좋은 점은 방송국 출입증도 필요가 없고 핑크레이디 같은 걸 그룹 옆에 하루 종일 붙어 있어도 뭐라고 할 사람이 없다는 것이다.

상호를 보고 있으면 영혼으로 사는 것도 나쁘지 않겠다는 생각이 들 때도 있었다. 어차피 사신은 친구도 없고 늘 놀림만 받으면서 재미없는 삶을 살고 있으니까.

그때 방송국 안쪽에서 상호의 애원하는 소리가 들렸다.

–자, 잘못했어요. 제발 제령하지 마세요. 저 정말 나쁜 영혼 아니에요. 친구 따라 방송국에 놀러 온 거예요!

놀라서 돌아보던 현준의 표정이 굳었다.

태수가 상호 영혼의 혼줄을 잡고 밖으로 걸어 나오는 모습이 보였던 것이다.

현준은 자신을 향해 다가오는 태수를 보며 한편으로는 걱정이 되고 한편으로는 너무 설레서 심장이 터질 것 같은 기분을 느꼈다.

텔레비전을 보며 그토록 동경하던 장태수가 자신의 눈앞에 나타나다니.

장태수는 텔레비전에서 보던 것보다 훨씬 잘생겼을 뿐만 아니라 생각보다 키도 크고 체격도 좋은 편이었다.

상호가 현준을 가리키며 호들갑을 떨었다.

–저기 쟤예요. 쟤가 제 친구 현준이에요.

태수가 현준의 앞에 와서 섰다. 현준도 키가 작은 편은 아닌데 태수는 자신보다 훨씬 더 컸다. 아니, 키 차이가 아주 많이 나는 건 아니었지만, 자신은 왜소했고 태수는 어깨가 넓고 역삼각형으로 벌어져서 실제보다 키 차이가 훨씬 더 커 보였던 것이다.

현준은 속으로 연신 감탄하며 눈부신 듯 태수를 바라봤다.

'와, 텔레비전으로 보던 것보다 키도 더 크고 정말 잘생겼다. 내가 지금까지 만난 사람 중에서 이렇게 멋있는 사람은 없었어.'

현준은 너무 긴장이 돼서 무슨 말을 해야 할지 머릿속이 하얗게 변했다.

주위에서 태수를 발견한 여학생들이 꺄악 하고 비명을 지르며 거의 자동으로 휴대폰을 꺼내 드는 모습이 보였다. 다른 사람들도 가던 길을 멈추고 태수를 돌아봤다.

태수가 현준을 보고 물었다.

"이 영혼이 네 친구 맞니?"

현준은 목소리가 나오질 않아서 간신히 고개만 끄덕였다. 태수가 그제야 상호의 혼줄을 놓아주며 말했다.

"앞으로 그런 장난 하지 마라. 그리고 49일이 지나기 전에 중음으로 들어가지 못하면 귀기가 쌓여서 악귀가 될 수가 있어. 방송 끝나면 천도해 줄 테니까 기다리고 있어."

상호가 고개를 흔들었다.

-싫어요, 전 복수하기 전에는 떠나지 않을 거예요.

태수가 가만히 상호를 보다가 말했다.

"그럼 방송 끝나고 네 얘기를 들어 보고 어떻게 할지 결정할게."

상호의 표정이 환하게 변했다.

-감사합니다, 정말로 감사합니다.

"난 아직 네 한을 풀어 준다고 하지 않았는데?"

-다른 사람도 아니고 장태수 형님이 제 사연을 들어 준다는 것만으로도 너무 행복해서요, 헤헤.

태수가 이번엔 현준을 돌아보고 물었다.

"하현준. 네 이름이지?"

장태수가 자신의 이름을 알고 있다는 사실에 현준은 온몸에 소름이 돋을 지경이었다.

태수가 한 손으로 현준의 어깨를 붙잡고 말했다.

"오늘 시험 잘 봐라, 친구 간수 잘하고. 이따가 봐."

태수가 웃으며 돌아서서 다시 방송국으로 들어가는데 기다리고 있던 여학생들이 우르르 달려들어서 사인 공세를 펼쳤다. 태수가 싫다는 말 한마디 없이 사인을 해 주고 사진도 찍어 줬다.

현준이 넋이 나간 표정으로 보면서 중얼거렸다.

"너무 멋있어. 나도 저 아저씨처럼 될 수 있을까?"

-야, 말이 되는 소리를 해. 장태수 아저씨는 지금 대한민국 최고의 떠오르는 스타라고.

현준이 그런 상호를 돌아보고 물었다.

"근데 너는 어쩌다가 태수 아저씨한테 끌려나온 거야?"

상호가 먼 산을 보면서 머뭇거리자 현준이 다시 재촉을 했다.

"말해 봐. 태수 아저씨가 그랬잖아, 친구 간수 잘하라고. 왜 그런 거야?"

상호가 주저하면서 멋쩍게 말했다.

-핑크레이디 소현한테 키스하려다가…….

"으이그, 그걸 태수 아저씨한테 걸렸단 말야? 내가 다 창피하네."

하지만 기분이 썩 나쁘진 않았다. 상호 덕분에 이렇게 태

수를 볼 수 있었으니까.

"현준이 왔니?"

자신의 이름을 부르는 소리에 돌아보니 김영아가 방송국에서 나오고 있었다.

"안녕하세요, 누나?"

"일찍 왔네? 누나가 방송국 구경시켜 줄 테니까 안에 들어가서 볼래?"

"와, 정말요?"

"그래, 같이 들어가 보자."

현준이 신이 나서 방송국으로 들어갔고 상호는 부러운 듯 입맛을 다셨다.

현준은 김영아가 자신에게 이토록 친절한 이유가 태수 덕분이라는 걸 알지 못했다.

태수는 현준이 혼자 일찍 와 있는 모습이 외로워 보였다. 또한 친구인 상호의 영혼이 혼자 방송국을 돌아다니는 걸 현준이 부러워할 것 같아서 김영아한테 방송국 구경을 시켜 줄 수 있도록 특별히 부탁을 했던 것이다.

태수는 〈영혼을 찾아서〉 녹화 스튜디오에서 권 피디와 회의를 하던 중에, 김영아가 현준을 데리고 들어와서 스튜디오를 구경시켜 주는 모습을 보고 빙긋 웃었다.

사실 마음은 자신이 직접 현준과 얘기를 나누면서 방송국 구경을 시켜 주고 싶었지만 시험의 공정성 문제가 생길까 봐 일부러 김영아한테 부탁을 했던 것이다.

태수는 이번 테스트는 보나 마나 현준이가 1등을 하리라는 걸 단번에 알아봤다. 영능력으로 잠깐 살펴본 바에 의하면 현준은 타고난 영능력을 가진 아이였다.

태수처럼 별다른 주술을 부리지 않아도 영을 볼 수 있을 뿐만 아니라 온몸에서 느껴지는 영력의 기운 또한 상당했던 것이다.

다만 영능력을 활용하는 방법을 알지 못해 제대로 능력 발휘를 못 하고 있을 뿐이었다. 저 정도의 영력에 귀기를 확보하는 방법만 알게 된다면 정말로 놀라운 능력을 발휘할 수 있을 것이다.

생기탐랑의 능 같은 특별한 영능력까지는 아니라도 지금보다 사람들에게 훨씬 호감을 받을 수 있는 외모라든가, 물리력을 사용하는 방법, 공부를 할 때 집중력을 올릴 수 있는 방법 같은 것들 말이다.

생기탐랑의 능으로 잠깐 살펴본 현준의 기운에서 외로움이 많이 느껴져서 태수는 김영아한테 일부러 방송국 구경을 시켜 주라는 부탁까지 했다.

어쨌든 이번에 자신처럼 영능력을 가진 보조 퇴마사를 얻을 수 있다는 생각을 하니 태수도 마음이 설레고 흥분이 됐다. 마치 잃어버렸던 같은 종족을 찾은 느낌이랄까.

"태수야, 그만 출발할까?"

태수는 권 피디와 함께 먼저 제작진 차량을 타고 먼저 출발할 예정이었고 현준은 뒤늦게 다른 참가자들과 함께 버스를 타고 출발할 예정이었다. 강형진 신부는 현장으로 곧바로 와서 도와주기로 했다.

오후에 현장에 도착한 스태프들은 곧장 야외 오픈 세트 제작에 들어갔다. 저녁에는 비 소식까지 있어 우천에 대비한 세트를 짓느라 평소보다 시간이 더 걸려서 일찌감치 작업에 들어간 것이다.

여러 여건을 감안하더라도 이번에는 역대 가장 힘겨운 촬영이 될 것 같았다.

오컬트 동호회가 선정한 가장 무서운 흉가 1위에 선정된 장소인 데다 비까지 오면서 귀기의 힘이 훨씬 커질 수 있기 때문이었다.

태수는 제작진의 안전을 고려해서 오픈 스튜디오를 마을 회관에서 멀찍이 떨이진 공터에 짓도록 의견을 냈고, 제작진도 그 의견을 받아들였다.

따라서 마을 회관까지는 차량으로 이동하기로 했다.

태수는 VJ들과 함께 차량을 타고 마을 회관까지 이동했다. 보통은 방송 하루 전날 미리 흉가에 들어가서 답사를 하는데 이번엔 주민들의 방해로 그렇게 하질 못했다.

밤에는 악귀의 활동이 본격적으로 시작되기 때문에, 밤에는 악귀들과 충돌을 할 수밖에 없어서 건물 안으로 들어가질 못했다.

눈앞에 마을 회관이 모습을 드러냈다. 낮에 보는 마을 회관은 어젯밤에 볼 때하고는 느낌이 사뭇 달랐다. 놀랍게도 마을 회관은 일부러 보존을 해 놓은 것처럼 70여 년 전의 모습을 거의 그대로 간직하고 있었다.

제작진이 건물 안에 카메라와 조명 장치를 설치하기 시작했다. 건물이 커서 그런 장비를 설치하는 데도 적지 않은 시간이 걸렸다.

건물은 한눈에 봐도 당시의 화재 장면이 떠오를 정도로 곳곳이 검게 그슬렸고, 불에 탄 물건이나 흔적들이 그대로 남아 있어서 아직도 매캐하게 탄내가 나는 것 같은 착각이 들 정도였다.

벽면에는 오컬트 동호회 회원들이 다녀간 흔적인 낙서들이 많이 남아 있었다.

근데 낙서들이 일반적인 흉가에 남아 있는 것들하고는 내용 자체가 남달랐다. 보통은 낙서를 할 때 '누구누구 다녀감' 같은 장난이나 허세로 쓰는 경우가 대부분인데, 이곳의 낙서는 두려움과 공포가 가득했다.

미친! 여기 군인들이 있어. 낡고 이상한 군복을 입은 군인들이 주위를 돌아다녀.

불이 난 것처럼 갑자기 연기가 가득 찼어.

나가는 길이 보이질 않아. 아악! 뜨거워!

여기 괴물이 있어, 살려 줘!

찾아본 자료에 의하면 목촌리 마을 회관이나 인근에서 발견된 시신들에는 몇 가지 특징이 있었다.

구멍이 있는 흉기에 찔린 흔적이 시신에 보인다거나 짐승들에게 물어뜯긴 흔적이 보였다는 것이다. 그리고 화재 현장에서처럼 유독가스로 인한 질식사의 소견을 보인다는 점도 공통점 중에 하나였다.

그런데 벽면의 낙서들에서 그런 죽음의 원인을 유추해 볼 수 있는 단서들이 보인다는 게 꺼림칙했다.

강한 귀기를 지닌 악귀들은 실제로 사람에게 환상을 보게 만들고 실제로 그 환상 속에서 죽음에 이르게 하는 경우도 많다.

외국의 사례에서는 물속에서 익사한 수귀(水鬼)가 물이라곤 한 방울도 없는 장소에서 사람을 익사시킨 경우도 종종 있었다. 그렇게 환상 속에서 죽음을 맞이하는 경우 보통의 죽음보다 고통이 극심하다고 한다.

이런 상황이라면 여기서 무슨 일이 일어났는지 확실히 짚고 넘어갈 필요가 있었다.

보통 강한 귀기가 몰려 있는 곳에서는 가능한 한 잔류사념을 읽는 걸 자제해야만 한다.

잔류사념을 읽는 동안에는 자신을 방어할 수가 없는 데다 가끔 악귀가 잔류사념 속에 잔존해 있다가 태수의 몸속으로 들어올 수도 있기 때문이다.

태수가 '나가는 길이 보이질 않아. 아악! 뜨거워!'라고 적힌 낙서에 손바닥을 대고 주문을 읊었다.

'사이코메트리.'

화르르르륵.

공기가 흔들리며 잔류사념이 떠올랐다.

잔류사념 속 마을 회관은 주위가 온통 검은 안개로 자욱했다.

시야를 가로막는 그 검은 연기 속에서 공포에 사로잡힌 울부짖음이 들려왔다. 아마도 낙서의 주인과 함께 들어온 동료의 비명인 모양이었다.

잔류사념 속 환상임에도 불구하고 숨을 쉴 수 없을 정도의 매캐한 유독가스 냄새를 실제로 맡을 수가 있었고, 환상이 아닌 실제로 화제가 일어난 것처럼 뜨거운 열기가 생생하게 느껴졌다.

검은 연기로 휩싸인 건물 내부 어디에선가 초저주파가 섞인 소름 끼치는 목소리와 짐승의 울음이 들려왔다.

—빨갱이 새끼들…… 다…… 죽여 버린다…….

—크르르르…… 크엉!

뜨거운 열기 때문에 더 이상 잔류사념을 읽을 수가 없을 정도였다.

태수가 환상에서 빠져나와 답답하게 막혀 있던 숨을 급하게 토해 냈다.

현실이라면 초저주파와 열기를 막을 수 있는 주술을 사용했을 텐데, 잔류사념 속이어서 전혀 방어를 할 수가 없었던 것이다.

태수가 새삼 긴장된 표정으로 주변을 살폈다.

실제로 주변에 화재가 일어나지 않았음에도 낙서를 했던 당사자는 검은 연기에 휩싸였고, 뜨거운 열기를 느끼며 실제 화재 현장에 있었던 것처럼 유독가스에 의한 질식사를 했다.

또한 초저주파와 함께 들려온 악귀의 소리는 또렷하게 알아들을 수 있을 정도로 분명하게 목소리를 냈다.

무려 70여 년 전에 죽은 악귀가 아직도 인간이 소리를 분명하게 낼 수가 있다는 건 그만큼 강력한 귀기를 지니고 있다는 얘기가 된다.

–빨갱이 새끼들…… 다…… 죽여 버린다…….

악귀는 그렇게 말을 했다. 목소리만 들어도 당시 화재로 죽은 구국결사대의 영이라는 걸 알 수가 있었다.

하지만 구국결사대의 존재보다 태수의 신경을 더 예민하

게 만든 건 악귀의 목소리 다음에 들려온 짐승의 소리였다. 사람의 영과 달리 짐승의 귀는 행동을 예측하기가 힘들다.

'대체 이 마을 회관 안에서 왜 짐승의 소리가 들려온 것일까?'

태수는 즉시 마을 이장에게 전화를 걸었다.

"예, 이장님. 저 장태수입니다. 한 가지 여쭤볼 게 있어서요."

-뭐든 물어보시게.

"혹시 마을 회관에서 구국결사대가 짐승을 키운 적이 있나요?"

-방금 짐승이라고 했소?

"예."

이장의 목소리가 공포로 떨리는 게 느껴졌고 이어서 들려온 얘기는 꽤 충격적이었다.

-당시 구국결사대가 들개를 키웠소.

"들개요?"

-그들은 들개를 키워서 훈련을 시킨 후에 고문을 해도 입을 열지 않는 사람을 들개 먹이로 던져 줬소. 당시 먹을 게 없던 시절이라 들개의 먹이도 부족했거든. 당시 구국결사대한테 고문을 당하는 것보다 더 두려운 게 들개의 먹이로 던져지는 것이었소.

태수의 입에서 침음이 흘러나왔다.

-또한 그들은 자기들 멋대로 빨갱이로 낙인을 찍은 후에는 집단 처

형을 시켰는데, 총알이 아깝다면서 주민들을 죽창으로 찔러 죽였소.

"방금 죽창이라고 하셨나요?"

–그렇소. 사실 그동안 마을 회관에서 죽음을 맞이한 시신들의 몸에 나 있는 상처들을 보면서 우리 주민들은 얼마나 공포에 떨었는지 모르네. 우린 그 상처들이 뭘 의미하는지 너무도 잘 알고 있었으니까.

노인의 말을 듣는 동안 야만의 시대라는 말이 떠올랐고 더 놀라운 건 그런 일들이 불과 70여 전 이 땅에서 일어났다는 사실이었다.

노인과 통화를 끝낸 태수는 잠시 멍한 기분으로 참혹한 살육의 현장을 둘러봤다.

1층에는 사무실 같은 공간이 네 개가 있었고 지하로 내려가는 계단도 보였다. 어딘가에서 주민들의 참혹한 비명 소리가 들려오는 것 같았다.

여태까지 다니면서 가장 참혹했던 퇴마 현장인 소음리 정신병원의 목욕탕보다도 이곳 마을 회관이 훨씬 끔찍하고 위험한 공간이라는 생각이 들었다.

스튜디오가 완성됐고 한석후와 전소민, 강형진 신부를 비롯해 태수가 이번 화에 게스트로 추천한 천길강까지 출연진이 속속 도착했다.

또한 보조 퇴마사 예선을 통과하고 최후의 3인에 선정된 하현준과 금미란, 강만수도 김영아와 함께 현장에 도착했다.

방송 시간이 다가오면서 게스트들이 자리에 앉았고 최후의 3인 도전자들도 자리에 앉았다. 스태프들이 다가와서 도전자 3인의 가슴에 와이어리스 마이크를 부착해 줬고 카드로 만들어진 대본도 나눠 줬다.

카드 대본의 바깥은 검은 바탕에 '영혼을 찾아서'라는 흰 글자가 적혀 있었고 안쪽으로 각 게스트와 출연진의 대략적인 질문과 답변, 코너의 순서가 적혀 있었다.

현준은 방송이 끝나면 이 카드 대본을 기념으로 챙겨 가려고 구겨지지 않도록 매우 조심해서 다뤘다.

현준에게는 방송을 준비하는 과정을 구경하는 것도 신기했고 텔레비전에서나 보던 연예인들이 아무렇지도 않게 자신의 옆에 앉아서 대화를 나누는 지금의 상황이 현실 같지가 않았다.

한석후 아나운서가 옆으로 다가와서 말을 걸었다.

"이름이 현준이지? 방송은 처음?"

현준이 기어들어 가는 소리로 대답했다.

"……네."

"막상 해 보면 아무것도 아냐. 내가 보니까 현준이는 실제 얼굴보다 화면이 더 잘 받을 것 같네. 그런 얼굴을 뭐라고 하는지 알아?"

현준이 긴장해서 굳은 표정으로 고개를 흔들자 한석후가 웃으며 말했다.

"연예인 체질."

한석후의 말에 비로소 현준도 배시시 웃었고 굳어 있던 긴장이 조금은 풀어졌다.

전소민도 그런 현준에게 관심을 보이며 이것저것 질문을 했고, 천길강은 다른 사람이 듣지 못하도록 목소리를 낮춰서 물었다.

"너도 귀신을 볼 수가 있는 거냐?"

현준도 〈오늘도 연애〉의 열렬한 시청자이기 때문에 천길강이 누구라는 걸 잘 알고 있었다.

"네."

출연자들과 스태프들이 돌아가면서 말을 걸어 주고 챙겨 준 덕에 현준은 토할 것 같던 긴장감을 조금 풀었고 마음도 약간은 편안해지는 기분을 느꼈다.

반면 현준과 함께 최후의 3인에 선정된 금미란과 강만수는 잔뜩 굳은 표정으로 방송을 시작하기도 전부터 카메라만 뚫어지게 바라보고 있었다.

금미란은 예선 때처럼 짙은 화장을 한 무녀복 차림이었고 강만수는 개량 한복을 깔끔하게 입고 있었다.

태수는 강형진 신부와 오늘 촬영에 대해 상의하면서 마을 회관에서 봤던 환상에 대한 얘기를 들려줬다. 얘기를 모두 듣고 난 강 신부도 심각한 표정으로 말했다.

"그런 집단적인 살육이 행해졌다면 살육을 당한 사람도,

살육을 행한 사람도 죽음을 맞이한 이후에 엄청난 귀기를 뿜어냈을 거야. 악령의 힘이 이곳에서도 감지되는 걸 보면 악령들은 환상으로도 충분히 사람을 해칠 수 있을 정도의 힘을 지녔을 걸세. 갈수록 세상에 악령의 힘이 점점 강하게 창궐을 하는 게 심상치가 않아. 그렇잖아도 오늘 바티칸에서 중대 발표를 했네."

"바티칸에서요?"

"현 프란치스코 교황은 원래 퇴마에 관심이 많은 분이야. 근데 최근 전 세계에서 사탄의 행위로 의심되는 각종 심령 사건이 폭발적으로 증가하면서, 교황청에서 이번에 세계 30개 나라 250명의 사제가 모인 '국제퇴마사협회'를 공식 기구로 인정하기로 했다네. 이전에도 구마사제의 존재 자체는 인정했지만 그들의 모임을 공식적인 기구로 인정을 하기는 이번이 처음이야."

태수가 눈을 휘둥그레 뜨고 되물었다.

"250명의 구마사제라니 놀라운 일이네요."

"놀라운 일이지. 말하자면 교황청에서 구마사제로 구성된 군대를 앞세워서 사탄과의 전쟁을 공식화했다는 얘기니까. 그 말은 곧 카톨릭 교황청뿐만 아니라 여타의 국가에서도 영적인 전쟁을 비공식적으로는 인정할 수밖에 없다는 얘기야. 그만큼 전 세계적으로 심각한 초자연적인 사건들이 많이 벌어지고 있다는 반증이기도 하고."

"그럼 저희가 하는 퇴마 방송에 대해서도 앞으로는 규제가 많이 풀리겠네요."

"이전부터 규제는 이미 풀리고 있었어. 이 방송에서는 이미 방송 심의 위원회의 규제와 맞지 않는 내용들이 다수 포함되어 있지만 아직까지 규제나 주의를 받지는 않았잖아. 아마도 정부에서는 암묵적으로 초자연현상의 위험성을 인지하고 이 방송을 통해 그것에 대처하는 방법을 지켜보고 있을 것이라 생각하네."

정부에서 방송을 지켜보고 있을 수 있다는 강 신부의 말을 듣다 보니 묘하게 오싹한 기분이 들었다. 방송을 지켜본다는 건 자신을 지켜보고 있다는 말일 수도 있으니까.

갑자기 음모 이론이라는 말이 떠오르며 문득 악귀보다 사람이 더 무서울 수도 있다는 말이 생각났다.

강 신부가 마을 회관을 돌아보며 말을 이어 갔다.

"목촌리 마을 회관을 보니 그런 교황청의 조치가 새삼 괜한 일이 아니라는 생각이 드는군. 저긴 힘을 그대로 두면 나중에는 악의 세력이 걷잡을 수 없이 커질 거야."

어둠이 밀려오면서 마을 회관의 위쪽 하늘에 백귀의 귀기를 훌쩍 뛰어넘는 엄청난 양의 귀기가 꿈틀거리는 모습이 또렷하게 시야에 들어왔다.

"오늘 보조 퇴마사를 뽑는 일은 최소한의 형식만 갖추고 우열이 가려지면 마을 회관에서 즉시 내보내는 게 좋을 것 같네.”

“네, 저도 그렇게 생각하고 있어요.”

강 신부의 말이 끝나자마자 설상가상으로 마을 회관 주위로 먹구름이 몰려들었고 비가 쏟아지기 시작했다.

후드드드득.

굵은 빗방울들이 귀가 멍멍할 정도로 쏟아져 내려서 작게 속삭이는 소리는 잘 들리지도 않을 정도였다. 스태프들이 소리를 지르며 바쁘게 뛰어다녔고 빗속의 마을 회관을 바라보는 태수와 강 신부의 표정이 더욱 어두워졌다.

음기를 잔뜩 머금은 귀기들이 더욱 활발하게 움직이며 세력이 점점 커지고 있는 게 느껴졌던 것이다. 방송에 대한 실질적인 책임이 있는 태수는 점점 더 걱정이 됐다.

‘아무래도 심상치가 않은데. 이런 상황에서 방송을 강행해도 될까?’

태수는 지난번 진희네 가족 때 예상치 못한 위험 때문에 어려움을 겪었던 기억이 트라우마로 남아 있었다. 혹시라도 방송 중에 사고가 나서 누군가 크게 다치거나 죽기라도 하면 이유 여하를 막론하고 충격이 클 것 같았다.

이런 때는 가능한 모든 영능력을 동원해서 미래에 대한 정보를 최대한 많이 알고 시작하는 게 필요했다.

‘예지 환상을 볼 수가 있으려나?’

원래 예지 영상은 먼 미래이고 큰 사건일수록 많은 귀기를 소모한다.

때로는 태수가 가진 귀기가 예지 영상 한 번에 완전히 바닥을 드러낼 수도 있고 경우에 따라서는 예지 영상이 작동하지 않는 경우도 있다.

만약 귀기가 바닥이 나면 오늘 방송은 무조건 접을 수밖에 없다.

그럼에도 불구하고 태수는 이번 방송은 예지 영상을 봐야만 할 것 같았다. 아주 먼 미래가 아니라 불과 2시간 후의 미래니까 귀기를 소모해도 그렇게 엄청난 양은 아닐 것이라는 희망을 품으면서.

태수가 방송 이후의 상황이 보고 싶다는 생각을 하며 정신을 집중시키자 공기가 흔들리며 메시지가 떠올랐다. 더불어 서늘하게 귀기가 소모되는 느낌이 동시에 찾아들었다.

제7성인 파군성의 예지파군의 능이 작동합니다.

화르르르륵.

허공에 예지 환상이 나타났다.

환상 속에서 흐릿하게 영상이 떠올랐다.

뜻밖에도 태수와 강 신부는 물론이고 이번에 보조 퇴마사에 도전하는 금미란과 강만수와 현준까지 환상 속에서 모습을 드러냈다.

다들 기진맥진한 모습으로 마을 회관을 빠져나오는 모습이었다.

어떻게 된 일인지 표정을 자세히 보려고 했지만 이내 눈앞이 흐려지며 환상이 사라졌다.

태수는 방송 이후의 상황을 예지 영상으로 본 것이다. 그렇다면 도전자 3인은 진즉 마을 회관에서 나와서 집으로 돌아갔어야만 한다.

'근데 왜 도전자 3인이 나와 강 신부님과 함께 마을 회관에서 나오는 거야? 혹시 퇴마를 하지 못하고 테스트만 간신히 끝내고 빠져나오는 건가?'

만약 환상이 사실이라면 오히려 그쪽이 더 설득력이 있을 것 같았다. 마을 회관 안에서 도전자 3인을 데리고 퇴마를 했을 리는 없을 테니까.

그렇다면 테스트만 끝내고 방송을 제대로 끝마치지 못하는 사태가 발생했을 수 있다는 얘기가 된다.

'그럼 심각한 방송 사고가 발생했다는 얘긴데.'

그나마 다행한 건 다들 힘겨워 보이긴 했지만 무사히 마을 회관을 빠져나왔다는 사실이다.

방송 10분 전.

김영아가 여느 때처럼 〈영혼을 찾아서〉 단톡방을 열자 기다리던 네티즌들이 한꺼번에 쏟아져 들어왔다.

이젠 당연하다는 듯 2천 명을 수용하는 단톡방이 1분 안에 꽉 찼고, 단톡방을 열 때쯤이면 실검 상위권은 〈영혼을 찾아서〉와 관련된 검색어들로 채워졌다.

오늘 단톡방의 주된 화제는 당연히 태수의 노래하는 동영상이었다. 태수의 노래에 중독되었으니 책임지라는 댓글들과 〈오늘도 연애〉 OST를 불러 달라는 댓글들이 끝없이 이어졌다.

기본의 프로그램 터줏대감들은 그런 네티즌들에게 이곳에서는 프로그램 얘기만 하라고 핀잔을 줬고 네티즌들이 양편으로 갈라져서 한동안 설전을 주고받았다.

중계차에서 한재성 피디가 큐 사인을 주자, 뒤쪽 벽면에 매달려 있는 '영혼을 찾아서 흉가탐방'이라고 적힌 패널을 비추고 있던 카메라에 녹화 불이 들어왔다.

카메라가 줌아웃으로 뒤로 빠지더니 여느 때처럼 한석후 아나운서가 화면에 등장했다.

조연출의 사인을 받고 한석후가 멘트를 시작했다.

"오늘도 저희 〈영혼을 찾아서〉 〈흉가탐방〉 코너를 찾아주신 시청자 여러분, 안녕하십니까? 저는 한석후입니다. 저는 지금 강원도의 오지인 목존리 마을에 나와 있습니다. 지금 이곳엔 앞을 분간하기 힘들 정도로 거센 장대비가 소나기처럼 퍼붓고 있습니다. 여러분들, 빗소리 들리시나요? 이곳 목촌리 마을 회관은 오컬트 동호회에서 국내에서 가장 위험한 장소로 선정한 성지 1위를 차지한 곳이기도 합니다. 자, 그럼 저는 잠시 후 목촌리 마을 회관의 무시무시한 이야기와 함께 다시 돌아오겠습니다."

프로그램 타이틀 음악과 광고 영상이 브릿지 영상으로 나갔다. 그사이 김영아가 최후의 3인에게 다가와서 긴장하지 않도록 한 번 더 대본을 확인시켰다.

브릿지 영상이 끝나고 조연출의 카운트가 시작되자 스태프들이 재빨리 뒤로 빠졌다. 카메라에 붉은 불이 들어오자 한석후가 익숙한 표정으로 멘트를 시작했다.

"오늘 〈흉가탐방〉은 지난번 아쉽게 프로그램에서 하차한 길재중 도사님의 후임을 뽑는 테스트와 함께 문을 열 예정입니다. 과연 오늘 누가 장태수 씨와 함께 저희 프로그램을 이끌어 갈 보조 퇴마사로 낙점을 받을지 저도 무척 궁금한데요. 그에 앞서 저희 진행자와 게스트를 소개하겠습니다."

한석후가 태수와 전소민, 강형진 신부를 차례로 소개한 후에 최후의 3인을 각각 한 사람씩 소개했다. 무녀인 금미란과 자칭 소백산 퇴마사 강만수에 대해 간단히 소개를 했고 마지막으로 현준을 소개했다.

"마지막 도전자는 놀랍게도 현재 중학교 3학년인 하현준 군입니다."

현준은 처음 방송이 시작됐을 때만 해도 이 방송을 할머니

는 물론이고 학교에서 자신을 놀리고 괴롭히던 아이들까지 본다는 생각에 긴장으로 숨조차 제대로 쉴 수가 없을 지경이었다.

자신이 프로그램에 출연한다고 알려 주진 않았지만 〈영혼을 찾아서〉는 요즘 중고생들 사이에서 가장 인기 있는 프로그램이었고, 현준이 좋아하는 홍지영은 물론 박영우 패거리까지도 열혈 시청자라서 방송을 볼 것이라는 사실을 확신하고 있었던 것이다.

현준은 너무 긴장해서 인사도 제대로 못하면 어쩌나, 목소리가 이상하게 나오면 어쩌나, 학교에 가서 오히려 더 큰 놀림을 받으면 어쩌나.

방송 직전까지도 불안이 꼬리에 꼬리를 물었는데, 신기하게도 막상 녹화 불이 들어오고 자신의 순서가 돌아오자 오히려 마음이 편안해지면서 긴장감이 사라졌다.

현준이 차분한 목소리로 또박또박 인사를 했다.

"안녕하세요, 하현준입니다."

발음도, 목소리도 나쁘지 않았다.

이유는 모르지만 극도로 긴장한 바로 그 순간에 단전 아래가 따스해지면서 알 수 없는 기운이 현준의 전신을 휘감아 왔던 것이다.

김영아는 현준이 워낙 긴장을 하고 있어서 혹시라도 카메라 울렁증 같은 게 있으면 어쩌나 걱정했는데, 방송 체질인지 의외로 또박또박 말을 잘해서 빙긋 웃었다. 앞으로 보조 퇴마사로 계속 출연을 하려면 방송에 익숙해지는 부분도 중요하니까.

오프닝에 이어 목촌리 마을 회관이 흉가가 된 유래와 현재의 모습을 촬영한 영상이 나가는 동안 태수를 비롯한 3인의 도전자들은 각자 이마에 고프로 카메라를 부착하고 무전기와 연결된 리시버를 귀에 장착했다.

카메라에 불이 들어오자 한석후가 멘트를 했다.

"장태수 씨와 강형진 신부님, 3인의 도전자 세 분은 지금 곧바로 마을 회관으로 출발하도록 하겠습니다. 이번에는 스튜디오와 마을 회관의 거리가 멀어 차량으로 이동할 예정이고, 안전을 위해 저희 VJ들은 마을 회관 입구까지만 동행해서 촬영을 진행할 예정입니다. 장태수 씨, 지금 제 말 잘 들리시죠?"

태수가 폭우가 쏟아지는 가운데 차량에 올라타며 카메라를 향해 소리를 질렀다. 빗소리 때문에 작은 소리로 대답하면 거의 소리가 들리지 않을 것 같았던 것이다.

―네, 잘 들립니다!

"첫째도 안전, 둘째도 안전 아시죠? 물론 퇴마 행위 자체가 완벽하게 안전할 수는 없지만 최대한 안전하게 진행해 주시길 부탁드립니다."

―네, 알겠습니다.

화면이 다시 오픈 스튜디오를 비췄고 천길강이 예전 귀귀도에서 있었던 사건을 언급하면 이런 악귀들을 상대로 퇴마를 하는 게 얼마나 위험한 일인지 토크를 했다.

심령 분야를 오랫동안 취재했던 전소민도 이렇게 비가 오는 날에는 음의 기운이 강해져서 악귀들의 힘이 더욱 강해지기 때문에 걱정스럽다는 멘트를 날렸다.

그러자 채팅방에 사고가 없이 무사히 방송을 마치길 바란다는 의견과 이런 날은 방송을 해서는 안 된다는 네티즌들의 의견들이 서로 엇갈리며 올라왔다.

태수 일행은 차량 두 대를 이용해서 마을 회관으로 출발했다.

태수는 현준과 함께 제작진의 차량을 직접 몰고 이동했고 나머지 도전자 2인은 강 신부와 함께 제작진이 운전하는 차량을 타고 이동했다.

제작진은 마을 회관 밖에서 대기하다가 마지막 최종 우승자가 가려지면 도전자들만 다시 태우고 스튜디오로 되돌아갈 예정이었다.

태수가 탄 차량이 먼저 앞장서서 비포장 길을 달려갔고 제작진과 도전자 3인이 탄 차량이 그 뒤를 따라왔다. 자 안에는 카메라가 네 대가 설치되어 있어서 태수와 강 신부의 일거수일투족은 물론이고 차량 앞쪽의 도로 상황까지 실시간으로 중계차에 전송을 했다.

덕분에 방송을 보는 네티즌들도 태수와 거의 같은 시선으로 눈앞에 펼쳐지는 상황들을 실시간 모니터로 지켜볼 수가 있었다.

폭우로 질척거리는 비포장 길인 데다 빗물 때문에 장대비가 양동이로 붓는 것처럼 앞 유리로 쏟아져서 운전을 하는 태수가 시야를 확보하는 것조차 쉽지가 않았다.

화면을 지켜보는 게스트들과 네티즌들 역시 그런 영상을 보며 마을 회관에 들어가기도 전부터 긴장하며 화면을 지켜볼 수밖에 없었다.

"무섭지 않니?"

태수의 물음에 현준이 눈을 빛내며 대답했다.

"아뇨, 전혀요. 장태수 아저씨랑 있으니까 하나도 안 무서워요."

현준의 말에 태수가 웃으면서 말했다.

"야, 아저씨가 뭐야? 그냥 태수 형이라고 불러."

잔뜩 긴장하고 화면을 지켜보던 네티즌들이 두 사람의 대화를 듣고는 일제히 채팅 창에 글을 써서 올리기 시작했다.

-ㅋㅋㅋ 아저씨.

-태수 님도 아저씨라는 말 듣기 싫은가 봐요.

-현준아, 태수 님 이제 스물넷인데 아저씨는 좀 심했다.

—현준이 귀여움.

채팅 창에 현준이라는 이름이 조금씩 등장하기 시작했다.

한편 중계차의 한재성 피디는 그 어느 때보다 긴장한 표정으로 수많은 모니터 화면을 면밀히 살펴보고 있었다.

마을 회관에 설치되어 있는 카메라에서 전송되는 영상 모니터들은 물론이고 태수와 도전자들이 타고 있는 차량 내부에서 보내는 영상들까지 면밀하게 살피며 커트 화면을 넘겨갔다.

마을 회관 안에 몇몇 카메라에서는 벌써부터 화면이 왜곡되는 노이즈 현상이 발생하기 시작했다. 한 피디가 화면을 마을 회관 쪽으로 넘기며 오픈 스튜디오의 권 피디에게 말했다.

"마을 회관 모니터 몇 개가 벌써 이상 징후를 보이기 시작했어. 한석후 아나운서한테 관련 멘트를 쳐 주도록…… 어? 잠시만…… 이게 뭐야?"

한 피디가 눈을 부릅뜨고 모니터 화면을 향해 얼굴을 가까이 가져갔다. 마을 회관 내부에 설치된 카메라 외에 또 다른 카메라에서도 왜곡 현상과 함께 노이즈가 발생하는 모습이 보였던 것이다.

"이게 어디 모니터야?"

모니터를 살펴보던 한 피디의 입에서 침음이 흘러나왔다.

"이거…… 장태수 차량에 부착된 모니터잖아?"

태수는 칠흑 같은 어둠 속을 헤드라이트 불빛 하나에만 의지해서 운전을 했다. 와이퍼가 쉴 새 없이 빗물을 털어 냈지만 소용이 없었다.

그때 태수의 리시버에서 권 피디의 목소리가 들려왔다.

―치지지직…… 카메라…… 노이…… 치지지직…….

"권 피디님, 무슨 소린지 잘 들리지가 않아요. 다시 한번 말씀해 주세요."

하지만 여전히 오디오에 잡음이 생겨서 통신이 쉽지가 않았다.

"오디오가 또 말썽이네."

차 안에 설치된 카메라를 살피던 태수의 미간이 좁혀졌다.

권 피디가 무슨 얘기를 하려고 했던 것인지 알 것 같았던 것이다.

차량에 부탁된 카메라에 왜곡과 노이즈 현상이 일어나고 있었던 것이다. 차 안에 귀기의 움직임이 활발해지고 있다는 증거이기도 했다.

그리고 이런 상태라면 모니터에 영상은 물론이고 소리도 방송이 되지 않을 가능성이 높았다.

조수석에 앉아 있던 현준도 이상 현상을 감지했는지 주위를 두리번거리며 말했다.

"갑자기 차 안이 추워졌어요. 귀신이 나타날 때도 이렇게 오싹하고 추웠는데."

운전에 집중하느라 제대로 귀기를 탐색하지는 못했지만 태수도 차 안에서 빠르게 귀기가 증폭되고 있다는 느낌을 받고 있었다.

"현준이 너 확실하게 영을 볼 수 있지?"

"네."

"차 안에 혹시 영이 있는지 살펴봐."

현준이 정신을 집중하며 뒷좌석을 비롯해 차 안을 살피다가 말했다.

"저기 앞쪽에……."

태수도 긴장된 목소리로 대답했다.

"그래, 나도 방금 봤어."

차량의 전면 유리에 빗물이 기이한 형태로 뭉치는 현상이 발생하고 있었던 것이다. 빗물이 투명한 젤처럼 일정한 형태를 가지면서 유리에 달라붙어서 꿈틀거리고 움직이기 시작했다.

비가 오는 날 저런 식으로 귀기가 뭉치게 되면 강력한 물리력을 발휘할 수도 있다.

태수가 즉시 차량의 브레이크를 밟았지만 이미 말을 듣지 않았다.

–부아아아앙!

오히려 보이지 않는 뭔가가 액셀을 밟았고 차가 걷잡을 수 없는 속도로 앞을 향해 달려 나갔다. 옆에서 놀란 현준이 소리쳤다.

"형, 왜 그래요?"

"차를 멈출 수가 없어. 악귀가 차의 운전을 방해하고 있어. 현준아, 안전벨트 꽉 매!"

"알았어요."

차량 전면의 빗물이 뭉치면서 악귀가 앞쪽의 시야를 방해하면서 운전하기가 힘들어졌다. 태수가 퇴마를 하러 온다는 걸 이미 알고 있는 악귀가 의도적으로 달려든 것 같았다.

비가 오는 비포장도로를 너무 빠른 속도로 달리는 바람에 차량이 쿵쿵거리고 몸이 들썩거렸다. 차량은 금방이라도 전복될 것처럼 기우뚱거리며 위태롭게 달려 나갔다.

자칫하다간 큰 사고로 이어질 수 있는 상황이었다.

태수가 운전을 하면서 주문을 읊었다.

"안명부!"

공기가 흔들리며 차 안 허공에 부적이 떠올랐다.

태수가 한 손으로 재빨리 부적을 잡아채서 눈에 문질렀다.

화르르르르륵.

눈앞이 푸른 시야로 변하며 악귀가 가로막았던 시야가 트였다. SUV가 커다란 바위에 충돌하기 직전 태수가 가까스로 핸들을 꺾어서 사고를 면했다.

하지만 그게 끝이 아니었다. 차는 멈추지 않았고, 창문 틈으로 검은 귀기가 차 안으로 스며들어 오고 있었던 것이다.

현준이 차 안으로 밀려들어 오는 귀기를 보며 소리쳤다.

"형, 검은 안개 같은 게 차 안으로 들어오고 있어요. 예전에 저희 동네에 어떤 아저씨가 사람을 죽였는데 그 아저씨의 몸에서도 이런 걸 본 적이 있어요."

그야말로 설상가상이었다.

"그래, 나도 알아. 그건 귀기라는 거야. 사람에게 해를 끼치는 악귀들이 품고 있는 에너지 같은 거지. 아마 네가 봤다는 그 사람도 몸에서 귀기가 흘러나왔다면 악귀한테 빙의를 당했을 거야."

그사이에도 귀기가 태수의 주위로 몰려들어 서서히 형체를 만들며 뭉치기 시작했다.

현준이 안타깝게 소리쳤다.

"형! 제가 어떻게 하면 돼요? 제가 할 수 있는 일은 없나요?"

"네가 주술 같은 걸 모르니까 당장 날 도울 수 있는 방법은 없어. 네가 할 수 있는 최선은 네 몸을 네 스스로 보호하는 거야. 잘못하면 차 사고가 날 수도 있거든. 알겠지?"

현준이 차 문의 손잡이를 움켜잡으며 대답했다.

"알았어요, 제 걱정은 마세요."

뒤쪽에서 태수의 차량을 쫓아가며 운전하던 제작진이 말했다.

"앞차가 좀 이상한데요? 왜 저래요?"

태수의 차가 비틀거리며 점점 더 속도를 내며 달려가고 있었던 것이다. 심지어 마을 회관을 지나쳐서 옆길로 달려가자 강 신부도 비로소 무슨 일이 생겼다는 걸 직감했다.

강 신부가 창문을 열고 고개를 밖으로 내밀었다.

사나운 빗방울이 얼굴로 들이쳤지만 강 신부는 개의치 않고 미간을 좁힌 채 앞차를 노려봤다.

태수의 차를 휘감은 빗물이 이상한 형태로 변하며 꿈틀거리는 모습이 보였다.

"악령의 물질화가 진행되고 있군. 저 차 옆으로 바싹 붙일 수 있는 방법은 없겠습니까?"

"보시다시피 길이 좁아서 그건 불가능할 것 같습니다."

"그럼 최대한 가까이 다가가 주시오!"

권 피디의 다급한 목소리가 차 안을 울렸다.

–강 신부님! 태수 군 차에 무슨 일입니까? 현재 영상도 전송되지 않고 통신도 완전 두절 상태예요.

"지금 태수 군의 차량이 악령들의 공격을 받고 있는 것 같습니다. 아마 악령들의 방해로 차량 운전이 뜻대로 되지 않는 것 같아요."

강 신부의 말이 끝나자마자 채팅 창이 벌집을 쑤신 듯 글들이 폭주하기 시작했다.

–미친, 방송 당장 그만둬요!

–어떡해? 우리 태수 님 사고 나면 안 돼요. 제발 구해 주세요.

–와, 이런 위험한 방송을 한다는 게 믿어지질 않네. 무슨 유프리카 TV도 아니고.

–헬기 같은 거라도 띄워서 구할 수 없나요? 드론이라도 띄워서 영상이라도 좀 보게 해 줘요. 제발요!

그 시각 송현주는 특별한 스케줄이 없어서 집에서 혼자 텔레비전으로 〈영혼을 찾아서〉를 보고 있었다. 평소에도 시간만 되면 한 번도 빠지지 않고 보는 프로그램이지만 오늘의 기분은 좀 남달랐다.

태수가 옥탑방에 없어서 마음이 허전한 탓인지 지난밤 불러 준 감미롭던 노래의 여운이 남은 탓인지는 모르지만, 화면에 등장한 태수의 얼굴을 보는데 저도 모르게 울컥한 감성이 올라와 스스로도 당황스러울 지경이었다.

송현주는 어제, 오늘 하루 종일 태수에 대한 생각에서 벗어날 수가 없었다.

온화한 미소, 신비한 기운을 머금은 눈빛, 감미로운 목소리, 머리를 기댔던 어깨의 따스하면서 든든하던 느낌.

그 모든 감정과 느낌을 가지고 싶은 열망이 그녀의 마음

깊은 곳에서 소용돌이쳤다.

그렇다고 먼저 연락을 하거나 할 만한 주제나 용기는 없었다.

예전에도 그랬지만 최근에 더더욱 그렇다.

태수는 이제 자신이 감히 올려다볼 수조차 없는 하늘의 별이 되어 있었다. 오히려 〈오늘도 연애〉에서 박보윤과 함께 있으면 정말로 천생연분 커플처럼 보여서 속이 상할 때가 많았다.

물론 태수가 연기를 워낙 잘해서 그런 것도 있겠지만, 같은 연기자의 입장에서 볼 때 태수를 바라보는 박보윤의 눈빛이 연기가 아닌 실제 감정이 아닐까 하는 의심이 드는 때가 많았던 것이다.

그렇다면 태수 역시 박보윤을 그렇게 생각하고 있다는 말이 아닐까.

그런 생각이 들 때마다 송현주는 어차피 자신의 상대는 아니라고 스스로에게 주지시키며 고개를 세차게 흔들곤 했다.

그런 태수가 지금 위험에 빠져 있다는 소식이 방송을 통해 흘러나왔다. 거의 반사적으로 예기치 않은 눈물이 왈칵 쏟아졌다. 리모컨을 쥐고 있는 손이 덜덜 떨렸고 심장은 밖으로 튀어나올 것처럼 불안하게 쿵쿵거렸다.

'오빠는 괜찮을 거야, 아무 일도 없을 거야. 오빠, 다치지 마세요, 제발.'

물론 자신 말고도 수많은 팬들이 같은 기도를 하고 있을 것이다.

방송국 단체 채팅방이라도 들어갈 수 있다면 방송을 중단시키든 어떻게 좀 하라는 댓글로 도배를 할 텐데, 지금 그녀가 할 수 있는 건 오로지 간절한 기도밖에 없었다.

송현주가 두 손을 마주 잡고 흐느꼈다.

"흐흐흑, 오빠를 무사히 돌아오게 해 주세요, 제발!"

권 피디의 다급한 목소리가 강 신부의 차 안에서 울렸다.

–신부님, 어떻게 할 수 있는 방법이 없나요?

강 신부도 답답한 듯 말했다.

"현재로선 사고에 대비해서 구급차와 의료진을 대기시켜 놓는 것 외에 달리 방법이 없습니다."

권 피디의 입에서 탄식이 흘러나왔다. 뒷사리에 있넌 금미란이 뜬금없이 품에서 무령과 신칼을 꺼내 들고 흔들며 말했다.

"차를 가까이 붙일 수만 있으면 내가 이 무령과 신칼로 악귀들을 쫓을 수가 있는데, 어떻게 안 되겠어요?"

금미란이 자신만 아는 이상한 주문을 중얼거리며 그럴 듯한 표정을 지었다.

사실 금미란은 영은커녕 예전 길재중만큼도 귀기를 감지하지 못한다. 금미란은 자신이 신내림을 받은 강신무라고 지금까지 홍보하고 다녔지만 신은커녕 신병조차 앓아 본 일이 없었다.

워낙 뻔뻔한 데다 연기력이 좋아서, 모르는 사람들이 보면 정말로 신내림을 받고 점을 잘 보는 무녀인 것처럼 사기를 치며 살아왔을 뿐이다.

이번 예선에서도 천장에서 귀기가 느껴진다고 아무렇게나 내뱉은 말이 운 좋게 들어맞아서 이 자리까지 온 것이다.

어떻게 잡은 기회인데 별다른 존재감 없이 사라질 생각은 추호도 없었다.

금미란에게는 태수와 현준의 안전이나 1등의 여부도 문제가 아니었다.

이런 인기 있는 프로그램에 최종 도전자로 선정됐다는 사실만으로도 엄청난 홍보가 될 수 있기에, 최대한 많이 카메라에 얼굴을 노출하면서 주목을 받는 게 중요했다.

금미란이 무리를 해서라도 계속 자신을 어필하는 이유였다.

강만수도 부적을 꺼내 들고 카메라를 보고 흔들며 덩달아 소리쳤다.

"나도 이 부적으로 힘을 보탤 수가 있소. 내 부적 한 방이면 아무리 악독한 악귀라도 기겁을 하고 도망가게 되어 있다고!"

강만수는 강도령이란 이름으로 도심에 사이비 암자를 차려 놓고, 찾아오는 사람들에게 자신을 퇴마사라고 속여서 퇴마를 행하던 인간이다.

강만수 역시 이번 프로그램이 자신에게 찾아온 절호의 기회라고 생각하고 최대한 우려먹을 생각이었다.

벌써 머릿속으로는 캡처한 방송 화면을 커다랗게 프린트해서 벽에 매달아 놓을 생각을 하고 있었다. 그것만으로도 찾아오는 사람들이 몇 배는 늘어날 테니까.

물론 강 신부는 두 사람의 속셈을 진즉부터 꿰뚫어 보고 있었다. 그동안 금미란과 강만수 같은 사이비들 영능력자와 퇴마사들을 워낙 많이 만나 봤기 때문이다.

하지만 지금은 테스트 중이라서 그런 내색을 할 수가 없었다. 오히려 두 사람이 괜히 과욕을 부려서 사고나 치지 않을지 걱정이었다.

강 신부가 말했다.

"이렇게 달리는 차 안에서는 할 수 있는 일이 없습니다. 태수 군이 어떻게든 스스로 해결하도록 내버려 수밖에 없어요. 일단 우리는 차분하게 기다리는 게 최선입니다. 그리고 어떤 상황이 발생하더라도 두 사람은 함부로 나서지 마세요."

강 신부의 말에 금미란과 강만수가 못마땅한 듯 입을 삐죽거렸다.

강 신부가 권 피디에게 연락해서 일단 구급차를 곧바로 보내 달라고 연락을 취했다. 만에 하나 사고가 나면 곧바로 후송을 해야 하니까.

귀기가 점점 뭉치더니 뱀처럼 변해서 태수의 목을 휘감기 시작했다.

태수가 연신 돌아가는 운전대를 움켜잡으며 부적을 부르는 주문을 외웠지만, 영력을 모으고 집중을 하지 못하는 탓에 부적이 허공에 나타났다가 다시 사라지길 반복하고 있었다.

그사이 귀기가 태수의 목을 점점 더 강하게 조였다.

"크윽!"

현준은 검은 귀기를 눈으로 보면서도 어찌할 바를 몰라서 발만 동동 굴렀다. 아직은 귀기가 완전히 물질화되지 않아서 현준이 아무리 손을 휘저어도 아무런 효과가 없었다.

물질화되지 않은 귀기는 주술로만 영향을 미칠 수가 있는데 현준은 주술에 대해서는 전혀 아는 바가 없었기 때문이다.

그사이 귀기는 이제 최대의 압박으로 태수의 목을 조여들어 갔다. 태수의 이마에 굵은 힘줄이 불거져 나오며 얼굴이 벌겋게 변해 갔다.

태수는 숨을 참고 내력을 끌어 올리며 필사적으로 버텼다.

사실 차 안에 태수 혼자만 있다면 사고가 나는 한이 있더라도 운전대를 놓고 악귀를 잡았을 것이다. 어차피 태수는

사고가 나더라도 개양성 능의 수호를 받아서 심각한 부상은 피할 수가 있을 테니까.

문제는 현준이었다. 사고로 현준이 크게 다치기라도 한다면 두고두고 트라우마가 될 것 같았다.

그래서 태수는 숨이 막히는 통증을 참으면서도 운전대를 놓지 못하고 있었다.

"ㅇㅇㅇㅇ."

태수의 입에서 침음이 흘러나올 때 현준이 귀기를 노려보다가 말했다.

"제가 한번 해 볼게요."

이전까지는 귀기가 무형의 기운이라서 어떻게 할 수가 없었지만, 지금은 물질화가 진행이 되어 악귀가 검은 뱀 같은 형태로 모습을 완벽하게 갖추고 있었던 것이다.

태수가 곁눈질로 바라보니 현준의 손에 푸르스름한 항마의 기운이 서리는 게 보였다.

현준은 주술 같은 건 알지 못했지만 자신의 단전 아래에서 따스한 기운을 끌어 올리면 손이 푸르스름하게 변하고, 그런 손으로 형태를 갖춘 영혼을 때리면 사람을 때리는 것처럼 타격을 가할 수 있다는 걸 알고 있었다.

현준이 푸르스름한 기운에 휩싸인 손으로 태수를 휘감고 있는 뱀 모양의 귀기를 있는 힘껏 후려쳤다.

비록 평상시 주먹은 약했지만 영적인 존재를 때릴 때의 파

괴력은 상당했다.

예전에 괴롭히던 몇몇 영혼들도 현준의 주먹 한 방에 다들 나가 떨어졌다. 현준이 본래 가지고 있는 영력의 크기가 크다는 방증이었다.

퍼억!

현준의 주먹에 뱀 모양의 형체가 일그러지며 악귀가 괴성을 질렀다.

키아아악!

태수의 목을 휘감고 있던 악귀가 화들짝 놀라서 똬리를 풀고는 수십 갈래의 기운으로 흩어졌다.

예기치 않은 공격을 받은 악귀가 잠시 방심하는 사이 태수가 재빨리 브레이크를 밟았고, 차가 급정거를 하며 덜컹하고 간신히 멈춰 섰다.

태수가 급하게 숨을 몰아쉬며 기침을 하는 사이, 흩어졌던 귀기들이 이내 다시 한 곳에 뭉치더니 이번에는 현준을 향해 달려들었다.

귀기가 자신의 몸을 휘감아 오자 현준은 어찌할 바를 모른 채 손으로 귀기를 이리저리 쳤지만 소용이 없었다. 물질화가 진행되지 않은 귀기의 형태였기 때문에 현준의 주먹으로는 잡을 수가 없었던 것이다.

귀기가 목을 휘감은 후 서서히 물리적인 힘을 가하자 현준이 몸부림을 쳤다.

"현준아, 잠시만 참고 기다려!"

태수가 급하게 호흡을 돌린 후 제대로 수인을 맺고 주문을 읊었다.

"오대존명왕 퇴마진!"

공기가 흔들리며 다섯 장의 부적이 허공에 나타났다. 네 장은 차 안 네 귀퉁이에 떠 있었고 중심이 되는 부동명왕부는 태수의 눈앞에 둥둥 떠 있었다.

태수가 수인을 맺고 주문을 읊자 네 장의 부적이 폭사하며 항마의 기운을 쏟아 냈고, 그 항마의 기운이 귀기를 그물처럼 가둔 채 빠르게 부동명왕부가 있는 중앙으로 몰아갔다.

현준을 공격하던 악귀가 괴성을 지르며 똬리를 풀었다.

현준이 목을 잡고 기침을 토해 냈다.

악귀가 항마의 기운을 피해서 점점 안쪽으로 몰리며 밖으로 빠져나가려고 몸부림을 쳤지만, 일단 오대존명왕의 퇴마진에 갇힌 악귀는 웬만한 힘으로는 진을 깨고 스스로 빠져나갈 수가 없다.

항마의 기운이 악귀를 완전히 에워쌌을 때 태수가 일갈했다.

"제령!"

순간 중심부에 있던 부동명왕부가 폭사하며 항마의 기운을 쏟아 냈고 괴성과 함께 악귀가 소멸했다.

태수가 황급히 현준의 얼굴을 살피며 물었다.

"괜찮니, 현준아?"

다행히 창백하던 현준의 얼굴에 금방 혈색이 돌아왔다.

현준이 밝은 표정으로 대답했다.

"네, 저는 괜찮아요."

그제야 태수의 얼굴에도 안도의 웃음이 떠올랐다.

태수가 현준의 머리를 쓰다듬으며 말했다.

"정말 잘했어, 현준아. 네가 아니었으면 큰 사고가 날 뻔했어. 네가 날 구해 준 거야."

"제가요?"

"그럼."

태수는 이번 사건으로 현준이 혹시라도 겁을 먹고 집으로 돌아가겠다고 하면 어쩌나 걱정을 했는데, 오히려 현준은 태수에게 도움을 줘서 고맙다는 칭찬을 들어서 그런지 싱글벙글 웃으며 얼굴이 환하게 밝아졌다.

악귀가 사라지면서 카메라와 오디오가 다시 정상적으로 작동을 했다.

태수는 뒤쪽 차량의 강 신부와 통화를 하면서 방금 일어났던 일을 설명했다.

평소라면 악귀가 태수가 모는 차량을 물리력으로 조종할 정도의 힘을 발휘할 수가 없었을 텐데, 역시나 공기 중에 가득한 음기가 영향을 미친 것 같았다.

태수와 현준이 무사한 모습으로 카메라를 보며 손을 흔들자 지켜보던 제작진을 비롯한 게스트들이 환호했고, 집에서 텔레비전을 보던 송현주도 두 손으로 입을 가리며 감격의 눈물을 쏟아 냈다.

네티즌들도 다들 안도하며 글을 쏟아 냈고 한석후도 가슴을 쓸어내리며 멘트를 했다.

"방금 상황은 정말 너무 위험해서 저도 숨이 멎는 것 같았습니다. 우리 퇴마사 일행이 위기를 잘 극복해서 정말 다행입니다."

하지만 한석후의 멘트가 끝나자 채팅 창에는 태수와 출연진들의 안부를 걱정하는 댓글들과 방송을 강행하는 제작진에 대한 비난이 쏟아졌다.

물론 평소에도 그런 댓글들은 늘 있었지만 이번 시청자들의 반응은 한층 강력했다.

―이런 방송을 왜 하는 거야?

―아무리 시청률이 중요해도 사람의 안전이 먼저지. 당장 방송 중지하세요. 밖에서도 저 정도로 위험한데 안에 들어가면 무슨 일이 벌어질지 모르잖아요.

―방송윤리위원회에서는 왜 이런 방송을 방치하는 거지?

이번 방송에서는 위험한 상황들이 발생할 수밖에 없고, 이런 상황을 예감한 태수는 시청자들한테 전하는 편지를 미리 전소민에게 맡겨 놓았다.

전소민은 지금이 그 편지를 읽을 때라고 생각했다.

"장태수 씨가 방송에 임하기 전에, 이번 방송은 특히 위험한 상황이 많이 발생할 것 같다면서 시청자들에게 읽어 달라고 맡겨 놓은 편지가 있습니다. 제가 대신 읽어 드리겠습니다."

전소민이 태수의 편지를 꺼내서 읽었다.

"시청자분들 중에는 이런 위험한 방송을 왜 하는지 납득하지 못하는 분들이 많이 계실 텐데, 지금 우리가 이 방송을 하는 이유는 방송 그 자체의 목적보다 악의 세력을 퇴치하기 위함입니다. 최근 초자연적 현상에 의해 사람들이 희생되는 사건이 점점 늘어나고 있는데, 그저 미스터리라고 그런 현상을 무시하기에는 상황이 점점 심각해지고 있습니다. 우리뿐만 아니라 전 세계적으로 이러한 영적인 전쟁에 대비해야 한다는 목소리가 점점 커지고 있어요. 저와 출연진의 안전을 걱정해 주시는 마음은 너무도 감사하지만 우리가 악을 퇴마하지 않으면 앞으로 이 목촌리 마을 회관은 물론이고 세계 각지의 악의 세력들이 활개를 치면서 더 많은 희생자들이 발생할 것입니다. 그나마 방송을 통해 퇴마하는 것이 저는 최선이고 안전하다고 생각합니다. 무슨 상황이 발생했을 때 구급차를 비롯해서 즉각적인 대응이 가능하니까요. 또한 여러분에게 악의 세력에 대한 주의를 줄 수도 있고요. 계속 차분

하게 방송을 지켜봐 주시면 감사하겠습니다. 이상입니다.”

태수가 차가 멈춘 자리에서 내려 폭우를 맞으며 차에 이상이 없는지 살폈다. 진흙탕에 바퀴가 빠진 것 말고는 큰 이상은 없어 보였다.

태수가 흠뻑 젖은 몸으로 다시 차에 올라탄 후에 핸들을 돌렸다.

태수와 강 신부를 비롯한 출연진은 실제 도착 시간보다 10여 분 늦은 시간에 마을 회관 앞에 도착했다.

폭우가 쏟아져 내리는 마을 회관 앞에 차를 댄 일행이 내렸다.

뒤따라 온 VJ들도 차에서 내려 촬영을 시작했다. 물론 VJ들은 마을 회관 안으로 들어가지 않고 밖에서만 대기할 예정이었다.

태수가 카메라를 바라보면서 멘트를 했다.

“여기까지 오는 도중에 사고가 있었지만, 여기 있는 하현준 군의 도움으로 무사히 악귀를 물리칠 수 있었습니다.”

태수가 현준의 도움을 받았다는 말을 듣고는 제작진과 네티즌들 모두 자신의 귀를 의심했다. 대체 무슨 일이 있었기에 태수가 중학교 3학년인 현준의 도움을 받았다는 것인지.

태수를 도울 수 있을 정도라면 현준이 가진 영능력이 얼마나 대단하단 말인가. 다들 설레는 궁금증을 이기지 못하고 채팅 창에 글로 써서 올리기 시작했다.

–대박. 재가 악귀를 물리쳤다고?

–어떻게 도와줬는지 알려 줘요.

–태수 님 말이 맞는다면 사실상 이번 테스트는 승부가 결정 난 거 아닌가? 예선 때도 답을 정확하게 맞힌 건 재밖에 없었잖아.

–생긴 것도 귀여워, 완전 내 타입. 어느 학교 몇 학년이야?

그러자 현준을 알고 있는 누군가가 글을 올렸다.

–서운중학교 3학년 2반 하현준임.

채팅 글들을 바라보던 중계차의 한 피디가 VJ에게 말했다.

"하현준 단독 잡아!"

모니터에 현준의 앳된 얼굴이 하나 가득 잡히자 채팅 창에 귀엽다는 글과 태수를 도와줘서 고맙다며 꼭 1등 하라는 응원의 글들이 쏟아졌다.

–태수 님하고 둘이 파트너 하면 너무 잘 어울릴 것 같음.

-왠지 진정한 영능력자일 것 같은 예감이 드는 건 나 혼자인가?

-오늘 활약 기대할게요.

현준이 좋아하는 여학생 홍지영도 집에서 〈영혼을 찾아서〉를 시청하고 있었다.

처음 현준이 텔레비전에 나올 때만 해도 메이크업을 해서 그런지, 분위기가 달라진 탓인지 현준이라는 생각을 전혀 하지 못했다.

평소 현준은 분위기가 어둡고 어딘지 모르게 찌질한 이미지였는데 지금은 텔레비전에 나온 탓인지 사람들이 모두 현준을 응원하면서 귀엽다는 칭찬을 해서인지 전혀 다른 사람처럼 보였다.

홍지영의 휴대폰이 울리며 친구들이 현준이 텔레비전에 나왔다고 호들갑을 떨었고 채팅 창에 누군가 서운중학교 3학년 2반 하현준이라고 인증을 해 줘서 비로소 현준이라는 확신을 하게 됐다.

그리고 방금 현준의 얼굴이 화면 가득 잡히자 홍지영이 호들갑스럽게 엄마를 불렀다.

"엄마! 얼른 이리 와 봐!"

홍지영의 엄마가 귀찮은 얼굴로 방으로 들어섰다.

"뭔 일인데 그렇게 난리야?"

"엄마 쟤 봐 봐, 쟤!"

"재가 누군데?"

"내가 얘기했잖아. 우리 반에 귀신 보는 이상한 애 있다고."

"어, 그랬었지. 근데?"

"재가 걔야, 귀신 보는 애. 하현준."

"정말? 근데 왜 재가 텔레비전에 나왔어?"

홍지영의 엄마도 신기한 눈으로 텔레비전을 보며 홍지영의 곁에 주저앉았다.

사실 홍지영은 지금까지 현준에 대해 별로 관심이 없었다. 딱히 싫어하지도 않았지만 자신은 농담도 잘하고 재미있게 노는 스타일의 남자애를 좋아했기 때문에 늘 진지하고 어두운 분위기의 현준은 별로였다.

근데 그 따분한 애가 텔레비전 최고의 인기 프로그램에 출연을 했을 뿐만 아니라 자신이 가장 좋아하는 장태수 오빠를 구해 줬다고 하니 갑자기 호감지수가 엄청나게 치솟았다.

현준을 바라보는 홍지영의 눈빛이 그 어느 때보다 반짝거리기 시작했다.

태수가 카메라를 돌아보며 멘트를 이어 나갔다.

"아마도 시청자분들은 사고 순간에 카메라에 노이즈가 생겨서 현준이가 어떻게 절 도왔는지 잘 모르실 텐데, 일단 지금은 여기 있는 도전자 세 사람이 테스트를 받고 있기 때문에 공정성을 위해서 자세한 얘기는 방송 말미나 후기에서 따로 여러분에게 들려 드리도록 하겠습니다."

태수가 현준을 비롯한 금미란과 강만수를 돌아보고 말했다.

"오늘 테스트는 저 마을 회관에 들어가서 가장 먼저 나타나는 영적인 존재를 알아보는 사람을 최종 합격자로 선정하겠습니다."

사실 테스트 자체는 형식적이었다. 현준은 영적인 존재를 볼 수 있을 뿐만 아니라 영능력으로 악귀를 퇴치할 수 있는 힘까지 보여 줬기 때문이다.

반면 금미란과 강만수는 무슨 마음으로 이 테스트에 참여했는지 태수가 너무도 잘 알고 있었다. 태수의 생기탐랑의 기운은 사람을 보면 그 사람의 기운이 선한지 악한지 정도는 곧바로 감지를 할 수가 있으니까.

하지만 이미 방송으로 공지가 나간 테스트 절차를 생략할 수는 없었다.

게다가 저런 부류의 사람들은 자신이 탈락할 경우 어떻게든 꼬투리를 잡아서 물고 늘어질 가능성이 높기 때문에 특히 공정성에 신경을 써야만 했다.

후드드드득.

귀가 멍멍할 정도로 쏟아지는 장대비를 바라보던 태수가 마을 회관 위쪽을 올려다봤다. 귀기가 점점 더 활발하게 꿈틀대는 모습이 보였다.

'사고가 없어야 할 텐데.'

태수가 마을 회관을 돌아보며 말했다.

"자, 이제 안으로 들어가도록 하죠. 아, 그리고 그 전에……."

태수가 아무래도 마음이 놓이지 않아 마을 회관으로 들어가기 전에 현준과 금미란, 강만수에게 한 번 더 당부를 했다.

물론 현준이 아닌 금미란과 강만수에게 하는 당부였고 시청자들에게 인증을 하는 의미이기도 했다. 두 사람이 혹시라도 사고를 칠 경우를 대비해서 나중에 책임을 물을 수 있도록.

"안에 들어가면 절대로 개인 행동 하지 마세요. 그리고 저와 강 신부님 곁을 떠나지 마세요. 만약 그런 행동을 하면 합격을 해도 취소할 겁니다."

금미란이 VJ들이 자신을 찍고 있다는 걸 인식하며 일부러 태수를 향해 도발하듯 말했다.

"나도 볼 건 다 봐요. 똑같은 영능력잔데 무슨 보호자처럼 구니까 좀 부담스럽네."

금미란의 도발에 채팅 창에 네티즌들의 비난이 쏟아졌다.

ㅡ저 아줌마 좀 아닌 것 같음. 태수 님이 진행자인데 진행자가 말하는 규칙을 잘 따라야지.

−왠지 홍보하려고 방송에 나온 것 같음.

−저 아줌마 왠지 사고 칠 것 같은데. 꼭 같이 데리고 들어가야 하나?

−인성이 어떻든 테스트는 공정하게 해야죠.

결국 다섯 사람이 마을 회관 안으로 들어갔고 VJ들은 마을 회관 입구까지만 따라가서 일행을 촬영했다.

다섯 사람이 마을 회관으로 들어가자 한석후가 마이크를 이어 받아서 말했다.

"조금 전 장태수 씨가 최종 선정된 3인에게 미션을 냈습니다. 목촌리 마을 회관에 들어가서 맨 먼저 나타나는 영적인 존재를 알아맞히는 도전자를 최종 합격자로 선정하겠다고 했죠. 자, 여러분도 세 사람 중에 누가 최종 합격자로 선정이 될 수 있을지 지금 모니터 하단에 나가는 기호를 보시고 아래 전화번호로 문자를 보내 주시면 정답을 맞히신 분에게……."

한 피디는 평소보다 훨씬 긴장된 기분으로 마을 회관 안의 수많은 모니터를 지켜봤다. 아직까지는 마을 회관 안에 설치된 모니터들 중에서 이상 현상을 보이는 모니터는 보이지 않았다.

일행이 마을 회관 1층 복도로 들어섰다. 복도와 마을 회관 곳곳에는 제작진이 낮에 설치해 놓은 최소한의 조명들이 흐릿하게 불을 밝히고 있었고, 일행에게는 혹시 몰라서 예비 랜턴까지 주어졌다.

모니터로 보니까 일행이 마치 공포 게임에 참가한 유저들처럼 보였고, 그들이 첫 번째 방으로 들어갔다. 방 안에는 흐릿한 조명 아래 검게 그슬린 벽면과 불에 탄 흔적의 물건들이 곳곳에 흩어져 있었다.

태수가 바닥에 타다가 만 책 한 권을 집어 들고 살피며 말했다.

"이 책은 예전 화재 당시의 책이 아니라 몇 년 전에 발간된 최근의 책이에요."

책이 심령에 대한 내용을 다루고 있는 것으로 봐서 이곳을 방문했던 동호회 회원들 중 한 명이 가져온 것 같았다.

"이 책이 왜 여기에 불에 탄 채로 떨어져 있을까요? 여기 보면 이 책 한 권만 불에 탄 게 아니라 이 방 전체가 불길에 휩싸였던 것 같거든요. 최근에 이곳에서 큰 화재가 발생했다는 얘기는 듣지 못했는데."

방송의 경력이 쌓이면서 태수도 이젠 시청자를 배려한 멘트나 움직임에 신경을 썼다.

강 신부가 불에 탄 책을 가만히 살펴보다가 말했다.

"이 책은 물리적인 화재로 불탄 게 아닌 것 같은데."

태수도 고개를 끄덕이며 말했다.

"저도 그런 생각이 들어요."

실제로 책에는 단순 화재로 불탔다고 보기에는 이상한 점들이 많았다.

보통 화재로 불탔다면 책이 바깥에서 안쪽으로 불이 붙었을 텐데, 바닥에 있던 책은 오히려 가운데에서 바깥으로 불길이 번진 기이한 형태의 흔적이 남아 있었던 것이다.

게다가 그 방의 벽면에 남은 그을림들도 비슷한 형태를 가지고 있었다. 둥근 원의 형태로 가운데가 검게 그을렸고 주변부로 갈수록 불길이 줄어드는 것 같은 형상들이었다.

강 신부도 흥미로운 듯 보다가 말했다.

"아무래도 인체 발화처럼 심령 현상으로 일어난 불길 같군."

강 신부가 말한 인체 발화는 아무런 이유도 없이 신체에 갑자기 엄청난 고열의 불이 일어나서, 마치 화장을 당하는 것처럼 인체를 순식간에 태워 버리는 미스터리 현상을 말한다.

신기한 건 그런 고열이 인체만 전소시키고 주변에는 불길이 옮겨붙지 않는다는 것이다.

실제로 지금 있는 방 역시 일반적인 화재라면 방 전체에 그을음이 있어야 할 텐데 부분적으로만 그런 흔적이 보인다는 점에서 강 신부의 말에 무게감이 실렸다.

그대로 넘어가기에는 꺼림칙한 기분이 들어서 태수는 책에 손바닥을 대고 주문을 읊었다. 위험이 큰 만큼 귀기를 소모하는 한이 있어도 확실하게 짚고 넘어가야 할 것 같았던 것이다.

"사이코메트리."

화르르르륵.

공기가 흔들리며 잔류사념의 환상이 허공에 나타났다.

책을 들고 비명을 지르는 젊은 남자와 젊은 남자를 휘감은 불길이 보였다. 불길은 보통의 불길처럼 붉은빛이 아닌 파란빛을 띠고 있었다.

태수는 단번에 불길이 진짜가 아닌 환상이라는 걸 알아봤지만 젊은 남자는 정말로 뜨거운 듯 미친 듯이 비명을 질러댔다. 더불어 남자가 들고 있던 책도 진짜 불이 난 것처럼 안쪽에서 바깥쪽으로 타들어 갔다.

눈앞에서 육신이 녹아내리는 광경은 계속해서 지켜보기가 힘들 정도로 끔찍했다.

"으흑."

참혹한 광경에 태수가 침음을 흘리며 잔류사념에서 빠져나왔다.

"왜 그러나?"

강 신부의 질문에 태수가 말했다.

"악귀가 만들어 낸 불길 속에서 정말로 사람이 타 죽었어요."

강 신부가 성호를 긋고는 방 안을 둘러보며 조용히 말했다.

"이곳의 악령은 보통내기가 아니네. 각별히 조심해야 할 것 같아."

이번 촬영은 안전성을 위해 한 피디가 모니터를 지켜보며 태수에게 상황을 계속 알려 주기로 사전에 약속을 했다. 한 피디가 태수에게 말했다.

"아직까지 모니터에 큰 이상은 안 보여."

한 피디는 복도에 있는 네 개의 방 중에서 기이한 불길의 흔적이 남아 있는 첫 번째 방을 살펴보고 나오는 일행의 모습을 모니터를 통해 볼 수가 있었다.

각자 이마에 매달려 있는 고프로를 통해서 일행의 작은 표정까지도 생생하게 전달이 됐다.

금미란은 손에 무령과 신칼을 든 채 마치 뭔가가 보이는 것처럼 한 지점을 노려보거나 괜히 소리를 듣는 것 같은 시늉을 했고, 강만수는 부적을 들고 이리저리 갖다 대며 뭔가를 아는 것처럼 행동을 했다.

채팅방에는 뜻밖에도 인체 자연 발화에 대한 다양한 글들이 쏟아졌다.

두 번째 방에서도 특별한 이상 징후는 나타나지 않았다. 일행이 세 번째 방을 향해 다가갈 때 모니터에 살짝 왜곡 현상과 노이즈가 일어났다.

한 피디가 모니터 가까이 얼굴을 가져갔다.

일행이 세 번째 방을 나와서 네 번째 방으로 다가가는 순간 화면이 격렬하게 흔들리기 시작했다. 네 번째 방은 지하실로 내려가는 계단과 연결된 방이었다.

한 피디가 즉시 태수에게 상황을 알렸다.

"태수야, 그쪽에서 이상 현상이 발생했어. 조심해."

비록 화면에 왜곡 현상과 노이즈가 나타나서 말이 제대로 전달되지 않았지만 한 피디는 그것만으로도 태수가 충분히 주의를 기울일 것임을 알고 있었다.

-치지지직…… 태…… 그쪽……치지지직…… 현상이……치지직…… 조심…….

리시버에서 전파가 방해를 받는 오디오 이상 현상이 나타났다. 굳이 정확한 얘기를 듣지 않아도 태수는 이미 강한 귀기를 감지하며 주의를 기울이고 있던 중이었다.

"다들 떨어지지 말고 제 곁으로 바싹 붙으세요. 근처에 영적인 존재가 있는 것 같으니까."

태수의 말에 금미란과 강만수는 자신들이 먼저 영적인 존재를 발견하려고 눈을 부라리며 주변을 두리번거렸고 현준은 이미 심상치 않은 기운을 느끼며 목을 움츠렸다.

"이건 지금까지 제가 느껴 본 기운 중에서 제일 무서운 느

낌이에요."

금미란이 무령을 요란하게 흔들자 태수가 소리쳤다.

"조용히 좀 하세요!"

"난 이렇게 해야만 내가 모시는 신을 부를 수가 있어. 내게 무령을 사용하지 말라는 건 영능력을 발휘하지 못하게 방해하는 것과 똑같아. 경쟁을 공정하게 치러야지."

금미란이 말을 듣지 않고 계속 무령을 흔들어 댔다. 무령 소리에 태수는 물론 강 신부도 집중해서 악귀의 기운을 감지하기가 어려웠다.

채팅방에는 말을 듣지 않고 이기적으로 행동하는 금미란을 욕하는 네티즌들의 글로 도배가 되다시피 했다.

참다 못한 태수가 위층을 올려다보며 소리쳤다.

"저기 위층에 뭔가가 있어요!"

태수의 소리에 금미란은 물론 강만수까지 달려와서 위층을 살폈다.

제일 번서 금미란이 발했다.

"그, 그러네. 정말로 뭔가가 있네?"

태수가 금미란에게 먼저 물었다.

"지금 저쪽 위에 보이는 존재에 대해 자세하게 설명해 보세요."

태수의 질문과 모든 상황들은 계단에 설치된 카메라에 의해 고스란히 녹화가 이루어지고 있었고 그 모습을 모든 시청자들이 동시에 보고 있었다.

금미란이 미간을 좁히며 신중하게 말했다.

“그, 그러니까…… 내가 보기엔 군인 같은데…… 낡은 군복을 입었고…….”

“됐습니다.”

태수가 이번에는 강만수를 돌아보고 물었다.

“혹시 뭐가 보이세요?”

강만수도 눈치를 보다가 조심스럽게 대답했다.

“나, 나도 똑같아요. 군인 같아. 이곳 목촌리 마을 회관에서 불에 타 죽었다는 그 군인 같아.”

둘 다 이곳에 오기 전에 목촌리 마을 회관에서 벌어졌던 일들에 대해 충분히 자료 조사를 하고 온 모양이었다. 그래야만 거짓말이라도 그럴 듯하게 둘러댈 수가 있으니까.

태수가 고개를 끄덕인 후 현준을 돌아봤다.

“넌 뭐가 보이니?”

현준이 자신 없는 목소리로 대답했다.

“저한테는…… 아무것도 안 보이는데요.”

태수가 금미란과 강만수를 돌아보고 말했다.

“두 분 들으셨죠? 보조 퇴마사는 여기 현준이로 결정됐습니다. 저쪽 위층에는 아무것도 없거든요.”

사실 태수는 금미란의 무령 소리가 너무 시끄러워서 빨리 테스트를 끝내고 밖으로 내보내는 게 좋겠다는 생각이 들어

임기응변을 발휘했던 것이다.

근데 태수를 노려보는 금미란의 표정이 심상치가 않았다.

금미란이 태수를 향해 갑자기 눈을 부라리며 말했다.

"지금 장난하는 거야 뭐야? 사람 놀려? 분명히 영적인 존재를 먼저 발견하는 사람이 최종 우승을 한다고 하지 않았어? 근데 아무것도 없는 걸 마치 있는 것처럼 사람을 속여 놓고 나보고 탈락이라는 거야?"

금미란은 아예 삿대질에 반말까지 섞어 가며 태수에게 따지고 대들었다.

태수는 금미란이 언제든 이런 식으로 나올 수 있다는 걸 미리 염두에 두고 있었기 때문에 전혀 당황하는 기색을 보이지 않았다. 오히려 악한 본색을 일찍 드러내서 다행이라는 생각이 들었다.

그렇지 않았으면 중간에 사고를 칠 수도 있고 방송에 출연한 걸 자신의 홍보 수단으로 이용해서 억울한 피해자가 생길 수도 있기 때문이다.

"금미란 씨, 영적인 존재를 발견하느냐 아니냐가 중요한 게 아닙니다. 이번 테스트는 영능력이 있는 사람을 고르는 게 목적이니까요. 만약 금미란 씨가 영능력이 있었다면 당연히 그곳에 아무것도 없다는 걸 알았겠죠."

채팅 창에 태수의 말이 옳다는 글과 금미란을 비난하는 글들이 쏟아졌다.

금미란이 혀를 차더니 현준을 가리키며 소리를 질렀다.

"하아, 그럼 이 어린애가 영능력이 있다는 소리야? 아까 도와주고 어쩌고 하더니 둘이 혹시 짠 거 아냐? 둘이 무슨 사이야? 이거 완전히 주최 측의 농간이잖아. 내가 말은 안 했지만 아까부터 가만히 지켜보니까 제작진이 이 애한테만 친절하고 노골적으로 편을 드는 분위기던데. 혹시 사전에 우승자 이미 정해 놓은 거 아니야?"

"그건 현준이가 어려서 다들 배려를 해 준 거예요."

보다 못한 강만수가 금미란을 말렸다.

"에헤, 지금 방송으로 다 나가고 있어요. 그만합시다."

금미란이 강만수의 손을 뿌리치며 표독스럽게 소리를 질렀다.

"그만하긴 뭘 그만해? 사람 놀리는 것도 아니고!"

리시버를 통해 한 피디의 목소리가 들려왔다.

–태수야, 진행요원들 투입해서 금미란 씨 데리고 나갈까? 나도 왠지 좀 불안해서. 사전에 방송을 방해하지 않겠다고 서약서에 도장을 찍도록 했기 때문에 업무방해로 끌어낼 수가 있어.

태수가 카메라를 향해 그러지 말라는 표시로 팔을 들어 엑스 자를 만들어 보였다.

–그래, 그럼. 진행요원의 도움이 필요하면 언제든지 얘기해.

태수가 금미란을 돌아보고는 정색을 하며 말했다.

"금미란 씨, 이제 테스트는 끝났으니까 그만 나가 주시죠."

"나한테 이래라저래라 명령하지 마. 내가 나가고 싶으면 내 발로 나갈 거니까."

태수와 일행들이 난감한 표정으로 금미란을 보는데 지하실 쪽에서 괴성이 들려왔고, 한 피디의 다급한 목소리가 이어졌다.

-치지지직…… 지하…… 치지지직…… 노이즈…….

내용을 듣지 않아도 무슨 소린지 짐작이 갔다.

태수가 어두컴컴한 지하실 아래쪽 복도를 내려다보니 검은 귀기가 뭉치면서 사람의 모습을 한 형체가 뭉쳐지기 시작했다. 모두 일곱 정도로 보이는 기운이 사람의 모습으로 점점 또렷한 형체로 변해 갔다.

이번에야말로 금미란이 말한 바로 그 군복을 입은 존재들이었다.

'세상에, 저렇게 또렷한 형체를 가진 악귀들이라니.'

악귀들은 정말로 사람이라고 해도 구분하기가 쉽지 않을 만큼 형체가 너무도 분명했다, 그 말은 곧 귀기가 상당히 강하다는 의미이기도 했고.

태수가 금미란을 돌아보고 말했다.

"좋습니다. 금미란 씨, 지금 아래에 뭐가 보이세요?"

금미란이 입을 실룩거리며 무령을 마구 흔들어 댔다. 마을회관 전체가 귀가 따가울 정도로 방울 소리가 울려 퍼졌다.

저런 방울 소리는 악귀들을 자극하는 소리다.

방울 소리를 들은 아래층의 귀기가 활발하게 움직이더니 위쪽으로 올라오기 시작했다.

좀처럼 화를 내지 않는 태수가 더 이상 참지 못하고 소리를 질렀다.

"그 방울 좀 그만 흔들고 뭐가 보이는지 어서 대답이나 하세요!"

금미란이 아래를 내려다보고는 웃으면서 대답했다.

"내가 또 속을 줄 알고? 저긴 아무것도 없어. 우리 태사자님이 내게 알려 주셨어. 아무것도 없다고!"

"현준아, 뭐가 보이니?"

이미 아래층의 존재들을 내려다보고 있던 현준이 떨리는 소리로 대답했다.

"군복을 입은 군인들 모습을 한 악귀 일곱이 보여요. 그리고 그들 손에 뭔가가 들려 있어요. 기다란 나무토막같이 생긴 거예요."

"현준아, 그건 죽창이야. 저들은 예전에 이곳에서 화재로 죽은 구국결사대들의 원혼인데, 지금은 악귀로 변한 거야."

"죽창이?"

"그래. 예전 6.25전쟁 때 사람들을 처형할 때 사용하던 무기야."

이로써 마을 회관에 들어갔다가 시신으로 발견된 희생자

들의 몸에 나 있는 둥근 구멍 형태의 상처가 왜 생겼는지 알 것 같았다.

초창기 구국결사대원들은 빨갱이 색출이라는 미명하에 사람들을 처형하기 시작했다. 살인이 거듭될수록 그들은 살인에 중독되어 갔다.

6.25전쟁 기록에 의하면 구국결사대원들은 농담을 하고 장난까지 치면서 사람들을 죽창으로 찔러 죽였다고 한다.

결국 그들은 죽은 후에도 살인귀가 되어 계속해서 사람들을 죽창으로 죽이고 있었던 것이다.

"금미란 씨, 현준이 말 들었죠? 이제 확실하게 승부가 났으니까 어서 밖으로 나가세요. 어서 나가요!"

금미란이 선뜻 대답을 하지 않고 가만히 태수를 노려보다가 마지못해 돌아섰다.

태수가 현준을 향해 말했다.

"현준아, 너도 어서 나가!"

"알겠어요."

태수가 강 신부를 돌아보고 말했다.

"신부님, 이곳에서 저들을 막아야만 할 것 같아요. 아까 제 차를 공격한 걸 보면 악귀들이 위로 올라오면 밖에까지 나가서 스튜디오까지 위험할 수 있어요."

강 신부도 화가 나는 듯 금미란을 돌아보며 말했다.

"알겠네. 저 여자의 방울 소리가 악령들을 자극한 것 같

아. 일단 이곳에서 배수의 진을 치면서 아래로 내려가자고."

"네, 알겠어요."

강 신부가 한 손에는 은 십자가를, 다른 손에는 성경을 펼쳐 들고 기도문을 읊기 시작했다.

"하늘과 땅의 하느님이시며, 천사와 대천사의 하느님이시요, 선조와 선지자들의 하느님이시며, 사도와 순교자들과……."

강 신부가 기도문을 읊자 십자가에서 기도력을 머금은 오색의 오오라가 뿜어져 나와 지하실로 쏟아졌다.

끄아아아악!

악령들이 고통스럽게 소리를 질렀고 몇몇이 죽창을 들고 계단을 뛰어 올라왔다.

태수도 내력을 끌어올리며 주문을 읊으며 설호검을 불러냈다.

단전에서 올라온 따스한 기운이 팔을 타고 내려와 손안에서 뭉치더니 빠르게 검의 형태로 변해 갔다.

설호검이 완전하게 형태를 갖추자 저 옛날 칠성문 최고 퇴마사인 사천의 기운이 태수를 이끌었다.

쇄액!

악귀가 던진 죽창이 대나무의 푸른빛을 뿌리며 태수를 향해 날아들었다. 강한 귀기를 머금은 죽창은 색깔과 형태가 진짜인 것처럼 보였다.

태수가 몸을 반사적으로 뒤틀었고 눈앞으로 날아든 죽창을 설호검으로 후려쳤다.

텅!

설호검에 맞은 죽창의 기운이 부서지며 형태가 흩어졌다.

이 방송을 고정으로 지켜보던 시청자들은 이젠 흔들리는 화면과 노이즈만 봐도 무슨 일이 벌어졌다는 걸 짐작할 수가 있었다.

다른 카메라들은 모두 왜곡 현상과 노이즈 때문에 거의 영상을 제대로 알아보기가 힘들었지만, 지하실 계단에서 가장 먼 복도 반대쪽에 설치된 카메라는 비교적 제대로 작동을 하고 있었다.

그렇다고 영상이 아주 또렷한 건 아니었다. 이쪽 카메라 역시 어느 정도 간섭 현상이 발생하고 있었기 때문이다. 하지만 적어도 일행의 큰 움직임 정도는 알아볼 수가 있었다.

태수가 현준과 금미란, 강만수을 향해 뭐라고 소리치며 나가라는 듯 손짓하는 모습이 흐릿하게 화면에 잡혔다.

네티즌들은 모처럼 잡힌 영상에 저마다 지금의 상황을 유추하는 글들을 채팅 창에 쏟아 냈다.

-태수 님이 세 명의 도전자들에게 밖으로 나가라고 하는 것 같네요. 손 모양이 나가라는 손짓으로 보입니다.

—뭔가가 나타난 건 확실한 것 같습니다. 근데 저 앞에 뭔가 있는 거임? 영상으로는 하나도 보이질 않네.

—태수 님이 나가라고 하면 빨리 나오지 저 사람들 왜 저렇게 말을 안 듣고 머뭇거리지?

전소민이 화면을 보며 긴장된 목소리로 말했다.

"지금 일행이 서 있는 곳은 지하실 입구예요. 지하실은 당시 구국결사대가 마을 주민들을 잡아서 고문하던 공간인데, 지금 그쪽 카메라들이 전부 강한 자기장에 의한 작동 오류를 일으키는 것으로 봐서 지금 뭔가가 나타난 것 같습니다."

태수는 설호검으로 구국결사대가 던지는 죽창과 귀기의 기운을 막아 내며 아래층으로 내려가고 있었다.

강 신부는 뒤쪽에서 오오라를 쏟아 내며 태수를 엄호했다.

금미란과 강만수가 밖으로 나가지 않고 아래쪽 태수와 강 신부가 악귀들과 싸우는 모습을 지켜보고 있자 현준이 말했다.

"태수 형이 밖으로 나가라고 했잖아요. 어서 나가야 해요, 지금 이곳에서 느껴지는 기운이 보통이 아니에요."

금미란이 무서운 표정으로 현준을 째려보며 말했다.

"네까짓 게 뭘 안다고 훈수질이야, 방송에서 띄워 주니까지가 뭐라도 된 줄 알아. 무서우면 너나 나가. 짜증 나게 이젠 어린애한테까지 참견질을 받아야 하나?"

강만수도 금미란의 편을 들어 말했다.

"그래, 여긴 어른들한테 맡겨 두고 넌 어서 밖으로 나가라."

강만수와 금미란은 밖으로 나가지 않고 계속 이곳에 남아서 카메라에 조금이라도 더 노출이 되는 게 자신들의 이미지에 도움이 된다고 생각했던 것이다.

"지금 그 아래가 문제가 아니라……."

현준의 말에 금미란이 신칼을 휘두르며 악을 써 댔다.

"물러가라, 이놈! 썩 물러가! 하룻강아지가 범 무서운 줄 모른다더니. 어디서 까불어, 까불긴!"

그 기세가 너무 무서워서 현준은 아무런 말도 못한 채 뒤로 물러설 수밖에 없었다.

하지만 현준이 정작 하고 싶었던 얘기는 지금 지하실뿐만 아니라 처음 태수 일행이 들어갔던 첫 번째 방에서도 강한 귀기가 밀려나오고 있다는 사실이었다.

그 얘기를 태수와 강 신부에게도 전해야만 하는데 금미란이 근처에 오지도 못하게 하니 마음만 급해졌다.

현준이 어찌할 바를 몰라서 발을 동동 구르다가 마을 회관 밖으로 달려 나갔다. 밖으로 나오면서 얼핏 보니 첫 번째 방에서 강한 열기와 함께 검은 연기가 뭉치는 현상이 일어나고 있는 게 보였다.

현준이 급하게 밖으로 달려 나오자 대기하고 있던 VJ들이 일제히 현준을 둘러싸고 카메라를 들이댔다.

잠시 당황하던 현준이 이내 카메라를 보고 안쪽의 상황을 전했다.

"태수 형이 나가라고 했는데도 도전자 두 분이 계속 안에 머물고 계세요. 제가 감지한 바로는 지금 1층 첫 번째 방에서 검은 연기 같은 게 뭉쳐서 흘러나오고 있어요. 태수 형하고 강 신부님한테 그 얘기를 전해 줘야 하는데."

현준의 말이 끝나자 채팅방이 두 사람을 비난하는 글들로 뒤집어졌다. 심한 욕설도 난무했고 경찰을 투입해서 당장 끌어내야 한다는 글까지.

아마도 금미란과 강만수가 그 글들을 봤다면 자신들이 얼마나 잘못된 판단을 했는지 알 수가 있을 텐데.

한 피디가 VJ를 통해 현준에게 말했다.

―현준 군, 지금 대기하고 있는 진행요원을 안으로 들여보내서 두 사람을 데리고 나올 테니 현준 군은 장태수 씨와 강 신부님한테 그 사실을 알리도록 하세요.

"네, 알겠습니다."

한 피디가 밖에 대기하고 있던 진행요원들에게 현준과 함께 안으로 진입해서 금미란과 강만수를 데리고 나오라고 지시했다.

더불어 한 피디는 VJ들도 몇 사람 안으로 함께 들어가도록 했다. 방송을 하는 사람으로서 본능에 가까운 지시였다.

"이쪽이요!"

현준이 앞장을 섰고 진행요원들과 VJ들이 우르르 마을 회관 안으로 들어갔다. 마을 회관 안으로 들어가서 모퉁이를 돌던 현준이 탄식과 함께 그 자리에 멈춰 섰다.

첫 번째 방에서 밀려나온 검은 연기 같은 뜨거운 기운이 복도에 자욱했고, 그 너머에서 금미란과 강만수가 몸부림을 치면서 비명을 지르고 있었던 것이다.

마을 회관 안으로 들어간 VJ들의 카메라도 일제히 오류가 발생했고 진행요원들은 다가갈 엄두조차 내지 못한 채 한 피디에게 무전을 날렸다.

"피디님, 여기 뭔지는 모르겠는데 너무 뜨거워서 가까이 다가갈 수가 없습니다. 지금 안쪽에 있는 금미란과 강만수 도전자한테도 뭔가 위급한 상황이 발생한 것 같습니다."

-현순 군 좀 바꿔 줘.

그나마 어느 정도 통신이 가능한 무전기를 현준이 넘겨받아서 현재의 상황을 설명했다.

"지금 복도가 뜨거워요. 진짜 불이 난 건 아닌데 예전에 이곳에서 불이 났을 때 남아 있던 열기가 귀기로 다시 되살아난 것 같아요. 그리고 안쪽에서는 짐승처럼 보이는 악귀가 달라붙어서 두 분 도전자를 물어뜯고 있어요."

한 피디의 입에서 탄식이 흘러나왔다.

—지금 당장 다들 밖으로 철수하시기 바랍니다.

현준이 초조한 심정으로 말했다.

"안 돼요. 그렇게 되면 태수 형과 신부님이 위험할 수가 있어요."

한 피디가 커트로 방송 화면을 다른 화면으로 넘긴 후에 현준에게 말했다.

—그건 지금 네가 걱정할 문제가 아냐. 태수도 만약 이런 사태가 발생하면 그냥 모두 철수시키라고 매뉴얼을 줬으니까 어서 나와. 지금 우리가 할 수 있는 일은 아무것도 없어.

"제가 해 볼게요. 제가 조금이라도 도움이 될 수 있을 것 같아요."

—무슨 소리 하는 거야, 지금? 현준아, 안 돼!

현준은 무전기를 진행요원에게 넘기고 말했다.

"어서 모두 밖으로 나가세요."

VJ와 진행요원들이 밖으로 달려 나가자 현준은 단전에서 내력을 끌어 올려서 양손에 모으고 앞으로 나아갔다. 아까부터 단전 아래에서 지금껏 한 번도 느껴 보지 못한 영기가 꿈틀대는 느낌을 받았던 것이다.

배꼽 아래에 기해혈이란 곳인데, 기운이 모이는 바다라는 뜻을 가진 부위였다.

처음부터 자신이 가지고 있던 영력이었지만 현준은 지금

까지 기해혈에서 그런 기운의 움직임을 한 번도 느껴 보지 못했다.

기해혈에 모여서 잠들어 있던 영력들이 강력한 악귀의 기운을 접하게 되면서 새롭게 눈을 뜬 것이다.

기해혈에서 숨을 쉴 수 없을 정도의 엄청난 영기가 폭발적으로 쏟아져 나와 현준의 전신을 휘감았다.

그리고 낯선 영기와 함께 한 여인의 얼굴이 눈앞에 떠올랐다.

너무나 오래전에 봐서 지금은 기억도 가물거리는 여인의 얼굴. 단아한 분위기지만 절세의 미모를 간직한 여인은 세상에서 가장 따스한 기운으로 현준을 어루만져 주었다.

현준의 입에서 저절로 낯선 단어가 흘러나왔다.

"……엄마……."

여인은 바로 현준의 엄마이자 일본 신궁의 신녀, 이시이 미오였다.

현준이 여덟 살 되던 해에 신병으로 죽은 이시이 미오는 평범한 신녀가 아니었다. 그녀는 신녀들 중에서도 특별한 신의 신내림을 받은 '유타'라고 불리는 신녀였다.

이시이 미오는 신령, 생령, 사령을 불러내는 대단한 영능력을 지닌 신녀로 알려졌지만 그녀가 모시던 신이 '타마모노마에(玉藻前, たまものまえ)'라는 게 문제였다.

타마모노마에는 일본 헤이안 시대, 도바 천황을 섬겼던 백

면금모구미호(白面金毛九尾狐)가 변신한 미녀로 알려져 있다.

극소수의 신녀가 타마모노마에의 신내림을 받게 되는데, 그 신녀는 뛰어난 영능력과 절세의 미모를 얻는 대신 생명줄이 짧아 요절하게 되는 운명을 맞이한다고 알려졌다.

이시이 미오가 현준이 여덟 살이 되던 해에 신병으로 생을 마감한 것도 바로 그런 이유 때문이었다.

그런 이시이 미오가 지금 깨어난 영기와 함께 현준의 눈앞에 현신한 것이다.

현준이 꿈을 꾸는 것처럼 다시 중얼거렸다.

"엄마……."

말없이 온화한 미소를 머금은 이시이 미오가 현준을 이끌었다. 보통 신녀의 영능력은 딸에게만 전수가 된다고 알려져 있지만 신기하게도 현준은 아들인데 엄마의 영능력을 전수받았다.

물론 딸이었다면 훨씬 어린 나이에 자신이 가진 영능력을 스스로 각성했을 테지만.

현준은 자신이 눈물을 흘리고 있다는 사실도 모른 채 양팔을 앞으로 뻗고서 앞으로 나아갔다.

화르르르륵.

현준의 양손에서 황금의 기운이 뿜어져 나왔다.

아직은 그 기운의 정체조차 모르고 그것을 어떻게 사용해야 할지도 모르지만, 그저 기운의 방출만으로도 앞쪽의 검은 연기와 뜨거운 열기가 흩어지고 있었다.

크아아아앙!

금미란과 강만수에게 달려들던 들개를 닮은 수귀(獸鬼)들이 다가오는 현준을 보며 으르렁거렸다.

현준은 만약 혼자였다면 무서워서 다가갈 엄두조차 나지 않았을 테지만 지금은 엄마가 자신을 지켜보고 있다는 생각을 하자 두려움이 사라졌다.

현준이 황금빛 기운이 뿜어져 나오는 손바닥을 이리저리 휘저으며 다가가자 수귀들이 금미란과 강만수한테서 물러나며 으르렁거렸다.

괴성을 지르며 몸부림치던 금미란과 강만수가 비로소 수귀들한테 풀려나서 바닥에 쓰러졌다.

입에 거품을 물고 몸을 사시나무처럼 떠는 와중에도 두 사람은 다가오는 현준을 보고 눈이 휘둥그레졌다. 뭔지 모르지만 후광처럼 현준의 주위에 황금빛 아지랑이 같은 기운이 일렁이고 있었던 것이다.

두 사람이 허겁지겁 기어서 현준의 뒤로 몸을 숨겼다. 두 사람 모두 목덜미에 수귀에게 물린 흔적이 커다랗게 보였다.

금미란이 바닥에서 사시나무처럼 몸을 떨며 중얼거렸다.

"사, 살려 줘…… 제발 이 고통을 멈추게 해 줘…… 으으으……."

일정한 수준 이상으로 귀기에 오염이 되면 극심한 고통을 겪게 되고, 추후에도 큰 후유증을 겪게 된다. 옆에 쓰러져 있는 강만수도 마찬가지였다.

"이, 이봐…… 제발…… 제발 어떻게 좀 해 봐…… 너무 아프다고…… 으흐흐흐흑……."

고통이 심하긴 하지만 죽을 정도는 아니라고 엄마인 이시이 미오가 말하는 소리가 들려왔다.

현준에게 이시이 마오의 현신은 단순한 모자 간의 상봉이 아니었다.

현준이 남자임에도 영능력을 전수받을 수가 있었던 건 신내림을 받는 대신 엄마인 이시이 미오의 영이 현준에게 깃들었기 때문이었다.

다시 말해 현준의 내면에 있는 이시이 미오는 현준의 엄마이자 현준이 앞으로 모시게 될 신과 같은 존재가 되는 셈이었다. 그건 마치 태수와 노인의 관계와도 같았다.

이시이 미오는 현준의 내면에 깃들어 있었기에 금미란과 강만수가 이전에 행한 행동들을 지켜봤을 뿐만 아니라 두 사람의 인성에 대해서도 진즉부터 꿰뚫어 보고 있었다.

이시이 미오는 두 사람을 외면하고 지나가라고 했고 현준은 그 말을 따르며 바닥에서 매달리는 두 사람을 지나쳤다.

이시이 미오가 지하실로 내려가 태수와 강 신부를 돕도록 현준을 이끌었다.

태수와 강 신부는 지하실 복도에 갇혀서 양쪽에서 협공을 당하고 있었다.

언젠가부터 지하실 복도에 화재가 났을 때처럼 유독가스의 냄새를 동반한 검은 연기가 밀려들었다. 검은 연기는 유독가스뿐만 아니라 뜨거운 열기까지 동반하고 있었다.

악귀들이 귀기를 이용해서 과거 화재의 환영을 불러낸 것이다.

일반인이었다면 실제 화재와 똑같이 유독가스에 숨을 쉬지 못하고 쓰러졌을 것이다. 마을 회관을 찾았던 희생자들이 대부분 이 환영에 갇혀서 숨을 쉬지 못하고 희생됐으니까.

하지만 태수와 강 신부는 귀기에 저항할 수 있는 항마의 기운과 기도력을 지니고 있었기에 그런 정도의 환영에는 거의 영향을 받지 않았다.

문제는 검은 연기 안에서 끝없이 밀려드는 악귀들과 수귀들이었다.

죽창을 든 군복 차림의 악귀와 들개의 귀(鬼)인 수귀들이 검은 연기 속에서 튀어나와 두 사람을 에워싸고 쉼 없이 공격을 가했던 것이다.

군복 차림의 악귀들은 저 옛날 구국결사대원들의 영이었고 수귀는 그들이 부리던 들개들의 영이었다.

그들의 영체에는 화상을 입은 흉터가 그대로 남아 있어서 흉측한 모습인 데다 아직도 전신에서 탄내가 진동을 했다.

태수와 강 신부는 서로의 등을 지고 사방에서 밀려드는 악귀들을 상대했다.

하지만 아무리 제령을 하고 소멸을 시켜도 검은 연기 속에서 튀어나오는 구국결사대원들과 수귀들의 영은 끝날 줄을 몰랐다.

강 신부가 검은 연기 속에서 튀어나오는 수귀들을 향해 십자가를 치켜들고 기도력을 쏟아부었다.

"여기 주님의 십자가를 보라! 그리고 너희 원수들의 권세는 물러갈지어다! 주님, 당신의 자비를 저희 위에 내리소서!"

십자가에서 휘황찬란한 오오라 무리가 달려오는 수귀들 위로 쏟아졌다. 기도력을 품은 오오라에 수귀들의 피부가 벗겨졌고 기성과 함께 고통스러운 몸부림을 쳤다.

수귀들의 뒤를 이어서는 구국결사대원들의 원혼이 죽창을 들고 달려왔다.

강 신부가 더욱 강력한 기도력인 성스러운 빛을 소환했다.

"성 미카엘 대천사여, 당신의 빛으로 저희를 비추소서! 당신의 날개로 저희를 보호하소서! 당신의 칼로 저희를 방어하소서!"

성스러운 빛무리가 원 모양으로 세 차례 연속으로 악귀들의 머리 위에 떨어지며 폭사했다. 악귀와 수귀 들의 영체가 갈가리 찢어지며 허공으로 흩어져 사라졌다.

하지만 잠시 숨을 돌리기가 무섭게 검은 연기 속에서는 또 다른 수귀들의 으르렁거림이 들려왔다.

강 신부와 등을 지고 싸우는 태수의 상황도 크게 다르지 않았다.

태수는 화염에 휩싸인 부동명왕의 형상을 소환해서 주술을 시전했다.

"가루라염!"

부동명왕을 휘감고 있던 불길이 거대한 가루라의 날개를 닮은 화염으로 변해 달려드는 악귀와 수귀 들에게 쏟아졌다.

이어서 허공에 부적 수십 장을 띄웠다.

"화멸, 축귀, 금사, 멸귀부!"

"제령!"

태수가 수인을 맺은 후 손짓을 하자 수십 장의 부적들이 검은 연기 속으로 날아가 폭사하며 항마의 기운을 뿌렸다.

검은 안개에서 참혹한 악귀들의 괴성이 들려왔다.

"신부님, 이런 식으로 싸우다가는 정말 끝이 없을 것 같아요."

"그러게. 우리가 뭔가 함정에 빠진 것 같은 생각이 자꾸만 드네."

태수가 아까부터 걱정되던 얘기를 꺼냈다.

"저는 얼마 가지 않아서 귀기가 바닥을 드러낼 것 같아요."

강 신부도 비슷한 처지여서 굳이 말하지 않아도 짐작하고 있었다.

"지금은 우리만의 힘으로 이곳을 퇴마할 수는 없네. 일단은 이곳을 빠져나가야만 할 것 같은데 그조차도 쉽지가 않을 것 같아."

"제가 먼저 앞장서서 눈앞의 검은 연기를 걷어 낼 테니 신부님이 뒤에서 엄호를 해 주세요."

"그렇게 하도록 해 보세."

태수가 강 신부가 있는 쪽으로 방향을 트는 순간 검은 연기 속에서 파공음이 들려왔다.

쇄애액!

"신부님, 피하세요!"

태수의 말이 끝나기가 무섭게 강한 귀기와 함께 흰 빛이 번쩍하고 날아들어 강 신부의 가슴을 강타했다.

"크윽."

강 신부가 몸을 움츠렸고, 가슴에 시퍼런 죽창이 꽂혀 있는 게 보였다.

물론 환영이지만 지금까지 상대하던 환영들하고는 수준이 다른 힘과 속도라서 진짜 죽창으로 물리적인 공격을 받은 것 같은 충격이 가해졌다.

"신부님!"

태수가 강 신부를 부축하려는 순간 이번엔 귀기 두 줄기가 쏜살같이 날아들었다. 이번 귀기도 이전 것들하고는 다른 차원의 것들이었다.

두 줄기의 귀기가 강 신부를 부축하려던 태수의 양손을 휘감았다. 귀기가 직접 달려들어 손을 꼼짝 못 하게 휘감을 줄은 생각지도 못한 일이었다.

양손이 잡히니 수인도 맺을 수가 없고 주술도 사용할 수가 없었다.

"이놈들이!"

두 갈래의 검은 귀기가 얼마나 힘이 센지 아무리 힘을 써도 도무지 풀어 낼 수가 없었다. 귀기들이 서서히 허공에서 뭉치더니 본래 정체를 드러내기 시작했다.

두 갈래의 귀기들이 각각 사람의 형체로 변해 갔다. 그들은 군복을 입고 둘이서 양손으로 각각 태수의 손목을 움켜쥐고 있었다.

얼마나 형체가 또렷한지 진짜 사람이라고 해도 믿을 정도였다.

둘 다 색이 바랜 군복을 입고 있었고 가슴에 달린 명찰에는 박희성과 한민수라고 이름이 적혀 있었다. 마을 이장에게 들은 기억으로 박희성과 한민수는 70여 년 전 구국결사대의 부대장들 이름이었다.

그리고 눈앞 검은 연기 속에서 또 한줄기의 검은 귀기가 허공에서 형태로 뭉쳐지면서 또렷한 사람의 모습으로 변해 갔다.

역시 군복을 입은 구국결사대였고 고현태라는 명찰이 달려있었다. 고현태는 마을 회관 화재 당시 불에 타 죽은 구국결사대의 대장이었다.

마을 주민들에게 가장 악독하고 잔인했던 기억으로 남아 있는 인물.

"으으으"

태수가 아무리 힘을 써도 꼼짝을 할 수가 없었다.

고현태가 또렷한 사람의 목소리로 말했다.

"빨갱이들은…… 죽여야 돼…… 크르르르."

엄청난 귀기가 뿜어져 나오는 이들은 지금까지 상대했던 악귀들하고는 차원이 다른 존재들이었다.

고현태가 들고 있던 죽창을 천천히 치켜들었다.

태수는 최후의 순간을 생각하면서 마지막 필살기를 준비하고 있었다.

부동심결(不動心訣).

불가 계열의 심법으로, 태수가 시전할 수 있는 주술 중에서 가장 최상위의 주술이었다.

부동심결을 발동하면 태수가 지니고 있는 항마의 기운을 몸 밖으로 일순간에 분출하게 되어 모든 환술(幻術)을 부수고 사악한 존재를 몰아낼 수가 있다

하지만 단 한 번의 시전으로 모든 항마의 기운을 소진하기에, 자칫하면 노인의 영혼마저도 소멸되어 추후 다시 주술을

사용하지 못할 수도 있는 위험을 각오해야만 한다.

태수와 생각을 주고받던 노인의 목소리가 들려왔다.

-지금은 달리 방법이 없네. 부동심결을 시전하도록 하게.

태수가 눈앞에서 죽창을 치켜드는 고현태를 바라보며 부동심결의 심법을 마음으로 읊조리는 순간 주위를 에워싸고 있던 검은 환영의 연기가 물러가기 시작했다.

아직 부동심결의 심법이 작용을 하지 않았는데 환영이 물러나고 있었던 것이다.

"……?"

태수는 물론이고 고현태를 비롯한 악귀들도 놀란 듯 주위를 두리번거렸다.

노인이 감탄하듯 말했다.

-이건 차크라의 기운이야.

'예? 차크라요?'

강 신부도 검은 연기가 밀려나오는 복도의 바깥쪽을 응시하며 말했다.

"이건 내가 지금까지 한 번도 경험해 보지 못했던 영적 기운이야."

태수도 파도처럼 출렁이며 밀려오는 낯선 기운에 눈을 휘둥그레 떴다. 기운에서는 세상에 한 번도 선을 보이지 않아 전혀 오염되지 않은 순수한 에너지의 신비한 힘이 느껴졌다.

안개가 걷히면서 기운의 정체가 모습을 드러냈다.

태수는 물론이고 강 신부도 탄성과 함께 벌어진 입을 다물지 못했다. 검은 연기를 헤치고 나타난 사람은 다름 아닌 현준이었다.

현준이 양 손바닥을 앞으로 내밀고 걸어오는데, 그 손바닥에서 나온 황금빛 기운이 후광처럼 뒤에서 출렁이고 있었다.

좀체 놀라지 않는 노인도 꽤나 흥분한 듯 중얼거렸다.

-믿기지가 않는군. 구미(九尾)의 차크라라니!

구미의 차크라.

노인의 말처럼 현준을 중심으로 여우의 꼬리를 닮은 아홉 갈래의 차크라가 황금색 기운을 뿜어내며 춤을 추듯 화려하게 일렁이고 있었다.

노인이 이해가 되지 않는 듯 중얼거렸다.

-차크라의 기운은 주로 일본의 영능력자들이 사용하고, 국내에서는 전수자가 없어서 거의 찾아볼 수가 없는 기운인데 어떻게 저 아이가 저토록 순수한 차크라를 품고 있을까?

차크라의 후광을 입은 현준의 얼굴이 이전과 달리 미소년처럼 아름답게 빛나고 있었다. 구미의 차크라는 남성이든 여성이든 아름다움을 가져다주는 기운이다.

"현준아."

태수의 부름에 현준이 대답했다.

"제가 뭘 어떻게 해야 할지 모르겠어요. 제가 할 수 있는 건 이 정도가 전부인 것 같아요."

“그 정도면 충분해. 아니, 아주 넘칠 정도야.”

태수가 말하면서 몸을 뒤틀었다. 양쪽에서 태수의 손을 움켜쥐고 있던 악귀들의 힘이 차크라의 기운에 눌려서 확연히 줄어들어 있었던 것이다.

손이 자유로워지자 노인의 사념이 꿈틀하고 움직이는 기척이 느껴졌고, 더불어 이번에 사용할 구자인법의 주술이 태수의 머릿속에 떠올랐다.

태수가 구자인법의 주술을 펼치고 현준의 차크라가 뒤에서 후광으로 작용한다면 악귀들을 모두 퇴마할 수 있을 정도의 강력한 힘이 발생해 이곳을 쓸어버릴 것이다.

원래 구자인법은 일본에서 발생해 변형된 도교의 주술이라서 차크라의 기운하고도 궁합이 잘 맞았다.

“현준아, 내 뒤로 와서 네 힘을 집중해 줄래?”

“알겠어요.”

현준이 뒤로 와서 차크라의 힘을 태수에게 전했다. 숨을 쉬기 어려울 정도의 엄청난 기운이 태수의 단전으로 밀려들더니 위로 올라왔다.

태수가 구자인의 수인을 맺기 시작했다.

사악함을 물리치는 파사(破邪)의 법이라고도 불리는 구자인법은 아홉 가지의 손 모양, 즉 무드라라고도 하는 구자인(九字印)의 힘을 이용하여 악을 물리치는 정통밀교의 성불 수련법이다.

구자인법은 수인과 주문, 상념이 하나가 되었을 때 신성한 힘을 지닌 파동이 발생한다.

태수가 수인을 맺고 임(臨)에서 가로로 긋고 병(兵)에서 세로로 투(鬪)에서 다시 가로로 긋는 식으로 수인을 바둑판 모양으로 그은 후에 아홉 글자의 주문을 또박또박 읊었다.

"임! 병! 투! 자! 개! 진! 열! 재! 전!"

주문의 글자는 '병사로서 오신 투사들이여, 모두 진을 짜서 앞으로 가라!'라는 정도의 의미를 지닌다.

구자인법이 시전되는 순간 태수의 수인을 따라 뿜어져 나오던 항마의 기운이 파동으로 변했다. 차크라까지 머금은 눈부신 오색의 기운이 바둑판 모양의 결계로 변하면서 사방으로 뻗어 나갔다.

화아아아악!

태수와 강 신부도 잠시 시력을 잃을 정도의 강력한 에너지가 한순간에 주변을 휩쓸었다. 결계의 간극이 워낙 촘촘해서 악귀들은 빠져나갈 엄두조차 내지 못했다.

차크라를 동반한 구자인의 파동에 주위의 모든 악귀들이 한순간에 소멸했고, 검은 연기의 환영 역시 흔적도 없이 사라졌다.

엄청난 귀기가 온몸으로 흡수되는 느낌이 들더니 허공이 흔들리며 메시지가 떠올랐다.

귀기를 흡수했습니다.

바닥을 드러냈던 영력과 내력이 넘칠 만큼 채워지며 육신에 기운이 차올랐다.

태수가 지친 듯 자리에 주저앉는 강 신부의 등에 손바닥을 대고 귀기를 전했다. 일반인에게도 귀기를 전해 주면 금방 정신과 육신이 기력을 회복된다.

강 신부도 금방 기력을 회복하며 혈색이 돌아왔다.

현준은 자신이 뭘 했는지 알지 못한 채 얼떨떨한 표정으로 물었다.

"이제 방송 끝난 거예요?"

강 신부의 결단

이번 〈흉가탐방〉 방송에서 가장 많은 주목을 받은 사람은 보조 퇴마사에 도전한 세 사람이었다.

금미란과 강만수는 욕을 먹느라 채팅방에 이름이 가장 많이 등장했고, 현준은 호기심을 증폭시키는 새로운 보조 퇴마사로 시청자들의 관심을 한 몸에 받았다.

특히 모든 퇴마를 마치고 마을 회관을 나오는 현준의 모습을 본 시청자들은 놀라움을 금할 수가 없었다. 마을 회관에 들어갈 때의 현준과 나올 때의 현준이 완전히 다른 사람처럼 보였기 때문이다.

분명히 외모나 생김새는 그대로인데 어딘지 모르게 분위기와 느낌이 다른 사람처럼 낯설었다. 그 달라진 외모에서 받은 느낌은 다들 똑같았다.

'너무 예쁘다!'

한마디로 꽃미남이라는 말이 딱 들어맞을 정도로, 현준의 이목구비가 여자처럼 선이 또렷하고 날카로워졌으며 피부는 광이 날 정도로 깨끗하고 화사해졌다.

표정도 이전에는 어딘지 모르게 어두운 그늘이 있었는데 지금은 은은하게 후광이 비치면서 묘한 신비감이 깃들었다.

마을 회관을 나서는 일행에게 VJ들이 몰려들었다.

현준의 얼굴이 화면에 하나 가득 잡히자 채팅 창에는 현준의 외모에 대한 얘기와 호감의 글들이 쏟아졌다.

–무슨 남자애가 저렇게 예쁘지?

–지난 방송하고 얼굴이 어딘지 모르게 달라진 것 같아.

–현준이가 새로운 보조 퇴마사라서 너무 좋아요. 앞으로 태수 님하고 같이 활약하는 모습 볼 수 있을 것 같아서 설레네요.

김영아와 제작진은 정신을 차리지 못하는 금미란과 강만수를 미리 대기하고 있던 구급차에 태워서 병원으로 후송했다.

태수는 지하실에서 있었던 일을 간단히 김영아에게 들려줬다.

얼마 전부터 김영아가 방송 후기에서 영상이 끊어진 부분에 대한 설명을 따로 올려서 시청자들의 이해를 돕는 코너가 새로 생겼기 때문이다.

김영아가 조용한 목소리로 물었다.

"현준의 외모가 이전하고 달라져 보이는 건 어떻게 된 거야? 지금 시청자들도 난리가 났어, 갑자기 잘생겨 보인다고. 어느 정도 설명을 해 줘야 할 것 같아. 혹시 현준이도 너처럼 영능력을 가지고 있는 거야?"

"현준이한테 일정 수준 이상의 영능력이 있는 건 맞아요."

김영아가 놀랍다는 표정으로 현준을 돌아보면서 말했다.

"그렇지? 내가 잘못 본 게 아니지? 각성 같은 걸 하고서 얼굴이 변한 거지?"

태수는 현준의 활약이나 능력에 대해서는 너무 자세하게 쓰지 말아 달라고 당부를 했다.

자신의 경험에 비춰 봤을 때 사람들이 급작스러운 관심으로 현준이 혼란을 겪을 가능성이 다분했기 때문이다.

게다가 현준은 아직 어리고 주변에서 보호해 줄 사람도 없지 않은가.

"앞으로 현준이를 보조 퇴마사로 방송에 출연시키는 문제도 고민을 좀 해 봐야겠어요."

김영아가 무슨 소리냐는 듯 깜짝 놀라며 반문했다.

"왜, 미성년자라서?"

"그것도 그렇지만 현준이는 누나가 생각하는 것보다 훨씬 놀라운 영능력을 가지고 있는 아이예요. 그 능력을 제대로 관리하지 못하면 문제가 생길 수도 있어요."

"야, 그래도 보조 퇴마사로 뽑히면 방송 출연시켜 준다고 했는데……."

"출연을 시키지 않겠다는 게 아니라 고정 출연은 좀 곤란할 것 같다는 거죠. 위험한 상황도 많이 발생하는데 미성년자인 현준을 계속 출연시키는 건 시청자들도 원치 않을 거예요. 시청률도 중요하고 보조 퇴마사도 필요하지만 제일 중요한 건 현준이한테 피해가 가지 않도록 해야 한다는 거죠."

김영아도 무슨 소린지 알겠다는 듯 고개를 끄덕였다.

"하긴 방송에 고정으로 나가면 온갖 기획사들이 접근할 테고, 학교나 주위에서 바라보는 시선도 예전과 완전히 달라질 테니까 현준이가 혼란스러워할 수도 있겠네."

그때 뒤에서 목소리가 들려왔다.

"현준이는 앞으로 나하고 같이 지내기로 했네."

돌아보니 강 신부가 다가오고 있었다.

"신부님, 그게 정말이세요?"

태수의 물음에 강 신부가 대답했다.

"그래. 현준이가 할머니하고 우리 복지관에 와서 함께 지내기로 했어. 그리고 현준이의 방송 출연은 당분간 자제를 했으면 좋겠어. 현준이는 아직 자신의 차크라를 제대로 통제하지도 못하는 애야."

김영아가 눈을 휘둥그레 떴다.

"차, 차크라요?"

태수가 얼른 얼버무렸다.

"그냥 그런 게 있어요. 누나, 저 신부님하고 둘이서 얘기 좀 할게요."

"어? 응, 그렇게 해. 나도 피디님한테 현준이 문제 말씀드려 볼게."

김영아가 가자 강 신부는 현준과 나눴던 얘기를 태수에게도 들려줬다.

현준의 엄마가 일본 신녀 출신이라는 사실과 현준이 여덟 살에 돌아가셨다는 것. 그리고 조금 전에 엄마의 영혼이 자신의 눈앞에 현신했고 그때 처음으로 차크라가 깨어나 각성을 하게 됐다는 얘기까지.

모든 얘기를 들은 태수는 놀라움을 금할 수가 없었다.

현준이 차크라를 지니고 있다는 얘기도 놀라웠지만 엄마가 일본의 신녀 출신이며 오늘 처음으로 자신의 영능력을 각성했다는 게 더더욱 놀라웠다.

"현준이는 그동안 많이 혼란스럽게 살아서 내면이 복잡한 아이야. 나와 복지관에서 같이 지내며 자신이 가진 차크라를 통제하는 법을 익히는 게 도움이 될 거야. 아직 방송은 무리야."

얘기를 듣고 보니 강 신부의 말이 옳다는 생각이 들었다.

이전까지 찜찜하던 마음이 비로소 편안해진 걸 보면 태수도 그 부분이 계속 걸렸던 것이다. 강 신부라면 세상 누구보다 현준을 잘 돌봐 줄 분이다.

태수가 돌아보니 현준은 마치 뭔가에 홀린 아이처럼 멍하니 어둠을 바라보고 있었다. 어쩌면 자신의 내면에 있는 엄마와 대화를 나누고 있는지도 몰랐다.

"참, 현준이한테 영혼 친구가 있어요. 상호라고, 그 친구가 억울한 일이 있다고 했는데……."

"그 얘기도 들었네. 학교 문제인데 간단히 해결할 수 있는 문제는 아니더군. 어차피 우리가 세상 모든 영혼의 하소연을 들어 주고 해결해 줄 수는 없는 일 아닌가. 그 하나의 문제를 해결한다고 다른 수많은 문제들이 사라지는 것도 아니고. 어떻게 보면 자기만족이지."

태수도 공감하며 고개를 끄덕였다.

"그 친구 문제는 일단 나하고 현준이가 최대한 좋은 방향으로 고민을 해서 해결을 해 볼 생각이네. 대신 영능력으로 풀지 않고 최대한 현실적인 방법을 동원해서 해결되도록 노력을 해 볼 거야. 그런 과정을 통해서 현준이가 영능력을 함부로 써서는 안 된다는 걸 느끼게 해 주고 싶네."

태수는 강 신부의 사려 깊은 생각에 저절로 고개가 끄덕여졌고 감동을 받았다.

"그나저나 보조 퇴마사가 없으면 앞으로 어떡하나? 새로 뽑는 건가?"

태수가 고개를 저었다.

"아뇨, 이번에 해 보니까 진짜 영능력 가진 사람을 찾기가 너무 어려운 것 같아요. 제작진하고 상의를 해 봐야겠지만 차라리 길 도사님을 다시 부를까 봐요. 구관이 명관이라고, 지금 생각해 보면 길 도사님만 한 사람도 없는 것 같아요."

강 신부도 웃으면서 고개를 끄덕였다.

"그래, 잘 생각했네. 내 생각에도 그게 나을 것 같아. 그 사람 허풍이 좀 세고 덜렁거리긴 하지만 인성 자체가 나쁜 사람은 아니야. 최소한의 영능력도 있으니까 보조 퇴마사로는 그만 아닌가?"

태수가 혼자 앉아 있는 현준을 돌아보고는 옆으로 다가가서 앉으며 물었다.

"넌 방송에 출연하지 않아도 괜찮겠니?"

현준이 배시시 웃으며 말했다.

"출연은 하고 싶은데 신부님 얘기를 듣는 게 좋을 것 같아요."

"내 생각도 그래. 방송 출연은 네가 원할 때 언제든 할 수가 있어."

태수가 친형 같은 따스한 눈빛으로 현준을 바라보며 말했다.

"혹시라도 힘든 일이 있으면 전화해. 알았지?"

현준이 수줍은 미소를 지으며 들릴 듯 말 듯한 소리로 대답했다.

"……네."

태수는 새로 이사한 집으로 돌아오자마자 쉴 틈도 없이 창호와 옥상 비치 의자에 마주앉아 이번 주 진행할 스케줄에 대해 상의했다.

좌우로 도심과 한강의 멋진 야경이 내려다보였지만 제대로 감상을 할 시간조차 없었다.

창호가 서류 가방에서 두툼한 서류 파일을 건네주며 말했다.

"〈오늘도 연애〉 7, 8화 대본하고 오늘 나온 OST 가사야."

"어? OST 가사 벌써 나왔어요?"

지난번에 들어 본 멜로디가 너무 마음에 들어서 내내 머릿속을 맴돌았는데 가사가 나왔다니 어서 불러 보고 싶었다.

태수가 반갑게 종이를 펴서 가사를 봤다.

제목은 '이번 생에 다시 만나서'였고 가사는 강혁과 옥현웅주의 이루지 못한 안타까운 사랑을 절절하게 표현한 내용이었다.

당신을 처음 본 순간 운명이라 생각했어요. 이생이 아니라면

다음 생에서…… 우린 꼭 다시 만나야 하는데, 다시 사랑해야 하는데 ……중략…… 이제 우린 어떡하나요…… 모든 게 내 잘못 같아요 ……중략…… 내 앞에 있는 당신을 부를 수가 없네요~ 그 사람이 나라고 말할 수가 없네요~

태수는 저도 모르게 멜로디에 가사를 붙여서 노래를 흥얼거리고 있었다.

멜로디만 들어도 애잔했는데 가사를 붙이니 고음으로 갈수록 점점 더 감정이 고양되며 저도 모르게 울렁거리는 슬픔이 느껴졌다.

듣고 있던 창호가 코를 실룩거리며 말했다.

"와, 드라마 중간에 OST 나오면 진짜 눈물 나겠다. 모르긴 해도 이 노래 꽤 히트할 것 같은데? 양정애 작가 고민되겠어. 웹툰 결말처럼 비극으로 갔다가는 시청자들 난리 날 것 같아."

태수도 고개를 끄덕였다.

"그러게요. 비극이면 저도 많이 아쉽고 후유증이 많이 남을 것 같아요."

"OST는 따로 연습할 시간 없으니까 시간 나는 대로 틈틈이 가사 외우고 연습해. 이번 주에 프로듀서 만나서 연습해보고 바로 녹음 들어갈 거니까."

"그렇게 빨리요?"

"네가 가수 할 것도 아니고 이벤트성으로 이번 한 번만 OST에 참여하는 거라서 시간을 많이 낼 수가 없어. 그리고 얼른 녹음해서 드라마 종영 전에 틀어야지. 이번 주에 스케줄도 많이 빡빡하고."

창호 말대로 이번 주에는 드라마 촬영에 대학생영화제 시상식에도 참여해야만 한다.

지난 금요일에 대학생영화제 결과 발표가 나왔고, 드림대학의 출품작인 〈수상한 아파트〉가 압도적인 점수로 작품상인 대상을 수상했다는 소식을 학교를 통해 전해 들었다.

사실 〈수상한 아파트〉의 수상 결과는 발표만 나지 않았지 진즉부터 결과가 예측이 됐다.

이유는 최종 본선 경쟁 부분에 오른 참가작들을 영화제 홈페이지에 올려서 일반 관객들이 영화를 감상하고 투표하는 절차가 있는데, 〈수상한 아파트〉의 점수가 워낙 압도적이었던 것이다.

영화제 최종 본선 경쟁 부문에 오른 작품은 15작품인데 〈수상한 아파트〉가 받은 관객점수는 5점 만점에 4.7점으로 그야말로 역대급 평점이었다.

2위 영화가 2.9점인 데다 역대 영화제 최고 점수가 3.6점이었던 걸 감안하면 〈수상한 아파트〉가 얼마나 대단한 점수를 받았는지 알 수가 있다.

영화제는 관객들의 점수와 심사위원들의 점수를 50%씩

반영해서 대상을 선정하는 방식이었기에 〈수상한 아파트〉의 작품상 수상은 진즉 결정이 됐다고 해도 과언이 아니었다.

지난 6년 동안 영화제 작품상을 항상 한강대학교에서 휩쓸었기에 이번에 신생 대학인 드림대학의 작품상 수상은 최대의 이변으로 받아들여졌다.

게다가 작품상을 받은 〈수상한 아파트〉의 감독이 장태수라는 사실이 알려지면서 전국대학생영화제 시상식에 대한 언론의 관심도 예년과 비교할 수 없을 정도로 높아졌다.

이제 영화제의 최대 관심사는 〈수상한 아파트〉가 심사위원 점수를 합친 최종 점수를 몇 점을 받을지, 작품상 외에 나머지 부문에서 몇 개의 상을 휩쓸지 그리고 과연 장태수가 시상식에 직접 참여할지의 여부였다.

심사위원들의 최종 점수는 영화제 당일 시상식장에서 발표를 하는 게 전통적인 관례였고, 대부분 시상식에서 작품상의 수상은 해당 대학의 관계자가 받기 때문에 감독상에 대한 확신이 없으면 감독들이 참여하지 않는 경우가 많았다.

태수는 당연히 참석하겠다고 영화제 측에 통보를 했다.

비록 역대급 관객 점수를 받지 못했다면 〈수상한 아파트〉의 수상을 확신할 수 없었을 것이다. 영화제를 주최하는 곳이 한강대학교인 데다 심사위원 다섯 명 중에 두 명이 한강대학교 사람이었으니까.

주최 측 관계자로 한강대학교 문창과의 한정호 교수가 참여했고 전년도 작품상 수상자도 참여를 하는데, 지난 6년 동안 한강대학교에서 작품상을 받았기 때문에 당연히 한강대학교 출신이 두 명이 되는 셈이었다.

영화제에 참석하게 되면 심사위원인 한정호 교수와 대면을 하게 될 텐데, 오랜만에 만나게 되는 한정호 교수가 자신을 보고 어떤 표정을 지을지, 또한 태수에게 몇 점의 평점을 줬을지 무척 궁금했다.

물론 심사위원 개인의 점수는 따로 공개되지 않지만 태수는 얼마든지 알 수 있는 방법이 있으니까.

창호가 자리에서 일어나며 말했다.

"그럼 난 먼저 갈 테니까 푹 쉬어. 내일 아침 일찍 촬영해야 하니까."

"그냥 여기서 자고 가요, 형."

창호가 웃으면서 말했다.

"한번 자기 시작하면 맨날 자야 해. 나도 퇴근해서 자유시간을 가져야지."

그러고 보니 창호는 자신과 함께 있는 시간이 일하는 시간이라는 걸 깜빡했다.

물론 창호가 그렇게 생각하는 건 아니겠지만 연예인과 소속사 대표 겸 매니저가 너무 붙어 다니는 것도 불편할 수 있을 것 같았다.

집이 너무 넓어서 창호가 가고 나니 괜히 마음이 휑해졌다.

"허전한 마음도 달랠 겸 운동이나 해야겠네."

태수는 웃통을 벗고 트레이닝 바지만 입은 채 옥상으로 나가 운동을 시작했다.

창호한테 부탁해서 옥상에 운동기구들을 들여놓은 덕분에 마음만 먹으면 언제든 도심과 한강의 야경을 내려다보며 피트니스 클럽처럼 운동을 할 수가 있었다.

오늘 그런 전쟁을 치르고도 전혀 피곤한 줄 모르는 건 엄청난 귀기를 흡수한 덕분이었다. 규칙적으로 기구를 들어 올리고 내리는 태수의 역삼각형 몸매가 달빛에 비춰져서 은은하게 빛이 났다.

처음엔 단순히 몸을 관리하기 위해 시작한 운동이지만 어느 순간부터 운동이 귀기와 감정을 통제하는 데 큰 도움이 된다는 걸 알게 됐다.

남들에겐 단순한 근육운동도 태수에겐 다른 여러 가지 효과를 가져왔다.

태수는 이제 스물넷이라서 그야말로 혈기가 왕성한 나이였다. 자칫하면 감정과 욕망을 통제하지 못해서 충동적으로 행동할 수가 있다.

물론 지금도 태수의 내면에 자리 잡은 노인이라는 존재가 태수의 젊은 혈기와 욕망을 억누르는 데 큰 역할을 하고 있지만 그것만으로는 부족했다.

태수는 근육운동을 끝마친 후 축기와 운기를 행하는 운기심공 같은 특별한 행공법을 수련하기 시작했다.

귀기를 통제하면 감정과 욕망을 통제할 수 있고, 그렇게 되면 같은 주술이라도 위력이 더욱 커질 수가 있다.

또한 앞으로 몸속에 더 많은 귀기를 품기 위해서는 그것을 담을 그릇을 더 크게 만들어야만 한다.

1시간 정도 운동을 마친 후 태수는 샤워를 한 후 냉장고에서 캔 맥주와 육포를 집어 들고 옥상으로 나갔다. 옥상에 놓인 비치 의자에 몸을 누이고는 야경을 내려다보며 시원한 캔 맥주를 들이켰다.

그러자 연상 작용처럼 송현주의 얼굴이 떠올랐다. 넓고 텅 빈 집에 홀로 있는 젊은 청춘에게 외로움이 밀려오는 건 너무도 당연한 일이었다.

태수가 망설이다가 송현주에게 카톡을 보냈다.

뭐 해?

드라마 촬영

태수는 이런 늦은 시간에 송현주에게 카톡을 보내는 자신이 조금은 낯설었다. 태수의 카톡에 송현주가 기다렸다는 듯 곧바로 답장을 보내왔다.

현주 : 와, 오빠가 촬영 끝나고 카톡을 다 보내고. 무슨 일 있어요?

태수 :아니, 그냥 심심해서.

하긴 이런 시간에 아무런 일도 없이 송현주에게 카톡을 보낸 기억이 없었다.

혹시 어디 다치지 않았죠? 오늘 방송 너무 위험해 보였어요.

송현주도 방송을 본 모양이었다.

태수 : 난 괜찮아. 넌 오늘 뭐 했어?

현주 : 오늘은 촬영 없어서 하루 종일 집에서 뒹굴거렸어요, 오빠 노래 들으면서.

이런 야심한 시각에 송현주와 이런 일상적인 대화를 주고받는 것도 기분이 묘한데, 하루 종일 자신의 노래를 들었다는 송현주의 카톡을 보니 괜히 마음이 싱숭생숭했다.

태수 : OST 곡하고 가사 나왔어.

현주 : 정말요? 어떡해, 너무 듣고 싶다. 혹시…… 지금 오빠한테 가면 들려줄 수 있어요?

그렇잖아도 송현주가 보고 싶은데 정곡을 찔리자 마음이 걷잡을 수 없이 흔들렸다.

태수는 지금 오라는 문자를 카톡으로 보내려다 간신히 다시 지웠다. 아마도 운기심공을 행하지 않았다면 욕망을 이기지 못하고 분명히 카톡을 보냈을 것이다.

그렇게 카톡을 보내서 송현주가 이곳으로 왔다면 이후엔

무슨 일이 벌어질지 장담하기가 어려웠다. 요즘 마음속에서 송현주가 자꾸만 여자로 보이기 시작했으니까.

'위험해.'

태수가 고개를 흔들고는 카톡을 보냈다.

태수 : 아직 가사도 다 못 외웠어.

현주 : 가사 없어도 돼요. 오빠가 불러 주는 OST 너무 들어 보고 싶어요.

송현주의 간절한 표정이 눈앞에 어른거렸다.

전화로 들려줄게.

살짝 실망한 듯 잠시 뜸을 들인 후에 카톡이 왔다.

현주 : 그럼 영상통화 해요.

태수 : 알았어.

태수가 영상통화를 걸자 송현주가 나왔다. 조금 전에 세수를 했는지 말끔하게 화장을 지운 생얼이었는데 잡티가 하나도 없이 매끄러운 얼굴이었다.

송현주가 말했다.

–영상통화 하니까 좋다.

태수는 조금 쑥스러운 기분이 들어서 얼른 화제를 돌렸다.

“그럼 시작한다?”

휴대폰 화면 속 송현주가 촉촉한 눈빛으로 태수를 바라보며 고개를 끄덕였다.

태수는 가사를 보며 노래를 흥얼거리기 시작했고, 점점 절정부로 올라가면서 사이다 같은 고음으로 가슴을 뻥 뚫리게 만들었다.

노래를 모두 들은 송현주가 감동한 듯 한동안 말없이 가만히 태수를 바라봤다.

태수가 조심스럽게 물었다.

“왜, 별로야?”

송현주가 고개를 흔들고는 말했다.

–아뇨, 너무 좋아서요. 나 지금 울지 않으려고 얼마나 애쓰고 있는 줄 알아요?

“가사가 좀 슬프지? 드라마 내용하고 잘 어울려서 더더욱.”

송현주가 고개를 끄덕이고는 물었다.

–오빠는 그런 사랑 해 보고 싶지 않아요?

“음…… 해 보고 싶긴 한데 솔직히 좀 무서워.”

송현주가 피식 웃으며 말했다.

–맨날 혼자 용감한 척하면서 겁쟁이 같아요. 용기를 내 봐요.

"뭐?"

-노래 들려줘서 고마워요. 잘 자요.

송현주의 마지막 인사는 왠지 울컥하는 느낌이 들었다. 송현주가 마치 눈물을 보이지 않으려고 서둘러 전화를 끊는 사람처럼 통화를 끊었다.

태수는 마지막에 송현주가 말한 용기를 내 보라는 말과 울컥한 목소리를 곰곰이 곱씹으며 맥주를 마셨다.

'아마도 그 말은 자신에게 대시해 보라는 소린가? 아닌가?'

태수는 머리를 털어 낸 후 옆 테이블 위에 놓여 있던 〈오늘도 연애〉 7, 8화의 대본을 집어 들었다.

머리가 복잡할 땐 뭔가에 집중하는 게 제일이다.

오늘은 잠을 자지 않고 대본 분석을 하면서 밤을 꼬박 새울 작정이었다. 오늘처럼 귀기가 충만한 날은 며칠 밤을 새워도 전혀 피곤하지가 않기 때문이다.

지난주 〈오늘도 연애〉 6화의 실시간 시청률이 마의 벽이라는 30%를 넘어섰다.

6화에서 순간 최고 시청률을 찍은 장면은 본부장 유한성의 차에서 이초희가 그의 정체를 의심하는 장면이었다. 시청자들은 강혁이 과연 자신의 정체를 밝힐지 숨을 죽이고 기다렸지만 강혁은 이초희를 차에서 내리게 한 후 택시를 잡아줬다.

하지만 이초희는 그런 강혁의 호의를 뿌리치고 혼자 도로를 걸어가고, 그런 그녀에게 죽음의 사신이 달라붙었다.

6화의 마지막 장면은 죽음의 사신을 본 강혁이 이초희를 향해 달려드는 자동차로부터 그녀를 구하는 장면에서 끝이 났다.

시청자들은 마침내 다음 화에서는 강혁이 이초희에게 자신의 정체를 밝히게 될 것이라는 기대감을 키웠다. 사실 태수도 같은 마음으로 다음 화가 어떻게 전개될지 궁금해하며 대본을 펼쳤다.

태수가 촬영장에 도착하자마자 김찬이 기다렸다는 듯 다가와서 장난스럽게 말을 걸었다. 태수도 지난번 생일 파티 이후로 김찬이 한결 편안하게 느껴지긴 했다.

김찬이 다가와 태수의 어깨를 끌어안자 박보윤이 인상을 쓰며 소리쳤다.

"찬이 너 뭐 하냐? 둘이 지금 이상해."

김찬은 그런 박보윤의 말에 신경도 쓰지 않은 채 다짜고짜 물었다.

"너 나한테 뭐 해 줄래?"

"해 주다니?"

"와, 얘 봐, 그냥 입 닦겠대. 보윤아, 태수 너무한 거 아니냐? 나 덕분에 너 인기 완전 올라갔잖아. 가수인 날 제치고

OST까지 부르기로 했다며?"

태수가 대답을 못 하고 머뭇거리자 박보윤이 얼른 다가와서 편을 들었다.

"자기가 태수 불러서 곤란하게 해 놓고선."

"어쨌든 결과가 엄청 좋았잖아."

"하여간 억지는. 태수야, 신경 쓰지 마. 그리고 찬이가 괴롭히면 나한테 얘기해, 재 잡을 수 있는 사람은 나밖에 없으니까."

김찬이 어이가 없다는 듯 허탈하게 말했다.

"그러게. 난 왜 보윤이한테는 꼼짝을 못 할까?"

이전부터 느끼고 있던 사실이지만 오늘은 확실히 알았다. 김찬이 박보윤을 바라볼 때 상당한 호감의 감정이 느껴진다는 걸. 그 말은 곧 김찬이 박보윤을 좋아한다는 얘기다.

태수가 그런 생각을 하며 피식 웃자 김찬이 수상쩍은 표정으로 째려봤다. 처음에 봤을 때는 슈퍼스타라는 선입견 때문인지 재수가 좀 없었는데 시간이 지날수록 꾸밈이 없어서 정이 가는 캐릭터였다.

예전에는 촬영장에 오면 늘 아웃사이더 같은 느낌이 들었다. 근데 김찬 덕분인지 오늘은 이곳이 보금자리처럼 편안하게 느껴졌다.

오늘은 강혁이 차에 치일 뻔한 이초희를 구한 이후의 연결씬으로 촬영을 시작했다.

도로 위에 쓰러진 강혁과 이초희.

강혁이 아래쪽에 누워서 이초희를 끌어안고 있는 묘한 자세로 촬영을 시작해야만 했다. 강혁이 혹시라도 이초희가 다칠까 봐 자신이 바닥으로 먼저 떨어졌기 때문이다.

연기라고는 하지만 태수가 아래에 있고 박보윤이 태수의 위에 누워서 안겨 있는 다소 민망한 자세를 연출해야 하는 상황.

태수가 먼저 바닥에 눕고 그 위로 겹치듯 박보윤이 누웠다. 지켜보던 김찬이 얼굴이 붉으락푸르락해져서 말했다.

"야, 넌 남자 배 위에 어떻게 그렇게 쉽게 안기냐?"

태수는 김찬의 애타는 마음이 읽히는 것 같아서 웃음이 나왔다.

박보윤이 인상을 쓰며 말했다.

"감독님, 쟤 좀 격리시켜 줘요. 연기에 집중을 못 하겠어요."

김 피디가 멀리 가 있으라고 주의를 주자 김찬이 이제부터 아무 말도 하지 않겠다고 사정을 하더니 끝까지 남아서 꾸역꾸역 촬영을 지켜봤다.

"레디…… 액션!"

촬영이 시작되자 강혁의 위로 넘어져 있던 이초희가 화들짝 놀라며 일어난다. 강혁도 일어나서 이초희에게 묻는다.

"괜찮으십니까?"

이초희가 그런 강혁을 혼란스럽게 바라보다가 묻는다.

"당신은 유한성 본부장이 아니에요. 대체 누구예요? 혹시…… 다중 인격 그런 거예요?"

이초희의 질문에 대답하지 않고 돌아서는 강혁.

이초희가 이번에야말로 그냥 물러서지 않겠다는 듯 강혁의 앞을 가로막고 계속해서 다그친다.

"누구냐고요? 누군데 자꾸만 내 인생에 끼어들어서 혼란스럽게 하냐고요!"

태수의 눈빛 연기가 필요한 지점이다. 아마도 OST 녹음을 마치면 바로 지금 같은 장면에서 애절한 음악이 흘러나올 것이다.

태수는 OST의 멜로디와 가사를 떠올리며 이러지도 저러지도 못하는 강혁의 안타까운 심정을 흔들리는 눈빛으로 표현했다.

'내 앞에 있는 당신을 부를 수가 없네요~ 그 사람이 나라고 말할 수가 없네요~.'

어떠한 말도 하지 못한 채 눈빛으로만 말하는 태수의 연기에 박보윤의 두 눈에도 덩달아 물기가 맺혔다. 원래 대본에는 없는 애드리브였지만 김 피디는 연기를 끊지 않았다.

물론 옆에서 그 모습을 지켜보는 김찬은 질투하는 애인처럼 약이 올라서 죽을 것 같은 표정이었다. 박보윤이 연기인지 실제인지 모를 만큼 몰입이 되어 대사를 했다.

"누군지…… 말해요. 우리…… 어디선가 만난 적이 있죠?"

"……."

"당신의 진짜 모습이 어떻게 생겼는지 모르지만 눈빛을 보니까 알겠어요. 내 안 어딘가에 당신의 눈빛을 기억하고 있는 또 다른 내가 있다는 걸."

강혁이 떨리는 입술로 천천히 입을 연다.

"난……."

강혁이 대답하려는 순간 오토바이를 타고 나타난 누군가가 쇠파이프로 강혁의 머리를 강타한다. 쇠파이프를 맞고 쓰러지는 강혁과 경악하는 이초희.

이어서 도착한 정체불명의 봉고 차가 이초희를 차에 태워서 납치를 한다.

쇠파이프로 강혁, 즉 유한성의 머리를 강타했던 사내가 오토바이에서 내리는데, 보면 드라마 첫 장면에서 유한성을 테러하려던 킬러 황진성이다.

황진성이 주머니에 있던 칼을 뽑아 들고 머리에 피를 흘리며 쓰러져 있는 강혁을 찌르려는 순간 경찰차가 달려오는 모습이 보인다.

황진성이 아쉬운 듯 보다가 오토바이를 타고 현장을 떠난다.

쓰러진 강혁의 눈빛이 파르르 떨리다가 정신을 잃는다.

"컷! 오케이!"

이후 장면은 병실에 누워 있는 유한성이 미친 듯이 고함을 지르며 난리를 치는 장면이다. 잠깐 정신만 잃었다 하면 어딘가 부서져서 입원을 하고 있으니 미칠 노릇이다.

유한성은 자신의 병을 고치라고 의료진에게 난리를 치고.

그런 와중에 황진성이 병원에 누워 붕대를 칭칭 감은 유한성에게 전화를 걸어 이초희를 구하고 싶으면 약속 장소로 나오라고 협박을 한다.

강혁에서 유한성으로 돌아온 김찬은 그 여자랑 자기랑 무슨 상관이냐며 코웃음을 친다. 바로 그 순간 유한성이 현기증을 느끼고 강혁이 육신을 차지하며 전화를 받는다.

강혁은 황진성과 만날 약속을 정한 후 휴대폰에 유한성에게 남기는 동영상을 촬영한다.

"안녕? 좀 놀랍겠지만 난 네 안에 있는 또 다른 인격이다. 다중 인격 같은 건 아니지만 비슷한 거야. 앞으로 난 네 육신을 자주 빌릴 거야. 네가 원하든 원하지 않든 난 언제든 네 육신을 빌릴 수가 있어. 그러니까 부탁하자. 기획실의 이초희 씨한테 함부로 대하지 마라. 아니, 이초희 씨한테 잘해 줘라. 만약 네가 이초희 씨한테 계속 잘해 주고 돌봐준다면 난 더 이상 네 육체를 빌리지 않아도 된다. 하지만 그 반대라면 난 너보다 더 많이 네 육체를 소유할 거다. 잘 기억해라."

강혁으로부터 육신을 돌려받은 유한성.

테이블 위의 휴대폰 동영상을 보라는 메모를 보고 강혁이 남긴 동영상을 본다. 처음엔 부정하다가 최근 자신에게 일어난 일을 돌아보고는 미친 듯이 울부짖는다.

악을 쓰고 울부짖는 김찬의 연기는 타의 추종을 불허했다.

차분하게 이성이 돌아온 유한성이 이번에는 강혁에게 동영상을 남긴다. 그런 식으로 둘은 대화를 주고받기 시작한다.

결국 둘은 타협을 한다. 유한성이 이초희에게 잘 대해 주는 대신 강혁이 더 이상 자신의 육신을 빼앗지 않는 걸로. 또한 피치 못할 사정으로 육신을 빼앗더라도 다치지 않게 곱게 돌려주겠다는 약속도 한다. 물론 절대적인 약속은 아니고 '가능하면'이라는 전제가 붙은 약속이다.

그렇게 강혁과 유한성이 서로의 존재에 대해 인정을 한다.

이어서 강혁이 황진성을 만나서 펼쳐지는 액션 씬의 촬영이 있었다.

강혁이 약속 장소인 경기도 인근의 창고로 찾아가면 이초희가 잡혀 있다. 강혁은 이초희가 보는 앞에서 조직 폭력배 20여 명과 대결을 펼치게 된다.

태수의 액션 씬에 대해서는 이미 정두연 무술감독조차 인정을 했기에, 꽤나 난이도 있는 동작도 대역을 쓰지 않고 직접 연기하기로 했다.

황진성을 사주해서 이초희를 잡아오게 한 사람은 바로 유

한성의 아버지 유일성 회장에게 원한을 품은 조직 폭력배 서일파 두목 김억이다.

그는 예전 유일성 회장의 밑에서 개처럼 일했지만 유 회장에게 배신을 당하고 버려졌다.

그 복수를 하기 위해 유일성의 외아들 유한성을 죽이려는 것이다.

예전부터 드라마에서 액션 연기로 자주 얼굴을 내밀었던 중견 배우 정택수가 김억의 역할을 맡았다.

슛 사인이 떨어지자 김억이 강혁의 앞으로 나서며 대사를 했다.

"날 원망하지 말고 네 아버지를 원망해라."

김억이 뒤로 빠지면 조폭들이 야구방망이며 사시미 칼을 들고 강혁을 에워싼다. 합을 맞춘 연기라는 걸 알면서도 창고 안에는 살벌한 긴장감이 감돌았다.

실제로 이런 다수와의 액션 씬에서 사고와 부상이 많이 발생한다.

그런 와중에도 잡혀 있는 이초희를 바라보는 왕실 근위대장 강혁의 눈빛은 많은 감정을 담고 있었다. 난이도 높은 액션 씬을 앞에 두고도 태수는 눈빛 연기를 놓치지 않았던 것이다.

마침내 액션이 시작됐다.

야구방망이와 사시미 칼이 쉭쉭거리며 허공을 갈랐다.

태수의 눈빛 연기 덕분에 똑같은 액션이라도 태수의 액션에는 느낌이 있었다. 주먹을 내지르고 피할 때도 그 동작 하나하나에서 이초희에 대한 연민과 조폭들에 대한 분노가 전해졌다.

문제는 아무리 강혁이라도 조폭들 20여 명을 혼자 상대하기엔 역부족이라는 것.

한 대, 두 대 얻어맞기 시작하면서 강혁은 점점 위태로운 지경으로 내몰린다.

그때 언제 나타났는지 창고 구석에 공기가 흔들리더니 누군가가 나타나 조폭들을 때려눕히기 시작한다. 분명 창고 문을 잠가 놓았기에 들어올 수가 없는데.

검은 도포를 입고 긴 머리를 휘날리는 백휘는 마치 조선시대 무사와 같은 느낌이 들었다. 백휘는 검집에서 검을 뽑지도 않고 조폭들을 쓰러트린다.

쓰러져 있던 강혁도 백휘와 합심해서 조폭들을 쓰러트리고 놀란 김억은 황진성과 창고를 빠져나가서 도망친다.

마침내 나머지 조폭들도 모두 도망치면서 창고를 빠져나가면 온몸이 상처투성이인 강혁이 이초희의 앞으로 다가가 손을 내민다.

이초희가 피로 얼룩진 강혁의 손을 잡고 일어난다.

이초희가 강혁을 뚫어지게 보다가 살포시 가슴에 안긴다. 보나 마나 본방에서는 슬로우 장면으로 처리가 될 것이다.

이초희가 강혁의 가슴에 안긴 채 대사를 했다.

"당신이 누구든 이젠 상관없어요."

흔들리는 강혁의 눈빛.

그리고 떨리는 한 손을 들어 이초희의 머리를 감싸 안으며 눈을 감는다.

그 모습을 지켜보던 백휘가 스르르 사라지면서 카메라가 멀어지고 이번 주 촬영이 끝났다.

"컷, 오케이!"

분신사바의 저주 (1)

QBS 〈영혼을 찾아서〉 게시판에는 자신이 겪은 신비한 초자연적인 현상에 대한 제보나 귀신 현상으로 고통받는 사람들이 제보를 하는 게시판이 있다.

방송국에서는 그런 제보들을 살펴보다가 적당한 내용이 있으면 취재를 한 후에 태수와 상의해서 〈영혼탐성〉 코너의 소재로 채택한다.

근데 방송이 인기를 얻으면서, 방송 소재로는 적합하지 않지만 귀신 현상으로 고통받는 사람들의 도와달라는 사연이 게시판에서 점점 늘어나고 있었다.

하지만 아무리 도움이 필요한 사연이라도 제작진 입장에서는 방송용으로 적합하지 않으면 채택하기가 어렵다.

그런 제보들을 태수에게 알려 줘서 일일이 퇴마를 부탁할 수도 없는 노릇이고.

태수 역시 도와달라는 모든 사람들을 도와주다 보면 자신의 일은 아예 할 수가 없다. 세상의 모든 짐을 혼자 짊어질 수는 없는 노릇이니까.

게다가 태수는 퇴마사이기 전에 스타라는 특별한 존재여서 가볍게 움직이는 것도 쉽지가 않다.

근데 이번 제보는 그냥 무시하기엔 사연이 너무나 심각했다.

사연의 제목은 '분신사바의 저주에 걸렸어요. 도와주세요.'였다.

김영아는 사연을 읽는 동안 너무 무서워서 끝까지 읽는 게 힘들 정도였다.

사연을 보낸 사람은 여고 2학년인 이선영이라는 여학생이었다.

내용은 이랬다.

여고 2학년 선영과 효인은 중학교 동창이다.

효인은 학교 일진인 영미의 남자친구 경호와 몰래 사귀는데 노래방을 갔다가 영미 친구들에게 들키게 된다. 이후 자신의 남친과 놀아났다는 이유로 영미와 그 패거리들의 집요한 괴롭힘이 시작됐다.

쉬는 시간 의자에 앉아 있는 효인의 교복 상의 속으로 거미를 집어넣는다거나 방과 후 미술실로 불러서 머리카락을 매일 1센티미터씩 자른다거나.

머리카락을 1센티씩 자르면 균형이 맞지 않아서 효인은 매일 미용실에 가서 커트를 해야만 했다.

그런 식으로 보름이 지났을 때 효인의 머리카락은 단발보다 더 짧아져 있었다.

그럼에도 불구하고 효인은 보복이 두려워서 누구에게도 도움을 요청할 수가 없었다.

그러던 어느 날 효인은 결국 중학교 절친인 선영에게 도움을 청했다.

선영은 원래부터 남들보다 영적인 감각이 뛰어났을 뿐만 아니라 어릴 때부터 오컬트에 관심이 많아 각종 주술과 저주에 대한 지식이 많았다.

"난 영미 때문에 무섭고 고통스러워서 더 이상 못살겠어. 영미한테 저주를 걸 수 있는 주술 같은 거 없을까?"

선영이 잠시 생각에 잠겨 있다가 입을 열었다.

"혹시 분신사바라는 놀이에 대해 들어 봤니?"

"분신사바? 종이 위에 볼펜을 올려놓고 귀신을 부르는 놀이?"

"맞아. 영화로도 나왔고 소설도 있어."

"그거 그냥 애들이 장난하는 놀이 아냐?"

"분신사바 주문은 네가 생각하는 것보다 훨씬 오래된 주문이고 효과도 있어. 다만 지금 사람들이 알고 있는 분신사바 놀이는 정확한 게 아냐."

"그럼?"

"분신사바 놀이를 할 때 가장 중요한 게 뭔지 알아? 바로 귀신을 부르는 볼펜이야."

"볼펜?"

"응."

선영은 분신사바에서 볼펜이 왜 중요한지 설명해 줬다. 아무리 주술의 방법을 알고 그대로 행해도 일반인은 귀신을 부를 수가 없다.

왜냐하면 영능력이나 신기가 없기 때문이다.

귀신은 영능력이나 신기가 있는 사람이나 최소한 자신처럼 영감이 발달한 사람만 소환할 수가 있다. 물론 그것조차도 귀신을 부를 수 있는 확률은 대단히 낮지만.

근데 일반인이 귀신을 부를 수 있는 방법이 있다. 영능력자나 신기가 있는 사람이 귀신을 소환할 때 사용했던 도구가 있으면 가능하다.

그 이유는 그런 도구에는 이미 영이 한번 깃들었기 때문에 귀기라는 게 남아 있다. 귀기는 마치 자석의 자력처럼 영적인 존재를 끌어당기는 힘이 있다.

소환되어 누군가를 저주했던 악귀는 주문과 함께 똑같은

도구로 부르면 일반인이라도 자신의 귀기 냄새를 맡고 금방 다시 찾아온다. 저주를 하면 할수록 악귀는 귀기를 쌓아서 점점 더 강해지기 때문이다.

선영의 설명을 들은 효인의 눈이 보석처럼 빛나기 시작했다.

"그럼 그 볼펜을 어떻게 구해?"

"내가 가입한 오컬트 동호회가 있는데, 예전에 귀신을 소환했던 볼펜을 가지고 있다는 회원의 게시물을 본 기억이 있어."

"정말? 근데 그 사람이 순순히 볼펜을 줄까?"

선영이 고개를 끄덕이고는 말했다.

"아마 줄 거야."

"돈 같은 것도 바라지 않고?"

"응."

그리고 며칠 후 효인은 선영과 함께 귀신을 소환했던 볼펜을 가지고 있다는 사람을 만나러 나갔다.

볼펜의 주인은 여름인데도 후드 모자를 머리끝까지 뒤집어쓴 20대 여자였다.

여자는 어두운 그늘 속에서 음산한 눈빛으로 두 사람을 노려보다가 가방에서 빨간 종이에 싸인 물건을 앞으로 내밀었다.

선영이 빨간 포장지를 풀자 안에서 문방구에서 흔하게 파는 빨간색 모나미 볼펜이 나왔다.

여자가 음산한 소리로 말했다.

"만약 장난이거나 거짓말이면 대가를 치르게 될 거야. 그리고 꼭 저주에 성공해야 해."

"그게 무슨 소리예요?"

효인이 묻자 여자가 대답했다.

"볼펜을 줬는데 저주에 실패하면 내가 끔찍한 악몽에 시달려야 하니까. 지난번에 어떤 멍청한 놈한테 볼펜을 줬는데 나중에 알고 보니 장난을 친 거였어. 난 덕분에 거의 한 달 동안 죽을 것처럼 무서운 악몽에 시달려야 했지."

"그럼 그 장난친 사람은 아무런 벌도 받지 않아요?"

후드 속 여자의 입꼬리가 스윽 올라갔다.

"그럴 리가 있겠니? 그놈은 밤에 길을 걷다가 뚜껑이 열려 있는 맨홀에 빠져서 척추가 부러졌어. 그놈은 지금도 병원에 누워 있는데 평생 장애를 안고 살아야 할 거야."

섬뜩한 얘기였다.

여자가 선영과 효인의 앞으로 얼굴을 들이밀며 속삭이듯 말했다.

"너희도 장난을 치는 거라면 볼펜의 저주가 내린다는 거 명심하는 게 좋을 거야. 참고로 이 볼펜에 깃든 원혼은 보라색 원피스를 입은 20대 여자야."

효인이 흠칫하며 물었다.

"언니는 그 원혼을 본 적 있어요?"

"처음 주문으로 부를 때 그 여자를 봤어, 물론 용기가 없어서 얼굴은 보지 못했지만. 다리만 봤는데 물에 빠져 죽었는지 원피스가 젖어 있더라고. 그리고 원혼이 떠난 자리에 물이 흥건하게 고여 있었어. 아, 그리고 한 가지!"

선영과 효인이 숨을 죽였다.

"만약 저주에 성공한 후에 볼펜을 가지고 있으면 주위의 사람들이 자꾸만 다치거나 죽어. 왜냐하면 볼펜을 가진 사람이 누군가를 미워하면 자동으로 저주가 내리거든."

선영이 물었다.

"그게 꼭 볼펜 때문이라고 단정할 수는 없잖아요."

여자가 고개를 흔들었다.

"확실해, 저주 때문이야. 사고를 당한 사람들 모두 공통점이 있었어. 다들 사고를 당하기 직전에 보라색 원피스를 입은 그 여자를 봤다고 했어."

효인이 섭에 실려서 물었다.

"그럼 어떡해요? 볼펜을 그냥 버리면 안 되나요?"

여자가 고개를 저었다.

"아무리 버려도 금방 다시 돌아올 뿐만 아니라 그 벌로 끔찍한 악몽을 꾸게 돼. 볼펜을 떠나보내는 유일한 방법은 지금 나처럼 저주를 바라는 누군가에게 주고 그 사람이 저주에 성공하는 거야. 그러니까 그런 일을 감당할 자신이 없으면 처음부터 시작을 하지 마."

선영이 돌아봤고 효인이 말했다.

"괜찮으니까 주세요. 전 영미 그 미친년 때문에 죽을 생각까지 했는데 뭐가 두렵겠어요?"

"죽는 게 오히려 나을 수도 있을걸."

그때까지만 해도 두 사람은 여자의 말을 이해하지 못했다.

여자가 볼펜을 건네면서 고개를 갸웃했다.

"나운여고에 다닌다고 했지?"

"네. 왜요?"

"우연치고는 정말 신기하네. 나한테 볼펜을 준 그 아이도 나운여고에 다닌다고 했거든."

선영과 효인은 여자에게 볼펜을 받은 그날 밤 자정이 가까운 시각에 몰래 학교를 찾아가서 담을 넘었다.

쨍그랑!

돌멩이로 유리창을 깬 후에 숨을 죽였지만 다행히 나오는 사람은 아무도 없었다.

둘은 깨진 유리창을 타 넘고 들어가서 영미의 교실인 2학년 3반을 찾아갔다.

여자가 말하기를 저주를 걸려면 반드시 그 저주받을 사람이 머물렀던 장소에서 주문을 걸어야 한다고 했기 때문이다.

컴컴한 어둠이 내려앉은 복도. 낮에 아이들이 시끄럽게 뛰놀던 학교의 모습하고는 사뭇 다른 풍경이 눈앞에 펼쳐졌다. 두 사람의 발자국 소리가 공명하며 어두운 복도에 묘한 울림을 만들어 냈다.

드르르륵.

2학년 3반의 교실 문을 열었다. 수많은 빈 책상들 위로 흐릿한 달빛이 드리워져 있었다. 둘은 영미의 책상을 찾아서 자리에 앉았다.

"여기가 맞지?"

"응. 내가 여기 표시해 뒀잖아."

선영이 오늘 점심시간에 교실에 들어와서 영미의 책상 귀퉁이에 빨간 동그라미를 그려 넣었던 것이다.

"준비물 꺼내 봐."

효인이 가방에서 누런 노트와 여자에게 받은 빨간색 볼펜을 꺼냈다. 선영이 노트를 펼치자 그 안에 김영미의 이름이 붉은 글씨로 적혀 있었다.

선영이 말했다.

"이제 볼펜을 잡아."

효인이 머뭇거리자 선영이 말했다.

"지금이라도 겁나면 그만둬도 돼. 아직 늦지 않았어."

효인이 단호하게 고개를 흔들었다.

"아냐, 저주를 걸 거야. 반드시 걸어야만 해. 그 미친년하고는 더 이상 같은 세상에 살 수가 없어."

선영이 말했다.

"나중에 혹시라도 이 주술 내가 알려 줬다고 원망하면 안 돼."

"당연하지, 절대 그럴 일 없을 거야."

"좋아, 그럼 시작해."

효인이 볼펜을 손으로 감아쥐고는 눈을 감은 후 영미가 자신에게 했던 일들을 생각하며 증오심을 떠올렸다. 볼펜을 쥐고 있는 효인의 손이 분노로 파르르 떨렸다.

"그만 눈을 뜨고 볼펜을 노트 위에 올려."

효인이 눈을 뜨고는 오른손으로 볼펜의 중간 부분을 잡고 노트 위로 손을 올렸다. 그런 효인의 손을 선영이 마주 잡았다.

"고마워, 선영아. 이렇게 같이 있어 줘서."

"괜찮아. 나도 영미한테 당한 게 많은 사람이니까. 자, 이제부터 영을 부르는 의식을 시작할 거야. 우리 둘이 분신사바 주문을 함께 외울 텐데, 그 전에 먼저 주문의 뜻을 알려 줄게. 뜻을 알고 주문을 외우면 효과가 크다고 했어."

선영이 분신사바 주문에 대해 간단히 설명했다.

분신사바의 주문은 원래 인도에서 유래된 강령술인데 일본으로 건너가면서 주문이 변형되었다고 한다.

주문은 여러 버전이 있는데 가장 많이 사용되는 버전은 이렇다.

'분신사바 분신사바 오잇데 쿠다사이.'

분신사바는 '분신님이시여'라는 뜻이고 오잇데 쿠다사이는 '어서 오십시오'라는 의미로, 합치면 '분신님이여, 내게로 오세요.' 정도의 의미가 된다. 근데 원래 주문은 분신사바가 아니라 분신사마인데 발음이 잘못 전해졌다는 설도 있다.

어쨌든 현재 가장 많이 사용되는 주문은 분신사바 분신사바 오잇데 쿠다사이.

여자가 귀신을 부를 때 사용했던 주문 역시 바로 그 주문이었기에 똑같은 주문을 읊으면 된다.

"알았지?"

효인이 살짝 겁먹은 표정으로 고개를 끄덕였다.

"주문은 눈을 감은 다음에 둘이 동시에 외우는 거야."

둘이 볼펜을 마주 잡고 동시에 주문을 외우기 시작했다.

"분신사바 분신사바 오잇데 쿠다사이."

"분신사바 분신사바 오잇데 쿠다사이."

"분신사바 분신사바 오잇데 쿠다사이."

두 사람의 목소리가 어둠의 적막을 깨트리며 고요한 교실로 번져 나갔다.

둘은 주문을 세 번 외우고 숨을 죽였다.

효인이 떨리는 목소리로 조심스럽게 물었다.

“오셨나요?”

“…….”

“오셨나요?

“…….”

“오셨…….”

선영이 눈을 감은 채 낮게 속삭였다.

“왔어.”

효인의 입에서 침음이 흘러나왔다.

어디선가 서늘한 한기가 밀려왔고, 선영과 효인이 쥐고 있는 볼펜이 천천히 허공으로 떠올랐다가 다시 아래로 내려오더니 노트 위에서 멈췄다.

효인이 겁먹은 목소리로 말했다.

“방금 그거 네가 그런 거 아니지?”

“물론이지.”

선영이 살짝 실눈을 뜨고 바닥을 바라봤다. 원혼은 주문에 의해 소환될 때 귀기가 가장 커지기 때문에 자신의 모습을 드러낼 수가 있다.

여자가 말했던 것처럼 표백제를 뿌린 것 같은 하얀 맨발에 긴 보라색 원피스를 입은 여자가 바로 옆에 서있었다. 여자의 원피스는 물에 젖은 듯 다리에 착 감겨서 달라붙어 있었다.

선영은 너무 무서워서 고개를 들고 여자의 얼굴을 쳐다볼 용기가 나지 않았다.

효인이 눈을 감은 채 물었다.

"오셨나요?"

볼펜이 천천히 움직이더니 노트 위에 삐뚤거리는 동그라미를 그렸다.

효인이 한겨울에 추위를 느낄 때처럼 바들바들 떨면서 물었다.

"분신님이시여, 제가 저주를 내리고 싶은 사람이 있습니다. 제 소원을 들어주시겠습니까?"

볼펜이 움직이더니 삐뚤거리며 동그라미를 그렸다.

"그 아이에게 저주를…… 내려 주시겠습니까?"

볼펜이 움직이더니 삐뚤거리며 동그라미를 그렸다.

효인이 떨리는 목소리로 또박또박 말했다.

"분신님이시여, 제가 저주를 내릴 아이의 이름을 노트에 적었습니다. 그 아이에게 저주를 내려 주세요."

볼펜이 스윽 움직이더니 노트 위에 적힌 김영미의 이름을 북북 선을 그으면서 지우기 시작했다. 너무 힘을 줘서 긋는 바람에 노트가 완전히 찢어졌지만 볼펜은 멈추지 않았다.

볼펜이 노트 아래 책상 위를 북북 그었다.

끼기기기긱.

끼기기기긱.

볼펜으로 책상을 긋자 날카로운 소음이 고막을 소름 끼치게 자극했다.

효인이 말했다.

"어떡해? 멈출 수가 없어."

선영도 겁먹은 목소리로 말했다.

"나도 마찬가지야. 볼펜에서 손을 뗄 수도 없고 멈출 수도 없어."

그때 갑자기 볼펜이 딱 멈췄고 볼펜에 깃들어 있던 힘이 스르르 빠져나가는 기분을 느꼈다. 둘은 한숨을 토해 냈고 눈을 뜨고 주위를 두리번거렸다.

효인이 말했다.

"여기 바닥에 물이……."

효인의 말처럼 아까 원혼이 서 있던 그 자리에 물이 흥건하게 고여 있었다. 둘은 짐을 챙겨서 서둘러 교실을 빠져나왔다.

다음 날 아침 일찍 학교에 등교하던 한 여학생이 찢어지는 비명을 질렀다.

김영미가 학교 건물 입구에 눈을 부릅뜬 채 죽어 있었던 것이다.

나중에 김영미 엄마한테 들은 얘기로는 그날따라 김영미가 넋이 나간 멍한 표정으로 학교에 일찍 가야 한다며 새벽같이 집을 나섰다는 것이다.

그렇게 학교에 등교한 김영미는 바닥에 가방을 내려놓은

후 옥상으로 올라가서 곧바로 투신을 했다고 한다.

김영미가 투신해서 죽은 후 효인은 무섭기도 했지만 기쁨이 훨씬 컸다. 이 세상에 김영미가 없다는 사실만으로도 너무 좋아서 표정을 관리하기가 어려울 지경이었다.

그런 효인을 본 김영미의 친구 강미정과 박지혜가 시비를 걸었다.

"좋냐? 영미 죽어서 좋냐고!"

"아냐, 그래서 그런 거 아냐."

"아니긴 뭐가 아냐? 당연히 좋겠지, 네 얼굴에 그렇게 써 있구먼. 근데 우린 네가 그렇게 좋아하는 꼴을 못 보겠어."

김영미가 없어지니 이번엔 강미정과 박지혜가 효인을 괴롭혔다.

'둘 다 죽어 버렸으면 좋겠어.'

효인은 둘을 노려보며 그런 생각을 했다. 그리고 며칠 후 강미정은 식당에서 고기를 구워 먹다가 부탄가스통이 폭발해서 얼굴을 알아볼 수 없을 정도로 심각한 부상을 당했고, 박지혜는 밤에 길을 걷다가 묻지마 폭행을 당해 간신히 목숨만 구해서 병원에 입원했다.

둘을 문병 갔던 친구들 말에 의하면 둘 다 사고가 나기 직전에 보라색 원피스를 입은 이상한 여자를 봤다는 말을 했다고 한다.

이후 효인의 주위에 있던 사람들이 하나둘 사고를 당했고 한 사람은 목숨을 잃기까지 했다. 심지어는 효인의 아빠도 성적이 안 나왔다고 효인을 혼낸 다음 날 교통사고로 다리가 부러졌다고 했다. 물론 효인의 아빠도 사고 직전에 보라색 원피스를 입은 이상한 여자를 봤다고 했다.

그렇게 주위 사람들이 사고를 당하고 죽어 나가자 효인도 점점 이상하게 변해 갔다. 아예 학교는 무단결석이고 볼펜을 줬던 그 여자처럼 얼굴을 가린 채 방 밖으로 잘 나오지도 않았다.

학교에 누가 퍼뜨렸는지 효인을 화나게 하면 저주가 내린다는 소문이 돌기 시작했고, 심지어는 효인의 엄마도 효인을 보면 왠지 모르게 무서운 생각이 들어서 말도 잘 걸지 않는다고 했다.

처음 효인은 세상 사람들이 점점 자신을 무서워하는 상황이 좋았지만 시간이 흐를수록 기분이 이상했다. 아무도 자신의 곁에 오려고 하지 않았고 저주가 반복되면서 보라색 원피스를 입은 여자가 계속 자신의 주위를 맴도는 것 같은 기분을 느꼈던 것이다.

그런 기분을 느끼게 되면 괜히 겁이 나고 이유 없이 분노가 치밀어서 또 다른 누구를 미워하고, 그 사람은 사고를 당하는 일이 반복됐다.

나중에는 한 번도 본 적이 없는 길에서 마주친 사람한테도 저주를 내렸다.

한번은 효인이 후드 모자를 뒤집어쓰고 버스를 탔는데 70대 정도로 보이는 노인이 혀를 차며 말했다.

"쯧쯧, 이런 더운 날에 저런 모자를 왜 쓰고 다녀. 보기 싫게."

순간 효인은 노인을 노려보면서 죽어 버렸으면 좋겠다고 생각했다. 그러자 노인이 넋이 나간 사람처럼 팔을 들어 허공을 가리키고는 중얼거렸다.

"귀, 귀신이야."

노인이 왜 여자를 보자마자 귀신이 보인다고 했는지는 모르지만 다음 순간 버스가 급정거를 했고, 손잡이조차 잡지 않고 있던 노인은 그대로 꼬꾸라져서 목이 부러졌다.

효인은 그런 사건이 생길 때마다 선영에게 보고하는 것처럼 카톡으로 내용을 보냈다.

선영은 그런 카톡을 받을 때마다 효인이 자신에게 '너도 공범이야.'라고 말하는 것 같아서 영 기분이 좋지 않았다. 효인이 점점 무서워지기도 했고.

덕분에 최근에는 효인에게 거의 연락도 하지 않고 의도적으로 멀리하려는 마음이 강했다. 근데 며칠 전에 효인에게 카톡이 왔다.

요즘 왜 나한테 연락 안 해?

카톡을 보는데 괜히 가슴이 철렁하고 내려앉는 기분이 들었다.

미안, 요즘 내가 좀 바쁜 일이 있어서 그랬어. 그 일이 해결될 때까지 당분간은 연락이 좀 어려울 것 같아.

선영이 불안했던 건 그렇게 카톡을 보냈는데 효인에게서 아무런 답이 없었다는 것이다.

선영은 다시 카톡을 보낼까 하다가 그만뒀다. 제발 효인이 자신을 잊어 줬으면 좋겠다는 생각을 하면서.

선영은 엄마한테 다른 학교로 전학을 가고 싶다고 조르기 시작했다. 엄마는 무슨 일이냐고 꼬치꼬치 물었지만 사실대로 말할 수가 없었다.

그리고 그저께 밤늦은 시각 독서실에서 공부를 마치고 나오는데 익숙한 목소리가 그녀를 불러 세웠다.

"선영아."

효인이었다.

근데 목소리를 돋는 순간 온몸에 소름이 돋으면서 머리카락이 쭈뼛하고 일어서는 것 같았다.

선영은 영적인 감각이 상당히 발달한 편이었기에 곁에 귀신이 있으면 누구보다 빨리 알아차린다. 귀신은 귀기라는 기운을 뿜어내기 때문이다.

근데 방금 목소리에서 그 귀기가 느껴졌던 것이다.

선영이 마른침을 삼키며 천천히 돌아섰다.

건물 구석진 어둠 속에 누군가 서 있는 모습이 보였다. 얼굴이 정확하게 보이진 않았지만 효인이라는 걸 금방 알아차릴 수가 있었다.

효인이는 일전에 볼펜을 건네줬던 그 여자처럼 후드 모자를 머리끝까지 뒤집어쓰고 있어서 얼굴이나 표정이 전혀 보이지가 않았다.

하지만 선영을 두렵게 만든 건 효인이의 그런 옷차림이 아니었다. 바로 효인이 뒤쪽에 바싹 붙어서 서 있는 흐릿한 형체 때문이었다.

그 형체는 보라색 원피스를 입고 있었고 유난히 하얀 맨발이 어둠 속에서도 뽀얀 빛을 발하고 있었다.

선영은 최대한 겁먹은 티를 내지 않으려고 애쓰면서 물었다.

"거, 거기 효인이니?"

"응, 나야."

"이쪽으로 나와, 왜 그렇게 어두운 곳에 서 있어."

"나 요즘 빛이 싫어, 그래서 방 안에서도 하루 종일 불을 끄고 지내. 그러니까 네가 이쪽으로 왔으면 좋겠어."

선영은 심장이 쿵쿵거렸지만 싫다고 하면 이상하게 생각할까 봐 어쩔 수 없이 효인에게 다가갔다.

후드 모자의 어두운 그늘 속에서 번뜩이는 효인의 두 눈이 선영을 노려보며 말했다.

"선영아."

"응, 말해."

"나 있잖아."

"응."

"요즘 네가 자꾸 미워지려고 해."

"……!"

선영은 하마터면 비명을 지를 뻔했다. 그리고 저도 모르게 효인의 뒤에 서 있는 붉은 원피스를 입은 원혼을 바라봤다.

그저 흐릿한 형체만 보였지만 여자가 긴 생머리를 하고 있고 고개를 푹 숙였지만, 눈을 치켜뜨고 자신을 보고 있다는 걸 온몸으로 느낄 수가 있었다.

선영은 주먹을 움켜쥐며 속으로 생각했다.

'침착해야 해.'

효인이 다시 말했다.

"난 미워하지 않으려고 하는데 자꾸만 예전에 네가 나한테 잘못했던 일들만 생각이 나. 그리고 요즘 네가 연락이 없으니까 날 멀리하려는 것 같은 생각도 들고."

"……."

"선영아, 어떡하지?"

"효, 효인아. 내가 왜 널 멀리해? 우린 분신사바도 같이

했잖아."

그러자 효인이 기다렸다는 듯 말했다.

"그렇지? 너도 같이 한 거지? 나 혼자 한 게 아니지? 근데 왜…… 나한테만 자꾸 그 여자가 보이는 거야?"

"그, 그 여자라니?"

효인이 스윽 선영의 앞으로 다가오자 뒤에 달라붙어 있던 보라색 원피스를 입은 원혼의 얼굴도 똑같이 스윽 선영의 눈앞으로 다가왔다.

"……!"

선영과 불과 10센티미터 정도 떨어진 거리에 두 개의 얼굴이 쌍둥이처럼 다가와 있었다. 효인의 얼굴과 원혼의 얼굴.

소름이 끼치는 건 선영에게 효인의 얼굴은 보이지 않고 원혼의 얼굴만 시야에 하나 가득 들어온다는 사실이었다.

얼굴을 가린 원혼의 머리카락은 물에 젖어 축축했고 그 머리카락 안에서 번들거리는 원혼의 동공이 선영을 쏘아보고 있었다.

선영은 너무 무서워서 숨조차 제대로 내쉴 수가 없었다.

효인은 자신의 바로 뒤쪽에 원혼이 달라붙어 있다는 사실을 모르는지 목소리를 죽여서 선영에게 속삭였다.

"그 여자 있잖아, 우리가 분신사바로 불러낸 원혼. 물에 젖은 보라색 원피스를 입고 있는 그 여자 원혼 말이야."

"……!"

당연한 말이지만 원혼도 효인의 얘기를 모두 듣고 있었다.

"근데 너한테는 그 여자 원혼이 안 나타났지?"

선영이 입술을 깨물며 간신히 대답했다.

"응. 나, 나한테는 안 나타났어."

효인이 한숨을 내쉬었다.

"휴우, 다행이다. 난 내가 널 미워해서 혹시라도 그 여자 원혼이 너한테 보이면 어떡하나 걱정했거든. 그럼 너도 사고를 당한다는 얘기잖아."

"……!"

"선영아, 우리 절친 맞지?"

선영이 간신히 고개를 끄덕이며 대답했다.

"응. 맞아,"

갑자기 효인이 선영의 목을 와락 끌어안으며 속삭였다.

"그럴 줄 알았어. 고마워, 선영아."

물론 선영을 끌어안은 건 효인만이 아니었다. 축축하면서 서늘한 원피스의 감촉도 함께 느껴졌으니까.

효인이 손을 흔들고 돌아간 후 선영의 눈에서 참고 있던 눈물이 주르륵 흘러내렸고 그제야 온몸이 걷잡을 수 없이 떨려왔다.

선영은 이제 효인을 그대로 계속 놔두면 점점 더 큰 일이 생길 것 같고 자신도 신변의 위협을 느껴 더 이상은 가만있을 수가 없었다.

누구한테든 도움을 청해야만 하는데 세상에서 딱 한 사람을 제외하면 그녀를 도울 수 있는 사람은 없다는 생각이 들었다.

선영은 QBS 방송국 게시판에 들어가서 글을 올리고는 자신의 사연이 채택되기를 간절하게 기도했다.

강 신부의 권유로 현준은 할머니와 함께 희망복지원으로 거처를 옮겼고 학교도 전학을 했다.

할머니는 복지원 아이들을 친자식처럼 대하면서 돌봐 줬고, 현준도 형과 동생이 잔뜩 생겨서 더 이상 외로움을 느끼지 않았다.

희망복지원은 다른 복지원과 마찬가지로 주로 부모가 없거나 버려진 원아들을 돌보는 곳이지만 다른 복지원들하고는 분위기부터 확연히 달랐다.

대부분의 복지원 아이들이 어딘지 모르게 어둡고 태도가 경직되어 있는데 반해 희망복지원 아이들은 표정도 밝았고 심성도 다들 착했다.

희망복지원은 강 신부가 14년 전 설립했을 때만 해도 시설도 열악하고 후원금도 적었지만, 지금은 강형진 신부의 진심에 공감한 많은 후원자들의 적극적인 기부와 봉사로 고아원이라는 생각이 들지 않을 정도로 시설도 좋아졌고 아이들도 행복한 일상을 보냈다.

강 신부의 꿈은 지금의 희망복지원을 발판으로 고아들뿐만 아니라 뜻을 같이하는 모든 사람들이 함께 모여 사는 행복 공동체를 만드는 것이었고, 여러 시민 단체들이 그런 강 신부를 돕고 있었다.

현준은 학교가 끝난 후에는 강 신부의 권유로 복지원 뒷산에서 차크라를 운용하는 수련을 하며 시간을 보냈다.

처음에 현준은 차크라의 기운을 어떻게 끄집어내야 할지 어떻게 자신이 원하는 대로 운용해야 할지 전혀 감을 잡지 못했다.

엄마인 이시이 미오도 현준이 각성하던 순간만 모습을 드러냈고 이후로는 한 번도 나타나지 않았다.

물론 현준은 엄마의 영혼이 자신과 늘 함께하고 있다는 느낌을 받고 있었다.

현준은 복지원 뒷산에 널따란 바위 위에 가부좌를 틀고 앉아 산의 정기를 들이마시며 호흡법을 익혔다.

호흡법은 딱히 누가 가르쳐 주지 않아도 몸속 곳곳에 흐르는 차크라의 기운을 따라가다 보면 자연스럽게 운기조식과 같은 호흡법을 따라 하게 되는 것이다.

그렇게 시작된 수련은 하루가 다르게 발전했고 오늘은 마침내 차크라의 기운을 육신의 외부로 끄집어내는 데 성공했다.

현준은 이미 목촌리 마을 회관에서 자신의 차크라를 외부로 끄집어냈지만 그것은 자신도 모르는 사이 엄마의 도움으로 행한 일이었기에 여전히 혼자 힘으로는 차크라를 움직일 수가 없었던 것이다.

비록 많은 차크라는 아니지만 육신에서 아지랑이처럼 이글거리는 차크라의 기운이 뿜어지자 주변 바닥에 흩어져 있던 나뭇잎들이 바람에 흔들리는 것처럼 들썩이는 모습이 보였다.

현준이 자리에서 일어났다.

차크라는 정신적인 에너지와 육체적인 동작이 어우러져야만 제대로 된 힘을 발휘할 수가 있다.

현준은 자신의 주변으로 흐르는 차크라의 기운이 흐르는 대로 손과 발의 동작을 따라 하기 시작했다. 언뜻 보면 우리나라의 전통 무술인 택견 같기도 했고 소림사의 무술 동작 같기도 했다.

차크라의 흐름과 현준의 동작이 일치하면서 몸에서 발산되는 기운의 농도도 점점 짙어졌다.

처음엔 현준이 차크라의 기운을 따라서 움직였는데 어느새 차크라가 현준의 손끝, 발끝을 따라 움직이고 있었다.

그 신비하면서도 황홀한 느낌을 어떻게 표현할 수가 있을까.

오른손을 뻗어서 바닥에 놓여 있는 작은 돌멩이를 가리키며 정신을 집중하자 차크라가 뻗어 나가 돌멩이를 감싸는 게 보였다.

현준의 손끝과 돌멩이를 차크라가 이어 주고 있었던 것이다. 물론 남들에겐 그런 차크라의 기운이 보이지 않겠지만.

현준이 팔을 휙 들어 올리는 순간 돌멩이가 허공으로 튀어 올랐다.

툭.

허공으로 튀어 올랐던 돌멩이가 바닥에 툭 떨어지자 현준은 흥분을 감출 수가 없었다.

"생각보다 발전하는 속도가 빠르구나."

돌아보니 언제 왔는지 강 신부가 뒷짐을 진 채 현준을 지켜보고 있었다.

현준은 얼른 강 신부에게 인사를 했다. 비록 종교적으로 전혀 다른 영역의 속해 있는 두 사람이지만 강 신부는 그런 걸 전혀 신경 쓰지 않았다.

강 신부는 멀지 않은 미래에 사탄의 무리들이 세상을 침범하는 순간이 온다고 믿고 있었기에 태수나 현준 같은 영능력자가 좀 더 많이 나와서 대비를 해야 한다고 생각하고 있었다.

희망복지원에서 사람들의 공동체를 만들려는 것도 바로 그런 이유 때문이었다.

"태수가 널 찾고 있다."

순간 현준의 표정이 밝아졌다.

"왜요?"

"아마 악귀를 퇴마할 모양이야. 실전을 통해서 경험도 쌓고, 퇴마를 하는 사람이 어떤 마음가짐을 가져야 하는지도 고민할 수 있는 좋은 기회가 될 테니 다녀오너라."

태수는 김영아에게 선영의 사연에 대한 연락을 받았다. 태수는 예정되어 있던 인터뷰를 취소하고 곧장 파인미디어 사무실로 달려갔다.

김영아는 한달음에 달려온 태수를 보고 방송도 아닌데 굳이 무리해서 나설 필요는 없다고 했지만 그건 몰라서 하는 소리다.

태수의 안에 있는 노인은 세상을 어지럽히는 악귀들을 퇴치하는 칠성문의 퇴마사였고, 태수는 그 노인의 영능력을 전수받았으니 당연히 그런 위험을 막아야 하는 책무가 있는 것이다.

얘기만 들어 봐도 이미 많은 사람들이 죽거나 다쳤을 정도로 위급한 심령현상인데, 그런 악귀를 방치했다가는 더 큰 사건과 사고가 발생할 수도 있었다.

태수는 파인미디어로 가는 길에 강 신부에게 연락해서 현준을 보내 줄 수 있는지도 문의를 했다.

물론 태수 혼자서 얼마든지 처리할 수가 있을 테지만 기회가 닿는 대로 현준에게도 퇴마의 경험을 전해 주고 싶었던 것이다.

현준에게는 옆에서 지켜보는 것만으로도 큰 경험이 될 수가 있었다.

파인미디어에 도착했을 때는 사연을 보낸 김선영이 이미 사무실에 와 있었다.

파인미디어 사무실에 와서도 두려움에 부들부들 몸을 떨고 있던 선영은 사무실로 들어서는 태수를 보더니 비로소 긴장이 풀어지는 듯 참고 있던 눈물을 쏟아 냈다.

세상에서 자신을 지켜 줄 수 있는 유일한 사람이자 평소 너무도 좋아했던 스타를 만났기 때문이었다.

사무실에 들어서는 태수를 보자마자 구세주라도 만난 듯 좋아한 사람은 선영 말고 또 한 사람 있었다.

김영아가 호들갑스럽게 말했다.

"태수야, 네가 와서 너무 좋아. 나 조금 전까지 얼마나 무서웠는데."

"작가님이 왜요?"

"선영이하고 같이 있는데, 얘가 계속 보라색 원피스를 입은 악귀가 나타날 것 같다면서 나한테 얼마나 겁을 주는지 미치는 줄 알았다고."

선영이 기어들어 가는 목소리로 말했다.

"죄송해요, 언니. 근데 저도 어쩔 수가 없었어요, 정말 금방이라도 그 원혼이 나타날 것 같았거든요. 물론 지금도 불안한 건 마찬가지지만."

그때 권 피디가 문을 세게 닫으며 사무실로 들어서자 김영아와 선영이 동시에 비명을 질렀다.

김영아가 권 피디를 향해 소리를 빽 질렀다.

"피디님! 문 좀 살살 닫고 다녀요. 간 떨어질 뻔했잖아요."

김영아의 기세에 권 피디가 어이가 없다는 듯 말했다.

"난 귀신보다 너희가 더 무서워. 아까부터 계속 무섭게 구석에 쪼그리고 앉아서 오가는 사람들 다 참견하고 말이야."

김영아가 태수를 돌아보고 말했다.

"들었지? 너 올 때까지 우리 이러고 있었어. 내가 선영이 사연 읽어 보고 어제 취재를 해 봤는데 지금까지 보라색 귀신을 본 사람들은 정말로 다들 사고를 당해서 장애를 입거나 죽었더라고. 근데 문제는 선영이가 여기 오는 길에 그 보라색 귀신을 봤다잖아. 그러니 내가 무섭겠니 안 무섭겠니?"

선영이 고개를 끄덕이고는 말했다.

"맞아요, 지하철에서 봤어요. 그 귀신이 사람들 사이에 서서 계속 절 쳐다보는데 정말 온몸에 소름이 돋았어요. 여기까지 오는 동안 무슨 사고가 생길까 봐 얼마나 무섭던지."

그때 권 피디가 다가와서 끼어들었다.

"태수, 너 데스티네이션이라는 영화 봤니?"

"예, 봤어요. 죽을 운명인데 우연히 살게 된 친구들한테 계속 죽음의 사신이 쫓아다니는 이야기잖아요."

"그래, 맞아. 얘네가 오늘 그 영화 속 주인공하고 똑같이 행동하더라니까. 봐 봐, 사무실에 흉기가 될 만한 뾰족한 물건 하나도 없잖아. 얘네가 다 치운 거야."

아마 평소라면 웃었을 수도 있겠지만 무슨 상황인지 알고 있기에 그럴 수가 없었다. 둘이 느꼈을 공포가 얼마나 컸을지 짐작이 갔다.

태수는 생기탐랑의 능을 발동시켜서 먼저 불안정한 선영의 마음부터 진정시켜 줬다. 비로소 선영이 차분한 표정으로 자신의 휴대폰 카톡 내용을 보여 주며 말했다.

"오전에 효인이가 저한테 보낸 카톡이에요."

태수가 휴대폰을 건네받아서 카톡을 확인했다.

선영의 말처럼 발신자는 효인이었다.

선영아, 어떡하니? 나 지금 너한테 너무너무 화가 나. 오늘 우리 엄마가 시장에서 너네 엄마 만났는데 네가 전학 가고 싶다고 했다며? 적어도 진짜 친구로 생각한다면 나한테 먼저 얘기를 했어야지. 나한테 그런 말을 하지 않은 걸 보면 보나마나 나 때문이겠지? 미안해, 이제부터 난 널 친구로 생각하지 않을래.

이 카톡을 받고 선영의 심정이 어떠했을지 짐작이 갔다.

"근데 선영이는 어떻게 여기에 온 거예요?"

김영아가 말했다.

"내가 오전에 선영이한테 카톡을 보냈거든. 선영이 사연을 방송은 못 하지만 일단 채택을 해서 태수 너한테 전달은 하겠다고. 그랬더니 다짜고짜 사무실로 쳐들어와서 살려 달라고 매달린 거야. 빨리 너 좀 불러 달라면서."

태수가 한숨을 내쉬고는 주위를 살폈다.

선영의 말대로라면 원혼이 이 사무실에 나타날 가능성이 충분히 있었다.

태수가 주문을 읊었다.

'귀기탐색.'

화르르르륵.

공기가 흔들리며 허공에 지도가 나타났지만 귀기를 나타내는 붉은 점은 보이질 않았다.

이젠 태수의 표정만 봐도 귀기탐색을 한다는 걸 알고 있는 김영아가 초조하게 물었다.

"여기 없어?"

태수가 고개를 끄덕였다.

"그럼 얘는 어떡해? 계속 여기에 같이 있을 수도 없고."

선영이 김영아의 팔을 잡고 매달리며 말했다.

"언니, 저 내쫓지 마세요."

"야, 나도 힘없어. 사고 나면 같이 당한다고."

이어서 제작진의 차를 타고 온 현준이 사무실로 들어섰다.

김영아가 현준을 보자마자 화색이 도는 얼굴로 반겼다.

"현준아, 어서 와. 그래, 태수 한 명으로는 불안하지. 너도 내 옆에 있으면 훨씬 든든할 것 같아. 세상에, 내가 이게 무슨 복이람. 무섭긴 하지만 대한민국 최고의 꽃미남 퇴마사 두 사람을 내가 다 독차지하다니. 아참, 현준아 인사해. 여긴 김선영. 고등학교 2학년이니까 누나네."

선영이 현준을 보고는 손을 들어 인사했다.

"안녕? 지난주 방송에서 봤어. 난 김선영이야."

현준은 별말 없이 고개만 가만히 숙이고 인사를 했다.

태수가 물었다.

"현준아, 오면서 무슨 일인지 설명은 들었지?"

"네."

태수가 팔짱을 끼고 고민에 잠겼다.

"여기서 무작정 원귀가 나타나기를 기다릴 수는 없고. 일단 그 원귀를 먼저 찾아야만 하는데. 어떻게 하면 좋을까?"

현준이 말했다.

"분신사바로 부르면 안 될까요? 어차피 분신사바로 불러낸 귀신이니까 분신사바 주문으로 부르면 다시 나타나지 않을까요?"

김영아가 박수를 짝 치며 말했다.

"그럼 되겠네. 와, 너 머리 너무 좋다. 근데 누가 분신사바로 원혼을 부르지?"

현준이 덤덤한 표정으로 말했다.

"누나가 부르면 되지 않을까요?"

다들 흥미로운 표정으로 김영아를 바라봤다. 김영아가 창백한 표정으로 고개를 흔들었다.

"아, 아냐. 난 못 해, 죽어도 못 해. 그리고 나 저주를 퍼부을 사람도 없어."

태수가 농담처럼 말했다.

"왜 없어요? 맨날 권 피디님 저주할 거라고 했잖아요. 저기 권 피디님 책상에 앉아서 분신사바로 원혼을 부르면 가장 간단할 것 같은데."

김영아가 권 피디 눈치를 보며 당황해서 말했다.

"야, 그, 그건…… 솔직히 피디 저주 안 하는 구성 작가 있으면 나와 보라고 해."

권 피디가 웃으면서 말했다.

"그래, 프로그램을 위해서라면 내 한 몸 희생할게. 나한테 저주를 내려."

덕분에 긴장되어 있던 분위기가 풀어지자 태수가 말했다.

"분신사바로 원혼을 부르려면 가장 중요한 게 없어요."

선영이 대답했다.

"저주를 부르는 볼펜."

김영아가 아쉽다는 듯 말했다.

"아, 맞다. 그렇지? 야, 선영아. 효인이한테 네가 분신사바한다고 볼펜 달라고 하면 안 돼? 어차피 걔도 지금쯤은 그 볼펜을 버리고 싶을 거 아냐?"

선영이 고개를 흔들었다.

"아니에요, 효인이는 지금 그 저주를 즐기고 있는 것 같아요. 지난번에 제가 인터넷에 볼펜 필요한 사람 찾아서 주자는 글을 올리자고 했더니 싫다고 했어요. 자기는 그 볼펜이 자신의 수호천사 같다면서."

"세상에나."

김영아가 머리를 싸매며 물었다.

"그럼 어떡하지? 아니, 그것보다 권 피디님, 이 사건 〈영혼탐정〉 코너로 제작해야 하는 거 아니에요? 선영이하고 효인이는 모두 가명으로 처리하고 얼굴도 모자이크 처리하면 될 것 같은데. 어차피 이번 주에 〈영혼탐정〉 따로 제작할 시간이 없어요."

권 피디도 고민을 하다가 태수를 돌아보고 물었다.

"가능할까?"

"어차피 〈영혼탐정〉은 생방이 아닌 녹화니까 가능은 하겠지만, 민감한 내용들이 너무 많아서 편집으로 빼야 하는 내용들이 너무 많을 것 같은데요."

"일테면?"

"효인이란 아이가 저주를 내려서 죽거나 다친 사람들 이야기는 모두 빼야죠. 만약 그 사람들이 방송을 보고 효인이가 저주를 내려서 자신이 그렇게 됐다고 생각하면 문제가 심각해지지 않을까요? 물론 법적으로 문제 제기를 할 수는 없겠지만……."

선영이 불안하게 고개를 저었다.

"그건 안 돼요, 절대로."

김영아가 말했다.

"거봐, 그런 저주는 처음부터 시작하는 게 아니야."

권 피디가 물었다.

"오케이, 방송은 포기. 이번 소재는 아무리 생각해도 너무 위험해. 그럼 태수가 자원봉사하는 건가?"

태수가 말했다.

"봉사 차원이 아니라 당연히 제가 해야 할 일이에요. 일단 선영이네 학교부터 가 봐야겠어요."

"학교는 왜?"

"두 사람이 분신사바 주문을 외웠던 영미라는 친구의 책상에 가 보면 원혼에 대한 정보를 얻을 수가 있을 것 같아서요. 그리고 선영이 너는 나하고 현준이 곁을 절대로 떠나지 마. 알았니?"

"네."

지금까지 죽거나 다친 사람들은 일반인이 봤을 때는 단순 사고 같지만 실상은 원혼의 장난이다.

길을 가다 맨홀에 빠지게 만든 건 원혼이 맨홀 뚜껑을 열었기 때문이고, 버스가 급정거를 한 것도 원혼이 갑자기 버스의 브레이크를 밟았기 때문이다.

부탄가스가 폭발한 건 원혼이 부탄가스 통에 열을 가했기 때문이고.

그 말은 곧 원혼이 물리력뿐만 아니라 물과 불의 자연현상까지도 자유롭게 이용할 줄 알 정도로 귀기가 많다는 것이다.

지금까지 선영의 앞에 원혼이 나타나지 않은 건 태수와 현준이 옆에 있었기 때문이다.

귀기가 강한 원혼들은 영능력자를 금방 알아본다. 아무리 감추려고 해도 항마의 기운을 완벽하게 숨길 수는 없으니까.

게다가 현준은 아직 자신의 넘치는 차크라를 전혀 통제하질 못하니 더더욱 모를 수가 없을 것이다.

원혼의 입장에서는 굳이 위험을 무릅쓰면서 영능력자와 전쟁을 일으킬 필요가 없으니까.

이렇게 원혼이 흉가나 죽은 장소에 매여 있는 지박령이 아니라 제멋대로 자유롭게 다닐 경우 퇴마하기가 난감해진다. 이런 때 반드시 필요한 게 원혼에 대한 정보다.

원혼의 정보를 알면 원혼이 어느 곳을 주로 가고 어디에 나타날지 짐작할 수가 있으니까.

밤 12시경. 나운여고 2학년 3반 교실.

드르르륵.

태수가 먼저 어두컴컴한 교실로 들어섰고 그 뒤를 따라서 현준과 선영이 들어왔다.

사실 태수 혼자 움직이는 게 훨씬 효율적이긴 하지만 현준은 경험을 쌓게 해 주려고 데려왔고 선영은 혼자 있으면 사고를 당할 수 있기 때문에 같이 온 것이다.

김영아가 원혼이 자신을 선영으로 착각해서 나타나면 어떡하냐며 자기도 같이 따라오겠다는 걸 태수가 절대 그런 일은 일어나지 않는다고 겨우 설득해서 돌려보냈다.

대신 김영아가 낮에 미리 학교 측에 상황 설명을 하고 양해를 구해 놓았기 때문에 일행이 도착하자 숙직 선생님이 교문을 열어 줬다.

낮에 올 수도 있었지만 굳이 야심한 시간을 택한 건 귀기가 깃들었던 시간과 같은 시간대의 잔류사념을 읽으면 훨씬 또렷하게 정보를 얻을 수가 있기 때문이다.

태수는 선영이 영미의 책상으로 안내하려고 하는 걸 제지하고 현준에게 물었다.

"현준아, 이곳에서 원혼이 머물렀던 책상이 어느 곳인지

찾을 수 있겠니?"

현준은 아직 자신이 가지고 있는 능력이 어느 정도인지조차 모르기에 이런 기회에 자꾸만 시험을 해 봐야만 한다.

현준이 손바닥을 펴고 어둠 속에 잠긴 책상과 책상 사이를 걸어가다가 한 책상 앞에 멈추더니 말했다.

"여기예요. 이 책상에서 귀기가 느껴져요."

"맞아?"

태수가 물어보자 선영이 대답했다.

"맞아요. 저기가 영미 책상이에요."

태수는 혹시 현준이 자신처럼 사이코메트리 능력도 가지고 있는지 궁금했다.

"현준아, 혹시 그 책상에 앉아 있으면 원혼의 존재가 떠오르거나 하진 않니?"

현준이 책상에 앉아 눈을 감고 있다가 뜨더니 고개를 저었다.

"아뇨, 전 그냥 귀기만 느껴져요."

태수는 현준이 일어난 자리에 대신 앉아서 손바닥을 책상에 대고 주문을 읊었다.

'사이코메트리.'

화르르르륵.

공기가 흔들리고 허공에 환상이 떠올랐다. 의식이 빨려 들어가는 것처럼 환상 속으로 들어갔다.

보통 영혼에게 남아 있는 가장 강렬한 잔류사념은 죽음의 순간이다.

그래서 가장 긴장되는 시간이 바로 이 순간이다. 원혼의 잔류사념을 읽을 때 그 안에 어떤 끔찍한 기억이 있을지 모르니까.

원혼은 아무리 무서워도 괜찮은데 끔찍한 사건이나 죽음의 순간은 태수도 제법 후유증이 오래간다. 잔류사념은 곧 그 사람의 기억과 감정을 공유하는 것이기 때문이다.

아마도 생기탐랑의 능이 없었다면 지금처럼 담담하기가 어려웠을 것이다.

보라색 원피스를 입은 여자의 잔류사념 역시 여자가 죽음을 맞이하던 순간의 기억이었다.

살아 있을 당시 여자의 모습이 환상 속에서 보였다.

30대 중반 정도로 보이는 여자는 하늘거리는 보라색 원피스를 입고 있었다.

여자가 있는 곳은 일반적인 가정집처럼 보였고 술에 취한 것처럼 의식이 흐릿했고 머리가 아팠다.

그렇다.

여자는 술에 취해 식탁에 엎드려 있었고 그 앞자리에 남자가 앉아 있었다.

여자한테서 느껴지는 감정으로 봐서 앞에 앉아 있는 남자는 여자의 남편이었다. 여자의 생각과 감정이 너무도 또렷하게 태수에게 전해졌다.

아무리 잔류사념이라도 이렇게 상대의 기억과 감정이 확실하게 느껴지는 경우는 드물었다.

여자는 얼마 전 정형외과 의사인 남편이 병원 간호사와 불륜 관계라는 사실을 알고 충격을 받았다. 얼마 전부터 병원 일 때문에 바쁘다며 매일 밤늦게 들어오던 남편이 사실은 간호사와 바람을 피우고 있었던 것이다.

여자의 고통과 쓰라린 배신감을 태수는 충분히 공감할 수가 있었다.

남자의 병원도 여자 집에서 마련해 줬던 것이다.

여자는 남편에게 이혼을 요구했다.

처음엔 잘못했다고 빌던 남편이 그날따라 이혼해 주겠다며 술을 한잔하자고 했다.

여자는 평소에도 혼자 집에서 술을 자주 마셨다. 남편이 항상 밤 늦게 들어왔고 잠자리도 같이하는 경우가 드물었기 때문이다.

분노와 배신감 때문이었을까.

여자는 그날 몸을 가누기 힘들 정도로 많은 술을 마셨다.

여자는 식탁 위에 엎드린 채로 남편이 목욕탕 욕조에 물을 받는 소리를 들었다.

처음엔 남편이 목욕을 하려고 물을 받는다고 생각했지만 잘못된 생각이었다.

남편은 제대로 몸을 가누지도 못하는 여자를 안아서 욕실로 데려가더니 욕조 속에 천천히 집어넣었다.

이상했다.

목욕을 하라는 뜻이라면 옷을 벗겨서 욕조에 넣어야 하는데.

욕조 속에 점점 물이 차올랐다. 여자는 남편에게 자신을 꺼내 달라는 말을 하려고 했지만 의식이 흐려서 제대로 말도 나오지 않았다.

욕조에 물이 점점 더 차올랐다. 불어나는 물을 바라보며 여자는 점점 공포에 사로잡혀 갔다. 태수에게도 여자의 공포가 고스란히 전해졌다.

태수도 이렇게 생생하게 생각과 감정이 전해지는 잔류사념은 처음이었다. 어쩌면 여자의 원한이 그만큼 깊어서 그런지도 몰랐다.

불어난 물이 여자의 입을 지나 코와 눈까지 잠기게 만들었다. 여자는 버둥거렸지만 몸이 말을 듣지 않는 데다 남편이 머리를 지그시 눌러서 물 밖으로 나올 수가 없었다.

여자는 물속에서 눈을 깜빡이며 자신을 누르고 있는 차가운 남편의 얼굴을 바라봤다.

저 얼굴이 지난 7년 동안 한 이불 속에서 살아온 남편의 진짜 모습이란 사실이 믿어지지가 않았다. 목구멍으로 계속 물이 넘어왔고 태수는 여자가 당시에 느꼈을 엄청난 고통을 생생하게 체험했다.

여자는 그렇게 끔찍한 고통 속에서 죽어 갔다.

여자의 호흡이 멎자 마치 유체이탈을 하는 것처럼 여자의 영혼이 육신에서 분리됐다.

여자의 영혼은 물속에서 눈을 부릅뜬 채 죽어 있는 자신의 육신을 바라보며 남편을 향해 울부짖었다.

–왜 그랬어? 왜!

하지만 여자의 목소리는 더 이상 남편에게 전해지지 않았다.

남편이 물속에서 눈을 부릅뜨고 있는 아내의 얼굴을 내려다보며 아내의 휴대폰을 집어 들었다.

남편은 아내의 휴대폰을 이용해서 자신의 휴대폰으로 전화를 걸었다.

병원에 남아 있던 불륜녀가 남편의 휴대폰을 대신 받았다.

남편은 아내의 원혼이 옆에서 시퍼렇게 눈을 뜨고 지켜보는 것도 모른 채 불륜녀와 통화를 했다.

"그래, 지희야. 응. 끝났어. 지금 곧 갈 거야. 아니, 집사람 휴대폰으로 전화한 거야. 그래야만 집사람이 병원에 있는 나한테 전화한 것처럼 알리바이를 만들 수가 있지. 그래, 너도 나중에 내가 병원에 있었다고 증언을 해 주면 되지. 뭐 병원? 아니, 지금은 팔면 안 돼. 저 여자 재산인데 사망하자마자 팔면 의심받지. 그래, 그건 천천히 얘기하자."

남편은 통화를 끝낸 후 아내의 휴대폰에 묻은 지문을 닦아서 욕조 옆에 내려놓았다. 남편이 물속에 잠겨 있는 아내에게 말했다.

"내가 지난 7년 동안 얼마나 지겨웠는지 알아? 너네 집에서 병원만 해 주지 않았으면 난 절대로 너랑 결혼 안 했어. 우린 처음부터 잘못된 만남이었다고."

남편은 그렇게 집을 나갔다.

여자의 영혼은 죽은 자신의 육신 옆에 쪼그리고 앉아 울부짖기 시작했다.

태수는 비로소 여자가 왜 죽음에 이르렀는지, 왜 한을 품고 이승을 떠돌고 있는지 알 것 같았다.

하지만 태수는 정작 필요한 여자의 정보는 얻을 수가 없었다.

태수는 죽음의 순간 다음으로 강렬한 여자의 또 다른 잔류사념을 찾아냈다.

두 번째 환상이 떠올랐다.

뜻밖에도 여자의 영혼이 학생들이 가득한 학교를 돌아다니고 있었다. 여자는 까르르 웃고 장난을 치는 학생들 사이를 거닐며 눈물을 흘렸다.

근데 여자가 돌아다니고 있는 학교의 모습이 왠지 눈에 익었다.

놀랍게도 환상 속 여자가 찾아온 학교는 지금 태수와 일행들이 와있는 나운여고였다. 여자가 나운여고 1학년 6반 교실 앞에 멈추더니 수업하는 학생들을 한참을 지켜봤다.

'어떻게 된 일이지? 여자가 왜 이 학교를 찾아왔을까?'

여자는 날이 저문 다음에도 불 꺼진 나운여고 교무실에 혼자 멍하니 앉아 있었다.

그때 어두컴컴한 복도를 따라 누군가 중얼거리는 것 같은 주문 소리가 들려왔다.

'분신사바…… 분신사바…… 오잇데 쿠다사이…….'

주문 소리는 강한 자성으로 끌어당기는 것처럼 여자를 끌어당겼다. 여자는 벌떡 일어나 바닥에서 살짝 뜬 몸으로 주문을 따라갔다.

여자가 발길을 멈춘 곳은 3학년 6반이라는 팻말이 붙어 있는 컴컴한 교실 앞이었다. 여자를 잡아당긴 주문은 바로 그 교실에서 흘러나왔다.

여자가 스윽 벽을 통과해서 안으로 들어가자 여학생 두 명이 책상에 앉아서 분신사바 놀이를 하고 있는 모습이 보였다.

여학생 둘은 책상에 노트를 펼쳐 놓고 그 위에 빨간 볼펜을 올려놓은 후 둘이 그 볼펜을 잡고 있었다. 여학생 둘이 붙잡고 있는 볼펜에서 강한 가성이 흘러나오는 것 같았다.

여자는 저도 모르게 여학생 둘이 잡고 있는 볼펜을 움켜잡았다.

이상한 힘을 느낀 여학생 둘이 흠칫하고 놀라는 기척이 전해졌다.

한 여학생이 노트에 강현정이라는 이름을 적어 놓고 저주를 내려 달라고 빌었다.

주문과 함께 분신사바 의식이 진행되면서 영체에 에너지 같은 기운이 생겨나고 있었다.

이전에는 영체가 가진 힘이 없어서 아무것도 만질 수가 없었는데 지금은 마치 사람처럼 볼펜을 움켜쥘 수가 있었다.

바로 주문의 힘이었다.

주문의 기운이 영체로 들어오면서 여자의 영혼은 손으로 잡고 있던 볼펜을 움직일 수 있을 정도로 강한 에너지를 느낄 수가 있었다.

원혼이 분신사바를 하는 인간의 소환을 받아서 저주를 내리는 건 저주의 주문이 영혼이 본래 가지고 있던 힘보다 몇 배는 더 강한 힘을 발휘할 수 있도록 해 주기 때문이다.

그렇게 원혼이 저주에 성공하면 상당히 많은 귀기가 쌓이게 된다.

여학생이 강현정이라는 아이에게 저주를 내려 줄 수 있냐고 물었다. 여자는 잡고 있는 볼펜에 힘을 줘서 동그라미를 그렸다.

분신사바 의식이 모두 끝나자 저주를 내려 달라고 한 여학생의 모습이 저절로 여자의 눈앞에 떠올랐다.

여자의 영혼이 팔을 뻗어 여학생을 만지는 순간 영혼은 여학생이 친구들과 수다를 떨고 있는 동네 놀이터로 공간 이동했다.

저주를 받은 강현정은 남자애들과 모여서 담배를 피우며 저주를 내린 여학생의 흉을 보고 있었다.

여자의 영혼은 강현정에게 저주를 내릴 방법이 뭐가 있을지 주위를 두리번거리기 시작했다.

여자의 영혼은 주위에 마땅히 저주할 만한 도구가 보이지 않자 아이들 옆에 쪼그리고 앉아서 강현정이 일어나기를 기다렸다.

저주의 주문을 받아들인 후로 여자에겐 도덕심이나 양심 따위의 감정이 사라지고 오직 복수심만 들끓었다.

아마 생전의 여자였다면 아무리 자신에게 필요한 일이라도 모르는 사람에게 이토록 쉽게 저주를 내릴 생각은 하지 못했을 것이다.

강현정은 새벽 1시가 가까워서 자리에서 일어났다. 여고생인 강현정은 남친과 포옹을 하고 키스까지 나눈 후에야 헤어져서 어두운 밤길을 걸었다.

여자의 영혼은 그런 강현정의 뒤를 바싹 쫓아갔다. 영체에서 주체하지 못할 정도로 저주의 기운이 뿜어져 나와 앞서 걸어가는 강현정을 휘감았다.

여자의 영혼은 초저주파의 목소리로 최면을 걸 듯 강현정에게 속삭였다.

—죽어야 해…… 죽어야 해…… 죽어야 해…….

강현정의 표정이 점점 어두워졌다.

강현정이 신호등 횡단보도 앞에 섰다.

신호가 빨간 불인 데다 심야 시간이라 차량들이 빠른 속도로 질주하고 있었다.

영혼이 강현정의 옆에 바싹 붙어서 귀에 대고 다시 저주의 말을 속삭였다.

—죽어야 해…… 죽어야 해…… 죽어야 해…….

강현정이 몸을 한 차례 부르르 떨더니 갑자기 차들이 질주하는 도로로 달려 나갔다. 트럭의 날카로운 급브레이크 소리가 새벽의 정적을 깨트렸다.

끼이이이익.

쾅!

트럭에 부딪친 강현정의 몸이 허공으로 떠올랐다가 도로 위로 털썩 떨어졌다.

도로에 떨어진 강현정의 머리에서 피가 흘렀고 그녀의 영혼이 육신에서 분리되는 모습이 보였다.

강현정의 영혼이 자신의 육신을 내려다보며 울부짖는 모습을 보며 여자는 그 자리를 떠났다.

첫 번째 저주에 성공한 후 여자의 영혼은 자신에게 힘이 생겼다는 걸 알았다. 그리고 계속 저주를 수행하면서 힘이 점점 강해진다는 사실도 알았다.

여자에겐 힘이 필요했다.

힘이 강해져야만 남편한테 복수할 수 있기 때문이다. 그런 생각을 하며 여자의 영혼은 행복한 마음으로 계속해서 저주를 행할 수가 있었다. 여자에겐 복수의 대상이 누구든 전혀 문제가 되지 않았다.

화르르르륵.

환상에서 빠져나온 태수가 허리를 꺾고 헛구역질을 했다.

현준과 선영은 그런 태수의 모습에 눈이 휘둥그레졌다.

태수가 선영을 돌아보고 물었다.

"혹시 최근에 너희 학교 선생님들 중에 돌아가신 분이 계시니?"

선영이 기억을 더듬다가 말했다.

"작년에 1학년 담임 쌤이 돌아가셨다는 얘기는 들었어요."

"1학년 몇 반 담임인지도 아니?"

"아뇨, 저도 얘기만 들어서 그 선생님 얼굴도 몰라요. 교무실에 아까 당직 선생님 계시니까 가서 물어보면 아실 거예요."

내일 낮에 교무실로 찾아가서 물어볼 수도 있었지만, 여자의 머릿속에 들끓던 분노를 생각하면 잠시도 지체할 수가 없었다.

태수는 즉시 교무실로 달려갔다. 아까 교문을 열어 줬던 남자 선생님이 꾸벅꾸벅 졸다가 자리에서 벌떡 일어났다.

태수가 인사를 하며 말했다.

"죄송해요, 선생님. 뭐 좀 여쭤보고 싶은 게 있어서요."

당직 선생님이 금방 미소를 보이며 대답했다.

"아니에요, 뭐든지 물어보세요. 제가 아는 대로 답변해 드릴게요."

"작년에 1학년 담임 선생님 한 분이 돌아가셨다고 하던데 혹시 알고 계신가요?"

순간 당직 선생님의 표정이 급격히 어두워졌다.

"아, 네. 한현주 선생님이라고 1학년 6반 담임을 맡고 있던 선생님이셨어요. 그 선생님이 집에 안 좋은 일이 있었는지 작년에 술에 취한 상태로 집에서 목욕을 하다가 돌아가셨다고만 알고 있어요."

남편이 계획했던 그대로 단순 사고사로 처리가 된 모양이었다.

"혹시 그 선생님 사진하고 남편분 연락처를 좀 알 수가 있을까요?"

당직 선생님이 다소 의아한 표정으로 되물었다.

"남편분요?"

"네."

"잠시만요."

당직 선생님이 비상 연락망을 찾아보더니 말했다.

"아, 맞다. 한현주 선생님 남편분이 정형외과 의사라서 강남에서 크게 병원을 하고 계세요. 미소정형외과라고 꽤 유명한 병원이라서 아마 쉽게 찾을 수가 있을 거예요. 그리고 선생님 사진은 여기……."

태수가 당직 선생님 책상으로 가서 모니터에 띄워진 한현주의 사진을 확인했다. 태수의 뒤에서 같이 모니터를 보던 선영이 옅은 비명을 질렀다.

당직 선생님이 놀라서 물었다.

"왜 그러니?"

"아, 아니에요."

선영이 황급히 손을 내저었지만 태수는 왜 비명을 질렀는지 너무도 잘 알았다. 사진 속 한현주가 바로 보라색 원피스를 입은 원혼이었기 때문이다.

"선생님 죄송한데 한현희 선생님 남편분 휴대폰 번호를 좀 알 수가 있을까요?"

"그건 개인 정보라서 알려 드리기가 좀 곤란하고, 아까 말씀드린 병원으로 연락을 해 보시면……."

"무척 위급한 일이라서 지금 당장 연락을 해야 하는데 지금 병원이 문을 닫았을 것 같아서요."

당직 선생님이 난처한 표정으로 고민하자 태수가 말했다.
"선생님, 그냥 저한테 알려 주지 마시고 선생님만 그 남편분 전화번호를 지금 찾아서 혼자서 봐 주세요."
"그게 무슨……?"
당직 선생님이 영문을 모르겠다는 표정으로 비상 연락망에 있는 한현주 선생의 남편 전화번호를 바라봤다.
태수는 사이코메트리로 당직 선생님의 머릿속 전화번호를 스캔한 후에 말했다.
"감사합니다, 선생님. 선생님이 전화번호를 알려 준 건 아니니까 걱정하지 않으셔도 돼요."
태수가 황당한 표정을 짓는 당직 선생님을 뒤로하고 학교를 나섰다. 태수와 현준, 선영이 교문 밖에 세워 둔 카니발에 올라탔다.
선영이 떨리는 음성으로 말했다.
"저기요, 아까 교무실에서 본 한현주 선생님 사진요."
"그 선생님이 보라색 원피스를 입은 그 원혼이라는 얘기를 하려는 거지?"
"아, 네. 맞아요."
"선영아, 넌 이제 집으로 돌아가."
태수의 말에 선영이 눈을 동그랗게 뜨고 말했다.
"네에?"
"내가 너한테 부적을 하나 붙여 줄 거야. 그럼 원혼이 너한테 함부로 다가가지 못해."

태수는 혹시 몰라서 가장 강력한 항마의 기운을 담고 있는 부동명왕부의 부적을 불러내서 그 기운을 선영의 이마에 새겨 넣었다.

부적의 가장 큰 효과는 원혼이 선영을 찾지 못한다는 것이고 혹시 찾는다고 해도 쉽게 접근하기 어렵다는 것이다. 아마도 아침까지는 부적이 충분한 효과를 발휘할 것이다.

태수는 선영이 택시를 타고 가는 걸 지켜본 후에 한현주의 남편인 박일우한테 전화를 걸었다. 밤 12시가 넘은 늦은 시간이었지만 지금 한현주의 원혼이 찾아갈 수 있는 가장 유력한 사람이 바로 남편인 박일우였다.

한현주는 선영을 저주하는 데 실패했다. 원혼이 저주에 실패하면 그동안 모아 놓았던 귀기가 많이 빠져나간다.

아마도 한현주는 귀기가 충분히 모인 후에 남편을 찾아가서, 한이 풀릴 정도로 괴롭혀서 복수할 생각을 하고 있었을 것이다.

근데 변수가 발생했으니 귀기가 더 줄어들기 전에 서둘러 남편에게 복수를 해야겠다고 생각했을 가능성이 크다. 혹시 곧바로 찾아오지 않는다고 해도 경고든 부적이든 조치를 취해 놓을 필요가 있다.

태수는 혹시 박일우가 휴대폰 번호를 바꾸지 않았을까 걱정스러웠는데 상대방이 전화를 받았다.

-여보세요?

상대의 목소리를 듣자마자 안도감이 밀려들었다. 휴대폰 너머에서 들려온 목소리는 얼마 전 환상 속에서 들었던 한현주 남편의 목소리였던 것이다.

"혹시 박일우 씨 휴대폰인가요?"

박일우가 잔뜩 경계하며 되물었다.

-누구시죠?

"안녕하세요, 저는 〈영혼을 찾아서〉라는 프로그램에 출연하는 장태수라고 합니다."

심야 시간인 데다 낯선 번호라서 자칫 전화를 끊을까 봐 단도직입적으로 말을 한 것이다.

"절대 장난전화 아니고요. 혹시 저희 프로그램 보셨나요? 프로그램 보셨다면 제 목소리를 구별하실 수 있으실 텐데."

-보긴 했는데…… 뭐 목소리는 비슷한 것 같네요. 근데 이 시간에 나한테 왜 전화를 한 겁니까?

"제가 지금 박일우 씨를 만나 뵙고 급하게 드려야 할 말씀이 있어서요."

박일우가 짜증 섞인 목소리로 말했다.

-아무리 방송이라도 이거 실례 아닙니까? 지금 시간이 몇 시…….

"방송 때문에 그런 거 아닙니다. 박일우 씨의 생명이 위험할 수 있기 때문에 이렇게 급하게 연락을 드린 겁니다."

태수는 박일우가 다른 생각을 못하게 계속해서 얘기를 했다.

"저희 프로그램을 보셨다면 제가 영혼을 본다는 것도 잘 아시겠네요?"

-솔직히 난 그런 거 안 믿어서 조작인 것 같긴 하지만 방송은 재밌게 봤습니다.

"그럼 오늘 제가 조작인지 아닌지 보여 드리겠습니다."

-뭐요?

"제가 사망하신 박일우 씨의 아내분 영혼을 만났거든요. 한현주 씨의 영혼요."

다음 권으로 이어집니다